Arianwyn

James Nicol

ARIANWYN

HEXE AUF PROBE

Aus dem Englischen von Birgit Niehaus

CHICKEN HOUSE

Alle Großmütter sind wunderbar,
aber meine ist wirklich zauberhaft!
Für Mollie Rose Serella – in Liebe.

Hexen haben schon immer mit magischen Symbolen, sogenannten Glyphen, gearbeitet, um die Energie in ihrer Umgebung zu kontrollieren und zu nutzen. Diese Glyphen (es gibt vier Haupt- und zwei Nebenglyphen) sind vergleichbar mit einer Nähnadel, durch die man einen losen Faden zieht: Mit ihrer Hilfe bündeln Hexen die magische Energie und ziehen sie zu sich heran. Sobald sich die Glyphen mit der magischen Kraft verbinden, entfaltet sich der Zauber. Obwohl alle Hexen auf dieselbe begrenzte Anzahl von Glyphen zurückgreifen, machen ihre persönlichen Fähigkeiten und die jeweils verfügbare Umgebungsmagie jeden Zauber einzigartig.

Aus dem Handbuch für Hexenlehrlinge

Die Zivile Hexenkunstbehörde

»Hexen von Hylund, euer Land braucht euch! Meldet euch noch HEUTE!«, stand auf dem Aushang.

Arianwyn starrte die elegante Dame an, die stolz von dem Plakat herabschaute. Sie hatte wallende goldene Haare, knallrote Lippen und trug eine marineblaue Uniform mit dem silbernen Stern der zertifizierten Hexen. Arianwyns Blick wanderte zu ihrem eigenen Mantelkragen. Schon bald würde dort auch so ein Stern prangen.

In der Ferne schlug eine Kirchturmuhr, das Dröhnen der Glocken übertönte das morgendliche Verkehrsrauschen. Hilfe, wenn sie noch länger hier herumstand und träumte, würde sie am Ende zu spät kommen! Arianwyn schnappte sich ihre Tasche, drängte sich an den Passanten vorbei, trat durch das imposante schmiedeeiserne Tor und folgte den Schildern zur Anmeldung. Eine Treppe führte durch ein großes Eingangsportal in einen langen, hell erleuchteten Flur.

Scharenweise kamen ihr Hexen entgegen, alle mit einem stolzen Lächeln im Gesicht und einem frisch verliehenen Stern am Revers. Verwaltungsangestellte mit Aktenstapeln und Klemmbrettern unterm Arm eilten vorbei. Aufgeregtes Geschnatter erfüllte den Gang. Es roch nach feuchten Wollmänteln und Desinfektionsmittel. Arianwyns nasse Schuhsohlen quietschten auf dem gebohnerten Boden.

Sie reihte sich in eine der vielen Warteschlangen ein, doch kaum stand sie dort, wünschte sie sich meilenweit weg: Gimma Alverston reichte gerade ihren Ausweis über den Tresen, wie immer umringt von einer Schar junger Hexen.

Gimma sah aus wie die Frau auf dem Poster – die gleichen goldenen Haare, das gleiche Strahlelächeln. Arianwyn zupfte nervös an ihrem eigenen Lockenchaos herum und versuchte zwischen den Wartenden abzutauchen.

Aber zu spät – sie war einfach zu groß. Polly Walden, eine von Gimmas gut aussehenden Begleiterinnen, hatte sie bereits entdeckt. Sie stieß Gimma an und deutete in ihre Richtung. Gimma schaute herüber und bedachte sie mit einem kurzen, gemeinen Grinsen. Dann flüsterte sie den anderen etwas zu, worauf die ganze Runde hämisch kicherte. Arianwyn wurde rot. Das ist echt das Letzte, was ich jetzt brauche, dachte sie. *Was zum Teufel hab ich der bloß getan?*

Gimma war entsetzlich eingebildet und durch und durch fies. Man hatte sie entweder zur Freundin oder zur Feindin, dazwischen gab es nichts. So war es schon, als Arianwyn und Gimma sich vor fünf Jahren in der Schule kennengelernt hatten. Eigentlich dachten damals alle, dass sie sich anfreunden würden, weil sie die beiden einzigen Hexen in ihrem Jahrgang waren. Doch Gimma hatte Arianwyn deutlich zu verstehen gegeben, dass sie nichts mit ihr zu tun haben wollte.

»Oh, schaut mal, da ist Arianwyn *Dribble*«, rief sie jetzt, als sie dem jungen Mann hinter dem Tresen ihren Ausweis abnahm und ihn zurück in das lächerliche Perlentäschchen stopfte, das sie immer mit sich herumschleppte. »Bereit für den Abschlusstest?« Das Gelächter wurde lauter. Langsam stolzierte Gimma die Warteschlange entlang, bis sie direkt vor Arianwyn stand. »Ich hab übrigens schon eine Stelle als Privathexe bei einer Familie in Highbridge«, verkündete sie herablassend. »Ich muss mich also nicht mit irgendwelchen verrückten Omis rumschlagen, die meinen, sie hätten eine Wichtelplage im Haus. Oder Schutzamulette für eine Horde Bauerntrampel basteln. Weißt du schon, wie's für dich weitergeht, Dribble? Ich meine … falls du bestehst?«

Grinsend scharten sich die übrigen Mädchen um Arianwyn. Gimma warf ihre glänzende Haarpracht über die Schulter. »Ich hoffe, sie finden einen Job für dich, in dem du einigermaßen klarkommst. Etwas, das nicht zu anspruchsvoll ist. Na ja, es können halt nicht alle Eltern ihren Töchtern eine perfekte Prüfungsvorbereitung finanzieren. Hattest du überhaupt jemanden, der mit dir geübt hat, Arianwyn?«, fragte sie scheinheilig, obwohl alle Umstehenden genau Bescheid wussten.

Arianwyn antwortete nicht. Ihre Wangen brannten wie Feuer.

»Ich hab gehört, ihre Großmutter hat sie vorbereitet …«, höhnte Polly.

Arianwyn wünschte, sie hätte den Mut, etwas zu sagen. Oder etwas zu machen. Irgendwas. Aber wie so oft wandte sie einfach nur den Blick ab und starrte mit brennenden Augen auf einen Punkt an der Wand. Mehr hatte sie Gimmas Sticheleien nicht entgegenzusetzen.

Einfach ignorieren, bis sie sich langweilt.

»Äh ... Ihr Name bitte? Miss? Hallo?«

Ohne es zu merken, war Arianwyn bis zum Tresen vorgerückt. Gimma und ihre Clique zogen ab. Ein etwas erschöpft wirkender junger Mann in ihrem Alter lächelte sie höflich an, während er gleichzeitig mit einem Stapel Akten, einer Schreibmaschine und diversen Zetteln hantierte. Alle paar Sekunden fielen ihm seine dunklen Haare ins Gesicht und er musste sie sich aus den Augen pusten.

»Entschuldigung, ich heiße Arianwyn Gribble«, sagte sie lächelnd.

»Haben Sie Ihren Ausweis dabei, Miss ... Gribble? Ah, da habe ich Sie ja.« Hastig zog er einen braunen Pappordner von ganz unten aus einem wackeligen Aktenstapel. Als Arianwyn ihren Hexenpass über den Tresen schob, errötete er. »UL« war in blauer Tinte daraufgestempelt: »ungeprüfte Lehrlingshexe«. Er streckte seinen Arm nach dem Dokument aus und stieß dabei gegen den Aktenstapel. Der geriet in Schieflage und neigte sich gefährlich in Richtung Fußboden. Blitzschnell beugte sich Arianwyn vor und zeichnete mit dem Zeigefinger ein kleines Symbol auf den Tresen.

Briå, die Luftglyphe.

Sie glühte leicht bläulich, sichtbar nur für Hexenaugen, und sofort stapelten sich die Zettel und Ordner wieder auf dem Schreibtisch – absolut akkurat und diesmal sogar alphabetisch sortiert.

Erneutes Lächeln des jungen Mannes. »Danke!«

»Was geht hier vor?«, durchschnitt eine empörte Reibeisenstimme das Geschnatter im Empfangsflur.

Eine spinnenartig aussehende Frau in einem schlecht sitzenden grauen Kostüm baute sich vor ihnen auf und funkelte sie über den Rand ihrer dicken Brille an.

»Oh, Miss Newam, bitte entschuldigen Sie! Ich wollte Sie gerade holen. Das hier ist Miss Gribble. Eine der Kandidatinnen für die 11-Uhr-Prüfung.«

Miss Newam musterte sie unbeeindruckt, als würde ihr die Erklärung nicht reichen.

»Na ja, Sie sehen ja selbst ...«, fuhr der junge Mann mit leicht verzweifeltem Augenrollen fort. »Bei dem Ansturm hier geraten die Akten schon mal durcheinander ... und plötzlich ist dieser Stapel hier ins Rutschen gekommen, einfach so ... wusch. Aber Miss Gribble war großartig! Sie hat schnell ein Symbol auf den Tresen gezeichnet und zack lagen die Ordner wieder an Ort und Stelle. Picobello.« Er machte eine Handbewegung in Richtung des ordentlichen Stapels.

Die Augen der Frau verengten sich zu schmalen Schlitzen. »Colin, wie kommen Sie auf die Idee, es könnte mich auch nur ansatzweise interessieren, was Miss Gribble mit den Akten gemacht oder nicht gemacht hat? Ihr Job ist es sicherzustellen, dass die Lehrlingshexen so schnell wie möglich zu ihrer Abschlussprüfung kommen. Es gehört nicht zu Ihren Aufgaben, sie zu kleinen ... Zaubertricks zu ermutigen!«

Achselzuckend blickte Colin Arianwyn an.

Aber Miss Newam war noch nicht fertig. »Falls es nicht zu viel Mühe macht, gehen Sie doch bitte in mein Büro und holen mir die nötigen Unterlagen. Mit Miss Gribble komme ich schon allein zurecht.«

Colin wurde puterrot und lächelte Arianwyn noch einmal zaghaft zu, bevor er sich hastig einen Weg durch die Schar der neu eintreffenden Prüflinge bahnte.

»Miss Newam, es war wirklich nicht seine Schuld …«, begann Arianwyn, verstummte jedoch, als Miss Newam sich ihr zuwandte.

»Miss Gribble, wir wollen den Betrieb nicht länger aufhalten. Ich habe noch zwei weitere Prüfungsrunden vor mir. Die Nachfrage nach Absolventinnen ist wirklich gigantisch. Unsere erfahrensten Hexen werden im Krieg gebraucht und gleichzeitig nimmt die Zahl an bösen Geistern drastisch zu. Deshalb will jedes noch so kleine Kaff zwischen Goldham und Vellingstone plötzlich eine eigene Hexe haben. Wir kommen mit der Ausbildung kaum hinterher.«

»Oh, verstehe«, murmelte Arianwyn.

»Haben Sie jemanden, der Sie begleitet?«

»Nein, ich bin alleine gekommen«, antwortete sie und sofort regte sich ihr schlechtes Gewissen, weil sie die Einladung zur Prüfungszeremonie vor ihrer Granny versteckt und sich heute Morgen klammheimlich aus dem Haus geschlichen hatte.

Miss Newam schoss ihr einen argwöhnischen Blick zu, dann öffnete sie den braunen Aktendeckel, der auf dem Tresen lag, und blätterte durch die Unterlagen.

»Sie sind gerade erst fünfzehn geworden? Und waren nur zwei Jahre in der Lehre?«

»Ja«, antwortete Arianwyn. »Aber ich wollte …«

»Und wer hat Sie ausgebildet?«

»Maria Stronelli … meine Großmutter.«

Wieder linste Miss Newam über ihre Brillengläser. »Verstehe. Und bei wem sind Sie aktuell in der Lehre?«

Arianwyn errötete. Sie musste an Pollys Stichelei denken. »Bei meiner Großmutter.«

»Nun, das ist ziemlich … altmodisch.« Miss Newams Blick wurde hart. Dann sah sie wieder in die Unterlagen, als versuchte sie etwas zu verstehen. Nach einer Weile hellte sich ihre Miene auf. »Ah, Madam Stronelli ist Mitglied des Ältestenrats.« Die Brillengläser, durch die sie Arianwyn jetzt noch schärfer musterte, waren dick wie Flaschenböden. Dann lächelte sie. Aber es war kein Lächeln, das den Namen verdiente. Es war eine säuerliche, verkniffene Grimasse.

Arianwyns Magen verknotete sich. Miss Newam sah aus, als würde sie noch etwas sagen wollen, aber sie kam nicht dazu, denn in einem Lautsprecher hoch oben an der Wand knackte es und dann schnarrte eine blecherne Stimme:

»Alle Lehrlingshexen für die 11-Uhr-Prüfung werden in den mittleren Innenhof gebeten. Die 11-Uhr-Prüfung findet im mittleren Innenhof statt. Vielen Dank.«

Das Messgerät

Ein kleines Grüppchen von Lehrlingshexen, umringt von Angehörigen, die zum Gratulieren gekommen waren, wartete bereits in dem zugigen, regennassen Innenhof. Auch Gimma und ihre Eltern waren darunter. Ihre Mutter trug eine teure Jacke mit Pelzkragen und einen eleganten Rock, ununterbrochen zupfte sie an der Hexenuniform ihrer Tochter herum. Ihr Vater plauderte angeregt mit ein paar Herren, die in die Roben des Königlichen Senats gehüllt waren. Gimma musterte Arianwyn abschätzig.

»Jetzt aber schnell!«, bellte Miss Newam und scheuchte die fünfzehn Prüflinge auf das Podest. Alle trugen marineblaue Kleider und elegante blaue Mäntel. Ihre Schuhe waren frisch poliert und die Haare glatt gekämmt, wenn auch bereits regenfeucht. In einer der Fensterscheiben erhaschte Arianwyn einen Blick auf ihr Spiegelbild: Sie war einen Kopf größer als die anderen Mädchen und die nassen Haare kräuselten sich chaotisch um ihr Gesicht.

Sie seufzte. Wer auch immer die Idee gehabt hatte, die Zeremonie an diesem kalten, regnerischen Januarmorgen nach draußen zu verlegen, musste entweder verrückt oder sadistisch veranlagt sein. Arianwyn tippte auf Miss Newam.

Die Luft vibrierte vor freudiger Erregung, aber auf Arianwyn sprang die allgemeine Begeisterung nicht über. Sie hatte schon den ganzen Morgen ein komisches Gefühl im Bauch. Als hätte sich ein dunkler Schatten auf sie gelegt, den sie einfach nicht abschütteln konnte.

Ein Kichern am anderen Ende der Reihe riss sie aus ihren Gedanken und sie warf einen verstohlenen Seitenblick auf Gimma. Wie schaffte die es bloß, trotz Regen diese Perfektion auszustrahlen, während sie selbst so zerrupft aussah? In diesem Moment drehte Gimma den Kopf und fing ihren Blick auf.

So ein Mist.

»Augen nach vorne, Miss Gribble!« Miss Newam schritt die Reihe der Prüflinge ab, rückte hier und da einen Kragen zurecht und zerrte Hände aus den Taschen.

Arianwyn fühlte sich unbehaglich. Irgendetwas lief hier ganz und gar falsch. Dabei hätte sie eigentlich vor Freude zappeln müssen, schließlich stand sie kurz vor der Erfüllung ihres großen Traums. Seit sie denken konnte, hatte sie sich gewünscht, irgendwann einmal dem Königreich zu dienen – genau wie ihre Mutter und ihre Granny es getan hatten. Und wie ihr tapferer Vater es immer noch tat. Aber trotzdem wollte diese merkwürdige Vorahnung nicht verschwinden.

Leises Geraune war zu hören, als die imposante Flügeltür aufgestoßen wurde und August Coot, Direktor des Magie-Instituts und Vorsitzender der Zivilen Hexenkunstbehörde, in den Hof trat. Ein Grammofon sprang knisternd an und die mitreißenden Klänge der Nationalhymne schallten über den Hof. Sofort standen die Zuschauer etwas aufrechter da.

»Die Magie ehren. Dem Königreich dienen. Den König ehren. Der Magie dienen«, sagten die Schülerinnen wie aus einem Mund, nachdem die Musik verklungen und der Direktor ans Rednerpult getreten war.

»Guten Morgen. Ich begrüße Sie alle herzlich und danke Ihnen, dass Sie zu unserer feierlichen Abschlussprüfung gekommen sind. Die Prüfung wird von Miss Hortensia Newam gemäß den Regeln und Vorgehensweisen der Zivilen Hexenkunstbehörde vorgenommen.« August Coot ordnete seine Zettel neu und räusperte sich.

»Die hier anwesenden Nachwuchshexen haben großartige Karrieren vor sich und werden schon bald im Dienst unseres Landes stehen. In dieser schwierigen Zeit, da der Kontinent von Krieg erschüttert wird, werden sie in ihren neuen Gemeinden wichtige Positionen übernehmen. Wie Sie alle wissen, ist die Zahl der Geister, vor allem der bösen Geister, allein in den letzten fünf Jahren um mehr als zehn Prozent gestiegen. Deswegen hat sich der Königliche Senat entschlossen zu handeln: Er hat der Zivilen Hexenkunstbehörde die Aufgabe übertragen, eine Katalogisierung aller Geistertypen vorzunehmen, die in den Vier Königreichen vorkommen. Eine Mission, bei der unsere neuen Hexen eine wichtige Rolle spielen werden.«

Das verhaltene Gemurmel der Anwesenden entsprach ganz offensichtlich nicht der Reaktion, die sich Direktor Coot erhofft hatte. Er hüstelte und warf einen hastigen Blick auf die vor ihm ausgebreiteten Spickzettel, bevor er fortfuhr.

Doch Arianwyn konnte ihn ohnehin kaum verstehen, weil der Regen unaufhörlich rauschte und ihre Zähne klapperten. Deshalb war sie froh, als die Rede endlich vorbei war und ein dürftiger Applaus einsetzte. Der Direktor trat zur Seite und machte Miss Newam Platz, die sich dem ersten Prüfling näherte, einem vergnügt dreinblickenden Mädchen mit Brille. Colin, der junge Mann vom Empfang, tauchte am Rand des Podests auf. Er trug eine mittelgroße schwarze Holzkiste mit einer auffälligen Glühlampe auf dem Deckel und diversen Schaltern, Knöpfen und Rädchen an der Seite. *Das Messgerät!*

Miss Newam entwirrte das verdrehte cremefarbene Kabel, das um einen schlanken Metallstab gewickelt war, auf dessen Spitze eine glänzende silberne Kugel saß.

Dann entrollte sie ein kleines Schaubild, auf dem die vier Hauptglyphen dargestellt waren. »Konzentrieren Sie sich um Himmels willen auf alle vier gleichzeitig«, blaffte sie die Prüflinge an. »Nicht dass Sie am Ende noch eine der Glyphen aktivieren und einen Zauber auslösen.«

Sie legte einen Schalter um und sofort begann das Messgerät zu summen. Das erste Mädchen streckte Miss Newam ihre Handfläche entgegen und diese senkte den silbernen Teststab herab.

Die versammelte Menge hielt den Atem an. Nach einer gefühlten Ewigkeit fing das Gerät an zu rattern, die Lampe leuchtete auf und ein schmaler Papierstreifen rollte sich aus einem Schlitz an der Seite. Miss Newam zog ihn heraus.

»Bestanden!«, rief sie nach einem Moment.

Die übrigen Prüflinge und die Zuschauer applaudierten. Miss Newam heftete den Papierstreifen in einen Ordner und ging ein paar Schritte weiter. Das fröhliche Mädchen wurde vor Erleichterung ganz rot und winkte jemandem in der Menge zu.

Während eine Kandidatin nach der anderen getestet wurde und das Messgerät immer wieder sirrend seine schmalen Papierstreifen ausspuckte, trat Arianwyn unruhig von einem Bein aufs andere. Bei jeder Kandidatin dauerte es unterschiedlich lange. Pollys Auswertung lag innerhalb weniger Sekunden vor, aber bei Gimma verstrichen entsetzliche fünf Minuten, was Arianwyn insgeheim freute. Doch egal, wie lange es dauerte, bis Miss Newam ihr »Bestanden!« rief, der Applaus und die Rufe der Verwandten waren jedes Mal gleich laut und begeistert.

Und dann standen Direktor Coot, Miss Newam und Colin endlich vor ihr, der letzten Hexe in der Reihe.

Miss Newam zog eine Augenbraue hoch, ließ sich das Messgerät reichen und legte den Schalter um. Es brummte leise. Dann streckte sie den Metallstab nach Arianwyn aus, die zitternd Luft holte.

»Bitte konzentrieren Sie sich auf die vier Glyphen«, wies Miss Newam sie an und hielt ihr das Schaubild hin:

Briå

Aluna

Erte

Årdra

Arianwyn schloss die Augen, atmete noch einmal tief durch, diesmal ruhiger, und stellte sich die Glyphen als Einheit vor.

Irgendwo in der Nähe nahm sie einen schwachen Hauch Magie wahr. Er schwebte auf sie zu, und als sie ein zartes Kribbeln auf der Haut spürte, wusste sie, dass er sie berührte.

Das kühle Metall des Teststabs bohrte sich in ihre Handfläche.

Sie konnte Miss Newam durch die Nase atmen hören. Ein leises, pfeifendes Geräusch.

Sie versuchte die vier Glyphen vor ihrem inneren Auge festzuhalten.

Briå: Luft, Fliegen, Verwandlung.

Arianwyn spürte die Macht wie eine kleine Welle, als sich der Energiestrom mit ihr verband.

Ḁluna: Wasser, Heilen, Wahrsagen.

Es fühlte sich an wie kalte Stecknadeln. Ihr wurde schwindelig.

Erṯe: Erde, Kraft, Schutz, Leben.

Die Zeichen schälten sich aus dem Dunkel, leuchteten kurz auf und verloschen dann wie exotische Blumen, die verblühten.

Årdra: Feuer, Energie, Abwehr.

Und dann tauchte sie plötzlich auf! Erschien einfach zwischen den anderen Glyphen.

Nein, nicht jetzt!, dachte Arianwyn und versuchte sie wegzublinzeln.

Es war eine *unmögliche* Glyphe. Eine, die überhaupt nicht existierte – außer in ihrem Kopf. Sie hatte eine sehr merkwürdige und doch seltsam vertraute Form. Arianwyn spürte, wie diese Glyphe die im Innenhof schwebende Magie langsam an sich zog. Sie versuchte sich mit aller Kraft auf die vier anderen zu konzentrieren, aber diese eine war größer und ausladender – obwohl sie nicht auf dieselbe Weise leuchtete. Im Gegenteil: Sie war ganz dunkel und schien sogar das Licht der Umgebung einzusaugen.

Weg mit dir!

Verdammt, das war ihr seit einer Ewigkeit nicht mehr passiert. Wieso musste es sich ausgerechnet jetzt wiederholen?

Das letzte Mal, als sie die Glyphe so deutlich gesehen hatte ... Nein, bloß nicht daran denken! Es war ein solcher Albtraum gewesen.

Sie hatte niemandem davon erzählt, nicht einmal ihrer Granny. Es war ihr Geheimnis. Jetzt aber zog das merkwürdig geformte Zeichen sie wieder in ihren Bann, und noch bevor Arianwyn wusste, wie ihr geschah, streckten sich all ihre Gedanken nach der Glyphe aus.

Diese knisterte nur so vor Energie. Aber trotzdem fühlte sie sich irgendwie kalt an und weit entfernt. Nicht warm und pulsierend wie die echten Glyphen.

Arianwyn spürte die Verbindung und wusste, dass es zu spät war, sich dagegen zu wehren. Es war, als hätte sich die Energie in ihrer Umgebung plötzlich verdoppelt und würde mit aller Macht auf sie zuströmen, sie geradezu überrollen.

Sie riss die Augen auf und taumelte ein paar Schritte zurück. Der trübe Tag wirkte auf einmal noch ein bisschen düsterer und die Schatten schienen sich zu verdichten. Das Messgerät sirrte. Plötzlich ertönten mehrere laute Ploppgeräusche rund um den Hof und die Lampen in den umliegenden Büros erloschen. Die

Zuschauer schnappten nach Luft. Miss Newam stieß einen spitzen Schrei aus, als sich ein dünner Rauchfaden aus dem Messgerät kringelte.

»Ist es kaputt?« Colin spähte verunsichert über den Rand des rauchenden Geräts.

Miss Newam schoss ihm einen Blick zu. »Nein … glaub ich nicht. Ein Stromausfall hat die Aufzeichnung unterbrochen, das ist alles!« Sie drückte auf die Knöpfe an der Seite und drehte an den Rädchen.

Aber keine Reaktion!

Arianwyns Puls raste. Was war da gerade passiert? Sie blickte auf ihre Hände. Energiefunken sprühten aus ihren Handflächen und Fingerspitzen. Ihre Haut kribbelte. Sie hatte Mühe, sich zu konzentrieren.

Erneut fummelte Miss Newam an den Schaltern herum und nach einer Weile schlängelte sich tatsächlich ein Papierstreifen aus dem Schlitz an der Unterseite. Sie riss den Zettel ab und hielt ihn so, dass sie das Ergebnis in dem schwachen Licht lesen konnte. Nach kurzem Zögern zeichnete sich ein Ausdruck des Triumphs auf ihrem Gesicht ab.

»Ich bedaure, Ihnen mitteilen zu müssen, Miss Gribble, dass Sie nicht bestanden haben.« Die Schadenfreude in ihrer Stimme war nicht zu überhören.

Irgendwo im Publikum schnappte jemand laut nach Luft, dann folgte aufgeregtes Tuscheln.

Miss Newam hielt Arianwyn die schriftliche Aufzeichnung vor die Nase, damit sie sich selbst von dem Ergebnis überzeugen konnte. Mit zitternden Händen nahm Arianwyn den Papierstreifen entgegen, erleichtert, dass wenigstens die Funken an ihren Fingerspitzen verschwunden waren. Das Papier zeigte eine fein gezackte rote Linie und unzählige kleine Markierungen, die ihr nicht das Geringste sagten.

Sie war sich sicher, dass jedes einzelne Augenpaar im Hof sie anstarrte. Ihr wurde schlecht. Am liebsten hätte sie sich auf dem Absatz umgedreht und wäre weggerannt. Aber sie war wie versteinert vor Schreck.

»Ich denke, wir sollten das kurz klären«, sagte der Direktor mit betont munterer Stimme und bedeutete Arianwyn und Miss Newam ihm zu folgen. Colin zockelte hinterher, das qualmende Messgerät in den Händen.

Als sie den Hof überquerten, sah Arianwyn eine Bewegung in der hinteren Zuschauerreihe: eine große, elegante Frau in dunklem Mantel, den breitkrempigen Hut tief ins Gesicht gezogen, um den Hals ein leuchtend gelber Schal, der im Wind flatterte.

Granny!

Arianwyn rutschte das Herz in die Hose. Ihre Großmutter war die ganze Zeit hier gewesen und hatte alles mit angesehen! Was für ein Albtraum!

»Direktor Coot!« Jetzt trat die alte Dame aus der Menge. »Dürfte ich Sie kurz sprechen?«

Arianwyn schaute weg. Ihre Wangen brannten wie Feuer. Die Blicke im Hof flogen zwischen dem Direktor und ihrer Granny hin und her.

»Madam Stronelli, was für … eine Ehre!« Der Direktor drehte

sich fragend zu Miss Newam, Colin und Arianwyn um, er wirkte unschlüssig. Aber es war ziemlich offensichtlich, dass ihre Granny ein Nein nicht akzeptieren würde. Sie starrte den Direktor böse an – diesen Blick kannte Arianwyn nur allzu gut, denn er ließ ihr jedes Mal das Blut in den Adern gefrieren.

»Natürlich, es ist mir eine Freude«, fügte er lächelnd hinzu und führte das Grüppchen vom Hof in ein kleines Büro. Als die Tür hinter ihnen ins Schloss gefallen war, wandte sich der Direktor an Miss Newam. »Und? Was hat das alles zu bedeuten? Ich bin hier seit zwanzig Jahren Direktor und habe noch nie eine Hexenschülerin durch den Abschlusstest fallen sehen. Was um Himmels willen ist da passiert?«

Arianwyn bekam weiche Knie, sie musste sich an der Wand festhalten, um nicht das Gleichgewicht zu verlieren. Noch immer mied sie den Blick ihrer Großmutter. Sie hatte Angst, sich zu übergeben.

Miss Newam trat einen Schritt vor und wedelte mit dem Papierstreifen aus dem Messgerät.

»›Durchgefallen‹ bedeutet, dass es dem Gerät nicht möglich war, die erforderliche Energiemenge zu registrieren und aufzuzeichnen.«

»Und was heißt das?«, fragte der Direktor ungeduldig, die Augen weit aufgerissen, die Wangen knallrot.

»Das heißt«, schnappte Miss Newam, riss sich dann jedoch zusammen und fuhr etwas ruhiger fort, »das heißt, Miss Gribble wird zwar die einfachen Aufgaben irgendwie bewältigen können, bei komplexeren Anforderungen aber an ihre Grenzen stoßen.

Höchst unwahrscheinlich, dass sie jemals über das Anfängerniveau der Hexenkunst hinauskommt.«

Arianwyn hatte das Gefühl, als würde ihr alles, was sie sich je erträumt hatte, wie in Zeitlupe entgleiten. »Und was ist mit dem Stromausfall?«, fragte Colin. »Der hat die Aufzeichnung doch offenbar gestört.«

»Das Gerät hat seine Aufzeichnung eindeutig vor dem Stromausfall beendet«, erwiderte Miss Newam kurz und bündig.

Nein, das konnte einfach nicht sein! Da musste ein Fehler vorliegen, irgendein blödes Missverständnis!

»Können wir den Test nicht wiederholen?«, fragte Direktor Coot und in Arianwyn keimte Hoffnung auf.

»Ausgeschlossen, uns liegt ein eindeutiges Ergebnis vor.« Miss Newam trat näher an den Direktor heran und dann setzte eine eilige Flüsterunterhaltung ein, die erst von Grannys Hüsteln unterbrochen wurde.

»Vielleicht können wir unser kleines Gespräch *jetzt* führen, Direktor Coot?« Sie sah Miss Newam an. »Unter vier Augen?«

Das war eindeutig keine Bitte, das war ein Befehl.

»Sehr gerne.« Der Direktor, immer noch krebsrot, wedelte sich mit einem Aktendeckel Luft zu.

»Aber das ist doch lächerlich!«, protestierte Miss Newam. »Der Ältestenrat hat in dieser Angelegenheit gar kein Mitspracherecht ...«

»Danke, Miss Newam«, sagte der Direktor bestimmt und fügte mit etwas weicherer Stimme hinzu: »Wären Sie drei so gut und warten draußen?«

Arianwyn folgte Miss Newam und Colin in den dämmrigen Flur und die Tür schloss sich leise hinter ihnen. Dann war es still.

Ein paar Minuten später tauchte ihre Granny wieder auf, gefolgt von Direktor Coot, der mit seinen kurzen Beinen Schwierigkeiten hatte, der elegant dahinschreitenden alten Dame durch den Flur zu folgen.

»Na los, kommen Sie schon«, schnauzte er Arianwyn, Colin und Miss Newam an. »Zurück in den Hof, wenn ich bitten darf.«

Dort angekommen stiegen sie zurück auf die Bühne. Die anderen Hexen warfen Arianwyn finstere Blicke zu, als sie sich erneut ans Ende der Reihe stellte. Es regnete noch immer und die wenigen Zuschauer, die draußen ausgeharrt hatten, waren vollkommen durchnässt. Arianwyn hatte keinen blassen Schimmer, was jetzt auf sie zukam. Sie riskierte einen schnellen Blick zu ihrer Granny, die schweigend im hinteren Zuschauerbereich wartete.

Colin stand zitternd am Rand des Podests und machte ein aufmunterndes Daumen-hoch-Zeichen in Arianwyns Richtung. Aber sie schaffte es nicht, sein Lächeln zu erwidern. Überhaupt, warum war er so nett zu ihr?

Miss Newam und der Direktor unterhielten sich flüsternd. Irgendwann tippte sie ihm verärgert mit dem Zeigefinger gegen die Brust, worauf er noch röter wurde und mit einem gedämpften, aber sehr energischen Wortschwall antwortete.

Nach einer Weile schien der Direktor den Flüsterstreit gewonnen zu haben, denn die beiden setzten sich in Bewegung. Langsam schritten sie die Reihe der Kandidatinnen ab und hefteten ihnen glänzende Silbersterne an die Mäntel.

Arianwyn blickte starr geradeaus, ihr graute davor, was passieren würde, wenn sie an der Reihe war. Sie spürte, dass sämtliche Anwesenden gebannt auf genau diesen Moment warteten.

»Ah, Miss Gribble.« Der Direktor setzte ein strahlendes Lächeln auf, als er endlich vor ihr stand. »Ich bin mir sicher, dass Ihr schwaches Abschneiden im Abschlusstest Sie nicht daran hindern wird, irgendwann in der Zukunft eine voll qualifizierte Hexe zu sein ...«

Miss Newam reichte ihm ein kleines Samtkästchen, genau wie sie es auch bei den anderen Kandidatinnen getan hatte. Sie lächelte, aber ihr Gesicht war verkniffen. Was war das hier? Ein übler Scherz? Hatte es doch einen Fehler gegeben? Tausend Gedanken schwirrten Arianwyn durch den Kopf.

Der Direktor fummelte eine Weile am Verschluss des Kästchens herum, nahm schließlich etwas heraus und heftete es Arianwyn an den Mantel. Zögerlicher, verblüffter Applaus setzte ein. Arianwyn blickte an sich herab. Statt eines glänzenden Silbersterns trug sie eine hässliche Bronzescheibe am Revers.

Bloß nach Hause

Die Bronzescheibe schmiegte sich an den dunklen Mantelstoff. Was zum Teufel war da gerade passiert?

Der Direktor wandte sich an die wartende Menge.

»Meine Damen und Herren, obwohl Miss Gribble bei der Auswertung durchgefallen ist, freuen wir uns, ihr die ehrenvolle Mondbrosche zu überreichen. Die Mondbrosche wird all jenen Lehrlingen verliehen, die das nötige Potenzial für den Hexenberuf mitbringen, ihre Fähigkeiten aber noch nicht vollständig entfaltet haben. Wie schon gesagt steht die Zivile Hexenkunstbehörde unter immensem Druck und wir hätten sonst eine der Stellen unbesetzt lassen müssen.«

Arianwyns Wangen brannten. Was zum Teufel hatten sie in dem Büro besprochen? Prüfend schaute sie ihre Großmutter an, aber ihr Gesicht war im Schatten verborgen.

Was hatte sie da nur ausgehandelt?

Erneut setzte zögerlicher Applaus ein, aber er verebbte sofort wieder. Miss Newam trat näher und sprach Arianwyn jetzt direkt an: »Offenbar ist dem Herrn Direktor mehr daran gelegen, es sich nicht mit dem Ältestenrat zu verscherzen, als sich an die Regeln zu halten.« Und nach einem säuerlichen Seitenblick auf Granny fuhr sie fort: »Es gibt da eine kleine Stadt – also, eigentlich ist es eher ein großes Dorf, ganz weit ab vom Schuss –, wo man die Leute vielleicht überreden könnte, Sie als Hexe auf Probe einzustellen. Vielleicht bringen Sie es dort ja sogar zu Ruhm und Ehre.« Die letzten Worte schleuderte sie ihr hämisch entgegen. Und als sie mit dem knochigen Zeigefinger nach der Mondbrosche pikste, funkelten ihre Augen vor Bosheit.

Arianwyn suchte den Blick ihrer Großmutter. Grannys Gesicht war kalkweiß und die Regentropfen auf ihren Wangen sahen aus wie Tränen.

Nachdem sie das Gebäude der Zivilen Hexenkunstbehörde verlassen hatte, verschanzte sich Arianwyn unter ihrem Regenschirm und tat so, als sei sie völlig vertieft in einen Aushang mit der Überschrift »Geisterwesen-Identifikation leicht gemacht«. Doch insgeheim schielte sie zu den frischgebackenen Hexen hinüber, die von ihren Familien und Freunden zum Mittagessen oder Nachmittagstee in die Nobelrestaurants der Stadt eingeladen wurden. Granny war im Gebäude von einer alten Bekannten aufgehalten worden und plauderte noch. Das Regenwasser lief über die randvolle Dachrinne auf den Gehsteig.

Da spürte Arianwyn, wie ihr jemand auf die Schulter tippte. Sie drehte sich um und stand vor Colin, der einen großen braunen Umschlag in der Hand hielt. »Herzlichen Glückwunsch!«, sagte er und deutete auf ihre Brosche.

»Danke«, murmelte sie und versuchte den Mond unter ihrem Mantelkragen zu verbergen.

»Okay, ich weiß, es ist nicht das Ergebnis, das Sie sich erhofft haben, aber immerhin haben Sie einen Job und ein Einsatzgebiet bekommen!« Er lächelte vergnügt und streckte ihr den Umschlag entgegen. »Und«, flüsterte er, »in sechs Monaten können Sie einen Antrag auf Nachprüfung stellen. Die Formulare dafür sind auch hier drin.« Aufmunternd wedelte er mit dem Umschlag.

Arianwyn wusste, dass er es nur gut meinte, trotzdem riss sie ihm genervt den Umschlag aus der Hand, sie konnte nicht anders. »Toll, ich bin begeistert! Damit habe ich jetzt aber das ganz große Los gezogen: Lehrlingshexe am Ende der Welt, in irgendeinem trostlosen Kaff! Können Sie sich auch nur ansatzweise vorstellen, wie peinlich das ist?«

Offensichtlich getroffen von ihren Worten, wich Colin zurück und murmelte eine Entschuldigung.

»Ich glaube, ich möchte jetzt lieber allein sein.« Arianwyn wandte sich ab – und stand ihrer Großmutter gegenüber. Die Augen der alten Dame waren zu Schlitzen verengt, die Lippen nicht mehr als ein dünner Strich. Arianwyn kannte diesen Gesichtsausdruck: Er verhieß nichts Gutes. Sie hörte, wie Colin zurück ins Gebäude ging. Seufzend wich sie Grannys zornigem Blick aus.

»Steig ein«, sagte die alte Dame leise. Ihre Stimme klang müde. Sie deutete auf ein elegantes, glänzend schwarzes Kingsport-Taxi, das am Straßenrand wartete. Die Scheinwerfer strahlten hell im trüben Dämmerlicht.

Sie kletterten auf die Rückbank und Granny nannte ihre Adresse, bevor sie mit einem Ruck die Scheibe zuschob, die sie vom Fahrer trennte. Schnell verschwand die Zivile Hexenkunstbehörde hinter ihnen im tristen Nachmittagsgrau.

Arianwyn zupfte nervös an ihrem nassen Kleid, während Granny mit ihrer Brille herumspielte. Sie tauschten einen Blick. Vorwurfsvoll. Abwartend. Das Taxi bog auf den Royal Circle – mitten in einen riesigen Stau hinein. Überall um sie herum wurde wild gehupt. Das weiche, goldene Licht des Royal Palace schimmerte durch das Regengrau.

»Jetzt sag's schon. Ich weiß doch genau, was du denkst!«, platzte es aus Arianwyn heraus. Besser, sie kassierte die unvermeidliche Standpauke sofort, anstatt noch Ewigkeiten darauf zu warten.

»Was soll ich sagen?«, fragte Granny mit ruhiger Stimme.

»Weiß nicht … irgendwas. Über die hier.« Sie tippte auf ihre Brosche. »Oder über die Auswertung. Oder darüber, wie wütend und gedemütigt du dich fühlst. Wie sehr ich dich enttäuscht habe …« Arianwyns Stimme versagte. Aber sie war wild entschlossen, nicht zu weinen. »Oder wie wär's, wenn du mir erzählst, was für einen Deal du mit Direktor Coot in seinem Büro ausgehandelt hast?«

Granny griff nach Arianwyns Hand. »Das musste ich tun. Es ist zu deinem Besten.«

Mit bitterbösem Blick zog Arianwyn ihre Hand zurück. »Blödsinn. Du wolltest dich nur nicht vor deinen Freunden blamieren.«

»Es wird nicht besser, wenn du dich wie ein verwöhntes Kind aufführst.« Der Ton ihrer Großmutter war jetzt schärfer.

»Wie bitte? Aber ich hab doch gar nichts …«

»Und den jungen Mann derart anzuschnauzen war sicher auch

nicht die beste Idee. Egal, wie sehr du dich ärgerst: Das ist noch lange kein Grund, unhöflich zu werden.«

»Ich glaub's einfach nicht«, murmelte Arianwyn.

Wieder streckte Granny die Hand aus. »Vielleicht war es in deinem Fall einfach noch zu früh für den Test. Zu meiner Zeit haben die Hexen ihre Lehrzeit meist erst mit siebzehn beendet.«

»Mein Gott, Granny, wir leben nicht mehr in der Steinzeit! Ich möchte auch endlich arbeiten. Helfen. Und zwar jetzt, nicht erst in ein paar Jahren. Es gibt da draußen so viel zu tun. Aber das wüsstest du selbst, wenn du dich mal öfter aus deinem Buchladen heraustrauen würdest.« Sie hatte noch nicht zu Ende gesprochen, da bereute sie ihre Worte schon.

»So, jetzt hörst du mir mal gut zu!« Granny hob warnend einen Finger und spätestens da wusste Arianwyn, dass sie zu weit gegangen war. »Erstens: Ich mag zwar schon älter sein, aber die Steinzeit hab ich dann doch nicht mehr miterlebt. Zweitens weiß ich sehr wohl, was sich außerhalb meines Buchladens abspielt. Vielleicht bekomme ich sogar mehr mit, als du denkst. Drittens: Wenn du dich nicht wie eine Erwachsene benehmen kannst, bist du vielleicht wirklich noch nicht bereit für den Hexenberuf …« Sie machte eine Pause und suchte nach den richtigen Worten. »Und viertens: Falls das heute ein Versuch war, deinen Vater zu beeindrucken, dann hast du in der Hexerei nichts verloren, überhaupt nichts.«

Die Erwähnung ihres Vaters brachte Arianwyn mehr durcheinander, als es das qualmende Messgerät getan hatte. Sie wusste plötzlich wieder ganz genau, wie sich der raue Stoff seiner grünen

Uniform anfühlte, die sie im Hafen von Kingsport umklammert hatte, bevor er sie stehen ließ, um sich seiner Kampfeinheit anzuschließen. »Es ist ja nicht für lange, meine Süße«, hatte er gesagt und seine Tränen weggeblinzelt. Das war nun zehn Jahre her, und sie hatte ihn seitdem nur wenige Male gesehen. Ein paar Tage Urlaub ab und zu. Manchmal ein Brief und noch seltener ein Anruf aus exotisch klingenden Orten, Tausende Meilen entfernt. Bei ihrem letzten Telefonat war er auf dem Weg in die Grenzstädte von Veersland gewesen, deren Einwohner er gegen die immer aggressiveren Angriffe der Urisier schützen sollte.

»Natürlich nicht!«, sagte Arianwyn trotzig, doch es fühlte sich wie eine Lüge an. »Ich hab einfach nur verdammt viel Herzblut in die Sache gesteckt.«

»Vielleicht ist ja genau das dein Problem. Vielleicht wäre es sinnvoll gewesen, auch deinen Verstand ein bisschen zu beteiligen.«

Schweigend starrte Arianwyn vor sich hin.

Das Taxi schob sich ein paar Meter vor, machte dann die Kreuzung frei und verließ den Royal Circle. Einige Minuten waren nur das Brummen des Motors und der Verkehrslärm zu hören.

Dann hielten sie vor Stronellis Buchhandlung, Arianwyns Zuhause, seit ihre Mutter gestorben war und sich ihr Vater, überwältigt von seiner Trauer, wieder der Armee angeschlossen hatte.

Das unerwünschte Geschenk

Arianwyn sprang aus dem Taxi, stürzte zur Tür und wühlte in ihrer Tasche nach dem Schlüssel. Sie wollte nur eines: so schnell wie möglich hoch in ihr Zimmer und allein sein. Im Laden war es dunkel. An der Tür hing ein Schild: »Wegen Familienfeier geschlossen.«

Arianwyn wurde wieder schwer ums Herz.

Sie drückte die Tür auf und über ihrem Kopf klingelten sechs Glöckchen an einer hellroten Schleife, ein uraltes grunnäisches Amulett gegen böse Geister. Sofort spürte Arianwyn die Welle der Magie, die den Eingang schützte. Amulette waren das Spezialgebiet ihrer Großmutter gewesen, bevor sie ihre magische Tätigkeit aufgegeben hatte, um für Arianwyn zu sorgen. Sie hatte den Buchladen gekauft und war von ihren offiziellen Verpflichtungen im Ältestenrat zurückgetreten.

Hastig durchquerte Arianwyn den dunklen Laden. Unzählige Bücher stapelten sich auf Holzdielen und Teppichen zwischen den hoch aufragenden Regalen, aber sie kannte den Raum so gut, dass sie den Weg auch mit verbundenen Augen gefunden hätte.

Wieder läuteten die Türglöckchen und das Licht wurde angeknipst. »Sollen wir unseren Streit hier unten fortsetzen oder lieber oben bei einer Tasse Tee?«, fragte Granny und ging langsam zum riesigen Schreibtisch im hinteren Teil des Ladens, auf dem sich ebenfalls Bücher türmten. »So können wir jedenfalls nicht weitermachen«, fügte sie hinzu und ihre Stimme klang schon weicher.

»Vielleicht verrätst du mir erst mal, was du Direktor Coot erzählt hast«, sagte Arianwyn. »Du hast ihn überredet, mir diese Stelle zu geben, stimmt's?«

Leise summend machte sich ihre Großmutter an dem Papierkram auf ihrem Schreibtisch zu schaffen.

»Granny!«, drängte Arianwyn. »Was hast du ihm gesagt?«

Nach längerem Schweigen seufzte Granny und blickte ihre Enkelin an. Im Licht der Deckenlampe sah sie traurig, blass und besorgt aus. Ihre Haare waren feucht und hingen ihr strähnig ins Gesicht.

»Vielleicht habe ich angedeutet, dass es kurzsichtig sein könnte, dir *keine* Stelle anzubieten. Wenn man bedenkt, wie viele Hexen im Moment gebraucht werden.«

»O Gran … das darf doch nicht wahr sein! Sag, dass das nicht stimmt!« Arianwyn ballte die Fäuste. »Alle werden wissen, dass du dahintersteckst. Dass ich die Stelle nur wegen dir bekommen habe!« Wütend riss sie sich die Mondbrosche vom Mantel und schmiss das verhasste Ding quer durch den Raum. Sie kreiselte über den Boden und knallte gegen Grannys Schuh.

Die wandte sich ab und sortierte geräuschvoll ein paar Bücher auf dem Schreibtisch. »Ich weiß, dass du einen harten Tag hattest, aber das ist trotzdem kein Grund, dich aufzuführen wie diese verwöhnten Highbridge-Gören«, sagte sie verärgert. »Wie dieses Alverston-Mädchen.«

Arianwyn lag schon eine Erwiderung auf der Zunge, aber sie schluckte ihre Wut herunter und ließ sich stattdessen in den großen, abgenutzten Armsessel fallen, das Gesicht in den Händen vergraben.

»Es tut … mir leid«, murmelte sie schließlich zwischen ihren Fingern hindurch.

»Wie bitte? Was hast du gesagt?« Die Stimme ihrer Großmutter klang schon versöhnlicher.

»Es tut mir leid, Granny.«

Es folgte ein langes Schweigen. Nur Grannys Schritte auf den Dielen waren zu hören. Als Arianwyn zwischen ihren Fingern hervorlugte, sah sie ihre Oma mitten im Raum stehen. Sie hatte Mantel und Schal abgelegt. Ihr langes schwarzes Kleid wischte über den staubigen Boden. Sie lächelte.

»Erinnerst du dich noch an das erste Mal, als du dir hier ein Buch ausgesucht hast?«, fragte sie.

Natürlich. Arianwyn erinnerte sich daran, als wäre es gestern gewesen. Es war der Tag, an dem ihr Vater zur Armee aufgebrochen war und sie mit Granny allein gelassen hatte.

»Ich konnte nicht schlafen …«, murmelte Arianwyn. »Ich hatte Angst. Da bist du mit mir runter in den Laden gegangen, hast mich in eine dicke Decke gewickelt und mir gesagt, ich solle die Augen schließen und mir ein Buch aussuchen. Ich hab erst gar nicht verstanden, was du meinst.« Überall hatten die Bücher dicht an dicht gestanden. Sogar auf Borden unter den Fenstern und über den Türen, ganz zu schweigen von den Stapeln auf Stühlen, Tischen und Fußboden. Genau wie heute.

Arianwyn konnte sich noch an fast jedes Detail erinnern. Wie sie ganz still dagestanden hatte, mit zusammengekniffenen Augen. Wie sie versucht hatte, an etwas Schönes zu denken. An das Schönste überhaupt. Und wie die Magie schließlich ihre Wirkung gezeigt hatte.

»Warum probierst du es nicht noch mal?«, schlug Granny sanft vor.

Arianwyn schloss die Augen und versuchte die negativen Gedanken an ihre Prüfung abzuschütteln. An Miss Newam. An Gimma. Und an die Mondbrosche. Stattdessen beschwor sie die Erinnerung an ihre Eltern, an die Zeit, als sie noch jung und unbekümmert waren. An die wunderhübsche junge Hexe und den attraktiven Soldaten auf dem Hochzeitsfoto neben ihrem Bett. Wie sie sich umarmt hielten und in die Kamera lächelten.

Auch nach all den Jahren war es immer noch mit Abstand das schönste Bild, das Arianwyn sich vorstellen konnte.

Als es schließlich wieder verblasste, ließ die Erinnerung ihren Geist leer und dunkel zurück. Doch dann sah sie plötzlich ein schwaches Glühen. Sie streckte ihre Hand aus und tappte blindlings darauf zu. Farbige Punkte tanzten hinter ihren Augenlidern, verschwammen zu bunten Schlieren.

»Jetzt bloß nichts überstürzen«, warnte Granny.

Arianwyn blieb stehen und versuchte, langsam und entspannt zu atmen. Nach ein paar Sekunden sah sie ein helles Licht aufblitzen. Mit ausgestreckten Händen trat sie einen Schritt darauf zu. Dann noch ein pulsierender Lichtblitz. Noch ein Schritt. Und so weiter, bis sie die Nähe der Bücherregale spürte. Der modrige

Geruch des Papiers drang ihr in die Nase, warm und vertraut. Sie wartete. Da, ein Luftzug. Ihre Haut kribbelte und dann spürte sie plötzlich, wie etwas Kühles, Festes in ihre Hände glitt. Sie umklammerte das Buch. Es war dick und schwer: vielleicht wieder Märchengeschichten wie letztes Mal.

Sie öffnete die Augen und blickte nach unten.

Handbuch für Hexenlehrlinge.

Es war ein eher unauffälliges Buch. Auf dem ausgeblichenen grünen Einband waren – miteinander verschränkt – ein sternähnliches Zeichen, ein Besen und eine Glyphe abgebildet. Arianwyn hatte das Buch noch nie gesehen, es stand nicht auf der offiziellen Lektüreliste. Offenbar wurde es nicht von der Zivilen Hexenkunstbehörde für die Ausbildung empfohlen. Sollte das ein schlechter Scherz sein? Wollte ihr jemand eine letzte Lektion erteilen? Ihre Wut kochte wieder hoch.

Sie hielt ihrer Großmutter das Buch entgegen. »Tja, ich schätze, das ist eine eindeutige Botschaft«, sagte sie und ihre Augen füllten sich mit Tränen. Keine Sekunde länger wollte sie mit diesem blöden Wälzer in der Hand herumstehen. Sie ließ ihn fallen und rannte los.

Das Letzte, was sie hörte, war der laute Knall, als das Buch auf die Holzdielen klatschte.

Arianwyn hatte ihre Schuhe von den Füßen gekickt und sich auf dem Bett zusammengerollt. Durch das Fenster drang das blassgelbe Licht der Straßenlaterne in den Raum. Nach einer Weile drückte Granny die Tür auf und kam mit einem Tablett herein, das sie auf den Nachttisch stellte. Eine dampfende Suppe stand darauf, ein Teller mit dicken, gebutterten Brotscheiben und eine heiße Tasse Tee. Sie zog die Gardine zu und knipste eine der kleinen Lampen an.

»Hab ich das alles geträumt? War das vielleicht nur ein Albtraum?« Arianwyn drehte sich um und erspähte das grüne Buch auf dem Tablett. »O Gott, nein, scheinbar nicht.«

Granny ergriff ihre Hände und sagte mit fester, freundlicher Stimme: »Arianwyn Gribble, du bist meine Enkelin …«

»Gran, bitte keine Motivationsrede, das verkrafte ich jetzt nicht. Es fühlt sich an, als hätte ich dich im Stich gelassen. Ich habe immer nur davon geträumt, eines Tages als Hexe zu arbeiten. Genau wie du. Und wie Mum. Irgendwie dachte ich, es wäre das Einzige, was ich wirklich gut kann. Aber falsch gedacht. Ich hab versagt. Komplett.«

Einen Moment überlegte Arianwyn, ob sie Granny von der merkwürdigen Glyphe erzählen sollte. Sie war schon öfter kurz davor gewesen, aber immer hatte sie im letzten Augenblick einen Rückzieher gemacht. Garantiert würde ihre Granny darin nur einen weiteren Beweis sehen, dass sie für den verantwortungsvollen Hexenberuf noch nicht bereit war.

»Manchmal wissen wir eine Sache mehr zu schätzen, wenn wir dafür gekämpft haben«, sagte ihre Großmutter. »Oder glaubst du etwa, dass die Hexen, denen man ihre Stellenangebote auf dem Silbertablett serviert hat, einen besseren Job machen werden als du, nur weil ein komisches Gerät das behauptet? Keineswegs! Denn sie werden sich nicht bemühen besser zu sein. Sie werden sich nicht anstrengen. Anders als du. Ich weiß, dass du hart arbeiten wirst, denn das hast du schon immer getan.« Sie machte eine kurze Pause. »Vor dem, was das Schicksal für uns bereithält, dürfen wir niemals zurückweichen. Wenn es dir vorherbestimmt ist, noch eine Weile Lehrlingshexe zu sein, dann ist das eben so. Dann wirst du die beste Lehrlingshexe überhaupt, so wie du schon immer in allem die Beste gewesen bist.«

»Aber mir ist mein Stellenangebot doch auch auf dem Silbertablett serviert worden …«

»O nein, so ist das nicht gelaufen, Ehrenwort!« Granny umarmte sie fest. Sie roch nach Sommer und staubigen Büchern.

»Alle werden mir jetzt ganz genau auf die Finger schauen und über mich urteilen. Noch mehr als sonst«, murmelte Arianwyn.

»Ach was! So ein Quatsch! Ich bin ja wohl um einiges erfahrener als diese aufgeblasene Tante von der ZHB mit ihrem albernen Apparat. Der kann noch so viele Papierstreifen ausspucken, das ist mir egal. Eines Tages wirst du eine hervorragende Hexe sein, daran zweifle ich nicht eine Sekunde. Nur der Weg dorthin ist für dich etwas holpriger als für andere. Und glaub bloß nicht, dass dein Job leichter sein wird, nur weil ich ein paar Worte mit diesem lächerlichen Dummschwätzer gewechselt habe.«

»Und was ist hiermit?« Arianwyn nickte in Richtung des Buchs.

»Das ist ein uraltes Übungsbuch. Es ist seit Jahrzehnten nicht benutzt worden. Seit Gründung der Zivilen Hexenkunstbehörde nicht mehr. Sie fanden es bestimmt zu ›geheimnisvoll und undurchsichtig‹.« Granny wedelte theatralisch mit den Händen und rollte mit den Augen.

Gegen ihren Willen musste Arianwyn lächeln. Dann schlug sie das Buch auf.

Die Seiten waren aus dickem, bräunlichem Papier und mit kleinen, sorgfältigen Illustrationen versehen. Es gab Kapitel über Besen, Kräutergärten, den Gebrauch der wichtigsten Glyphen und viele andere Dinge, die Arianwyn bereits wusste. Einige Seiten ließen sich aufklappen und zeigten komplizierte Diagramme oder Kombinationen von Zaubersprüchen. Sie blätterte vor und zurück und wollte das Buch gerade zuklappen, als sie innehielt. Auf dem Deckblatt stand in säuberlicher Handschrift der Name ihrer Oma.

»Das war deins?«

»Während meiner Ausbildung war es Pflichtlektüre. Also kurz nach der Steinzeit.« Granny gluckste. »Ich hab's jahrzehntelang nicht gesehen. Aber es wird nicht ohne Grund zu dir gekommen sein. Nach all den Jahren, die es im Regal herumstand, ist es jetzt von dir gerufen worden. Von dir allein. Also, wenn du schlau bist, hast du es ab jetzt immer griffbereit.« Sie zwinkerte belustigt und Arianwyn wusste, dass sie sich wieder vertragen hatten. Der schlimmste Teil des Tages lag jetzt hinter ihnen. Sie drückte das Buch an die Brust. Zu wissen, dass ihre Granny damit gearbeitet hatte, machte es zu etwas wirklich Besonderem.

»Und was ist hiermit?« Granny reichte ihr den braunen Umschlag. »Willst du nicht wissen, was es mit deinem neuen Job auf sich hat?«

»Nein, ich glaube nicht. Und du weißt doch bestimmt sowieso schon alles, oder?« Arianwyn fröstelte, es war, als würde ein eisiger Luftzug durchs Zimmer wehen. War das Aufregung oder Angst?

»Ich weiß überhaupt nichts. Ehrlich!« Granny lächelte.

Also holte Arianwyn tief Luft und schlitzte den Umschlag auf. Drei Zettel flogen auf die helle Daunendecke. Der erste war ein von August Coot unterschriebenes Zeugnis. Es führte die Note auf und ihren Status als »Lehrlingshexe«.

Das nächste Blatt war ein Antrag auf Wiederholung der Abschlussprüfung. Colin hatte einen kleinen Notizzettel mit den Worten »Viel Glück« an das Formular geheftet. Wieder regte sich Arianwyns schlechtes Gewissen: Sie war so unfreundlich zu ihm gewesen.

Der letzte Zettel war ein kurzer, getippter Brief:

Liebe Miss Gribble,

da Sie soeben Ihre Abschlussprüfung abgelegt haben und die jüngsten Entwicklungen unseres Landes es erforderlich machen, beruft die Zivile Hexenkunstbehörde Sie als Lehrlingshexe in die Stadt Lull und Umgebung.
Sie werden die Stelle am 8. März antreten und sind dem Bürgermeister von Lull, Herrn Josiah Belcher, unterstellt.
Wir wünschen Ihnen viel Erfolg in Ihrer neuen Position.
Hochachtungsvoll
C.J. Alberias
Abteilung Stellenvermittlung der Zivilen Hexenkunstbehörde, Kingsport

Arianwyn reichte Granny den Brief und ging hinüber zu ihrem Bücherregal. Sie ließ den Blick über die Buchrücken schweifen, auf der Suche nach dem Atlas, den sie von ihrem Vater zu ihrem elften Geburtstag bekommen hatte. Von einer Stadt namens Lull hatte sie noch nie gehört – was irgendwie nichts Gutes verhieß.

»Ich glaube, dieses Lull liegt irgendwo südlich von Undle«, sagte Granny. »In der Nähe des Großen Waldes.«

Arianwyn legte den Atlas aufs Bett und blätterte zu der Seite, auf der das Inselreich Hylund abgebildet war. Die Insel trieb in der riesigen blauen Fläche des Ozeans dahin, abgeschieden und sicher. Arianwyns Finger fuhr über die Festland-Königreiche Dannis, Grunnäa und Veersland, die die Seite oben und unten einrahmten. Uris war nicht mehr abgebildet, es lag nördlich von Veersland, wo ihr Vater kämpfte. Deshalb kam es ihr immer so vor, als würde der Krieg in irgendeinem erfundenen Märchenland stattfinden.

Suchend glitten ihre Augen über die Insel Hylund – über Flüsse, Dörfer und Städte, die sie vom Namen oder von irgendeiner Reise kannte. Aber erst nach einer halben Ewigkeit entdeckte sie in der alleruntersten Ecke, am Rand des Großen Waldes, das Wort »Lull« neben einem winzigen Punkt. Arianwyns Finger blieb auf dem Punkt liegen, während sie sich fragte, wie es dort wohl aussehen mochte. Der Große Wald war ein düsteres, nebliges Gebiet, das sich bis zur Südküste erstreckte, ein gefährlicher und entlegener Ort voller Magie. Es gab haufenweise Legenden darüber: Sie erzählten von alten Geistern, die sich dort auf der Flucht vor den Menschen versteckt hatten. Ein paar Expeditionen waren ausgesandt worden, um den Wald zu kartografieren, aber keine war erfolgreich zurückgekehrt. Der Wald war einfach nicht bereit, sich seine Geheimnisse entreißen zu lassen.

Bei der Vorstellung, demnächst unmittelbar neben einer so geballten Menge Magie zu leben, durchfuhr Arianwyn ein Schauer der Vorfreude – trotz allem.

Ihre Großmutter nahm sie in den Arm. Dann beugten sie sich wieder gemeinsam über den Atlas.

Innerhalb der Vier Königreiche werden üblicherweise solche Menschen als Hexen bezeichnet, die das natürliche Magievorkommen in ihrer Umgebung kontrollieren können.
Die Ausbildung einer Hexe beginnt im Alter von vier Jahren mit Allgemeiner Glyphenkunde. Zwischen dem zwölften und siebzehnten Lebensjahr geht sie dann in der Regel bei einer erfahrenen Hexe in die Lehre.
Die Lehrzeit dauert bis zu drei Jahre und endet mit einer dreiteiligen Prüfung. Allerdings werden zunehmend auch modernere Verfahren angewandt, um die magischen Fähigkeiten einer Hexe zu messen.

Aus dem Handbuch für Hexenlehrlinge

4 Die Busfahrt

Es regnete in Strömen und der Bahnhof von Flaxsham lag wie ausgestorben da. Arianwyn stand mutterseelenallein auf dem Bahnsteig, umgeben von ihrem Gepäck. Ihren Besen hatte sie am größten Koffer festgeschnallt. In der Ferne ertönte das Pfeifen einer Lok. Kohlenqualm und der Geruch von heißem Metall hingen in der Luft.

Es war später Nachmittag. Arianwyn hatte früh am Morgen einen übervollen Zug bestiegen, in dem Männer, Frauen und Kinder in alle vier Himmelsrichtungen von Hylund unterwegs waren. Jetzt streckte sie ihre schmerzenden Glieder und warf einen Blick auf die Bahnhofsuhr. Ihr Anschlusszug musste jede Minute kommen. Zum x-ten Mal an diesem Tag zog sie den Brief aus ihrer Tasche und überflog die Details.

Sehr geehrte Miss Gribble,

im Namen des Stadtrates von Lull gratuliere ich Ihnen zu Ihrer neuen Stelle. Da unsere Gemeinde jahrelang auf eine Hexe verzichten musste, freuen wir uns umso mehr, dass Sie nun für uns arbeiten werden.
Wie Sie sicher wissen, ist der Süden von Hylund reich

an natürlicher Magie. Obwohl in unmittelbarer Nähe zum Großen Wald gelegen, ist Lull weitgehend unbehelligt von bösen Geistern – ein ruhiger und angenehmer Wohnort.

Ich gebe zu, dass ich anfangs noch gewisse Vorbehalte gegen Ihren Lehrlingsstatus hatte, aber die Zivile Hexenkunstbehörde hat mir nachdrücklich versichert, dass Sie der Aufgabe gewachsen sein werden, zumal Sie mit der Unterstützung der ZHB-Bezirksaufseherin, Miss Jucasta Delafield, rechnen können.

In der Hoffnung, dass Sie ein Gewinn für unsere Gemeinde sein werden, verbleibe ich hochachtungsvoll

Josiah Belcher
Bürgermeister von Lull

Die Minuten verstrichen, ohne dass der Anschlusszug auftauchte.

»Entschuldigen Sie«, rief Arianwyn dem Stationsvorsteher zu, als dieser mit einer großen, dampfenden Tasse aus seinem Büro auftauchte. »Hat der Zug nach Lull Verspätung?«

»Tut mir leid, Miss, der ist gestrichen. So wie alle Züge nach Lull. Die Gleise sind über den Winter schadhaft geworden.« Er tunkte munter einen Keks in seinen Tee und stopfte ihn sich in den Mund. »Aber es gibt einen Bus, der direkt um die Ecke hält.«

Arianwyn lächelte und wollte sich gerade bedanken, als sie bemerkte, wie der Mann ihre blöde Mondbrosche anstarrte. Schnell zog sie ihren Schal darüber und machte sich auf die Suche nach dem Bus.

Sie erreichte ihn gerade noch rechtzeitig. Mit Hilfe des Fahrers, Mr Thorn, verstaute sie ihr Gepäck auf dem Dach und im Laderaum. Mr Thorn war ein sehr kleiner Mann mit weißem Schnurrbart und fröhlich funkelnden Augen. »Die ganze Stadt erwartet Sie sehnsüchtig, Miss.« Er lächelte. »Dem guten alten Beryl und mir ist es eine Ehre, Sie das letzte Stück fahren zu dürfen«, sagte er und tätschelte liebevoll seinen Bus.

Beryl war offensichtlich sein ganzer Stolz. Der Bus war silbergrün lackiert und auf Hochglanz poliert, er funkelte wie ein Edelstein. Arianwyn betonte mehrmals, was für ein schöner Wagen Beryl doch sei, und Mr Thorn strahlte wie ein stolzer Vater.

Leider war Beryl ungefähr so bequem wie ein Teetablett. Jedes Schlagloch – und davon gab es viele – ließ Arianwyn auf und ab hüpfen. Es war die reinste Achterbahnfahrt. Ihr Magen rebellierte und sie musste konzentriert nach vorne auf die Straße starren, um sich nicht zu übergeben.

Zum Glück beachteten die zwei Mitreisenden sie nicht weiter. Der eine, ein älterer Herr, den Mr Thorn als Mr Grimms begrüßt hatte, war irgendwann zugestiegen und sofort eingeschlafen.

Die andere war ein junges Mädchen, ungefähr in Arianwyns Alter. Sie trug einen wunderschönen, wenn auch ziemlich abgewetzten roten Mantel mit passendem Hut. Am Bahnhof war sie in letzter Sekunde in den Bus gesprungen, hatte Mr Thorn freundlich begrüßt und sich nach seiner Frau erkundigt. Mit einem flüchtigen Seitenblick auf Arianwyn hatte sie sich schließlich einen Platz gesucht und war in Tränen ausgebrochen. Die letzten fünfzehn Meilen hatte sie still in ihr Taschentuch geweint.

Der Bus hüpfte über ein weiteres Schlagloch und warf Arianwyn in ihrem Sitz nach vorn. Wieder meldete sich ihr Magen.

»Wie weit ist es noch bis Lull, Mr Thorn?«, rief sie über Beryls Röhren hinweg nach vorn. Aber der kleine Mr Thorn war so damit beschäftigt, über das riesige Lenkrad zu schielen, dass er ihre Frage gar nicht mitbekam.

Das schluchzende Mädchen blickte von seinem durchnässten Taschentuch auf. »Noch eine halbe Stunde. Wahrscheinlich ist es schon dunkel, wenn wir ankommen.« Eine Weile musterte sie Arianwyn aufmerksam, dann platzte sie plötzlich heraus: »Oh, Sie sind die neue Hexe! Miss ... Gravel? Nein. Grappel? Nein ...«

Mit einem herzlichen Lächeln streckte Arianwyn dem Mädchen die Hand entgegen. »Gribble. Arianwyn Gribble.«

»Wahnsinn! Die Leute werden vor Neid platzen, dass ich Sie als Erste getroffen habe. Sie sind seit Wochen das wichtigste Gesprächsthema in Lull: Miss Gribble hier und Miss Gribble da.«

»Wirklich?« Arianwyn wurde rot.

»Ja, aber machen Sie sich deswegen keine Gedanken. Das liegt nur daran, dass in Lull sonst nichts los ist. Wegen Ihnen haben wir endlich mal wieder was zu reden. Ich bin übrigens Salle Bowen.«

»Freut mich Sie kennenzulernen. Leben Sie in Lull?«

»Ja.« Salle lächelte. »Ich war heute Nachmittag bei einem Vorsprechen im Palace Theatre. Ich bin Schauspielerin. Na ja, ich wäre gern eine, aber irgendwie schaffe ich es nicht, eine Rolle zu ergattern. Außer beim Pantomimenspiel in Lull, aber das zählt nicht so richtig.« Sie verstummte und schnäuzte sich in ihr nasses Taschentuch. Sofort sammelten sich neue Tränen in ihren Augen und liefen ihr die Wangen hinunter.

Der Anblick von so viel Traurigkeit erinnerte Arianwyn an ihre eigene Verzweiflung nach dem Abschlusstest. »Schrecklich, wenn nichts so läuft, wie man es sich wünscht, oder?«, sagte sie mitfühlend und deutete auf ihre Brosche. »Irgendwie hab ich mein Vorsprechen auch vergeigt.« Sie grinste ihre Mitreisende an, deren Miene sich tatsächlich etwas aufhellte. Und ehe sie sichs versah, war sie ins Gespräch mit Salle vertieft, erzählte ihr die ganze verkorkste Prüfungsgeschichte, während der Bus durch die dämmrige Landschaft rumpelte.

»Trotzdem: Deine Eltern müssen irre stolz auf dich sein. Ich darf doch Du sagen?«, fragte Salle.

»Natürlich.« Arianwyn lächelte. Sie griff in ihre Tasche, zog ein Foto ihrer Eltern hervor und reichte es Salle. »Mein Dad ist bei der Armee. Er ist im Norden von Veersland stationiert und hilft den Soldaten dort, die urisischen Angriffe abzuwehren.« Salle nickte wissend und Arianwyn fuhr fort: »Ich hab ihm schon vor Wochen geschrieben, aber ich weiß nicht mal, ob er den Brief bekommen hat. Momentan hören wir nicht oft von ihm. Und meine Mum … meine Mum ist gestorben, als ich klein war. Ich bin bei meiner Großmutter aufgewachsen.«

Zögernd legte Salle ihre Hand auf Arianwyns Arm. »Meine Eltern sind gestorben, als ich noch ein Baby war«, sagte sie leise. »Am Roten Fieber. Ich habe keine Erinnerung an sie. Tante Grace und Onkel Mathieu sind seitdem meine Eltern. Sie betreiben das

Wirtshaus in Lull, den Blauen Ochsen. Was war mit deiner Mum? War sie auch eine Hexe?«

Arianwyn musste die Nachricht, dass Salle überhaupt keine Eltern mehr hatte, erst mal verdauen. Nach einer Weile nickte sie. Die Erinnerung an den Unfall ihrer Mutter war noch so frisch und schmerzhaft, als hätte er sich erst an diesem Morgen ereignet. »Ein Lieferwagen hat sie angefahren. In Kingsport«, sagte sie schließlich leise. »Wir waren in der Bäckerei, um frisches Brot und Kuchen zu kaufen.« Sie blickte an Salle vorbei ins Dämmerlicht hinter den Scheiben. »Und als wir gerade die Straße überquert hatten, rief plötzlich jemand um Hilfe. Ein kleiner Junge war auf die Straße gelaufen und ein Lieferwagen raste direkt auf ihn zu. Mum ist, ohne nachzudenken, zu ihm gerannt. Sie muss gewusst haben, dass sie es nicht beide rechtzeitig zurück auf den Bürgersteig schaffen würden. Mit einem Zauberspruch rettete sie den Jungen, wurde aber selbst ...«

Arianwyn blickte Salle an. Entsetzt hielt diese sich die Hand vor den Mund, die tränennassen Augen weit aufgerissen. »Granny hat sofort all ihre Zaubersprüche ausprobiert – aber es war nichts mehr zu machen.«

Ein paar Sekunden starrten sich die beiden stumm an und Arianwyn überlegte, ob sie Salle von der unbekannten Glyphe erzählen sollte, die sie kurz vor dem Unfall zum ersten Mal gesehen hatte.

Sie hatte sich auf den Seiten eines Glyphen-Lesebuchs für Nachwuchshexen abgezeichnet, war einfach so zwischen den Hauptglyphen aufgetaucht, dunkel und pulsierend. Eine merkwürdige Form, die da nicht hingehörte und genauso schnell verschwand, wie sie aufgetaucht war. Vor lauter Schreck hatte Arianwyn das Buch vom Tisch gefegt und war schreiend zu ihrer Mutter gerannt.

»Was ist los, Schätzchen?«, hatte ihre Mum gefragt, ihr sanft eine Hand auf die Stirn gelegt und tief in ihre Augen geschaut. Und um sie auf andere Gedanken zu bringen, hatte ihre Mutter schließlich vorgeschlagen, zum Bäcker zu gehen – weshalb Arianwyn sich insgeheim die Schuld an dem Unfall gab. Aber darüber hatte sie noch nie mit jemandem gesprochen. Komischerweise war die unheimliche Glyphe seitdem immer wieder aufgetaucht, mal hatte sie sich auf einer beschlagenen Fenster- oder Spiegelscheibe abgezeichnet, mal war sie zwischen irgendwelchen Schatten hervorgetreten. Und immer war danach irgendetwas Schlimmes passiert.

»Das tut mir so leid, Arianwyn!« Salle reichte Arianwyn ein sauberes Taschentuch und riss sie so aus ihren Gedanken.

Der Bus holperte weiter über die Straße, Mr Thorn pfiff leise vor sich hin und Mr Grimms schlief.

In einiger Entfernung konnte Arianwyn eine Reihe von Bäumen ausmachen. Das muss doch jetzt endlich die Straße nach Lull sein, dachte sie.

»Ist das der Große Wald?« Sie deutete auf die Bäume.

Salle lachte. »Das? Um Himmels willen, nein, das ist Clover Hollow. Der Große Wald beginnt erst hinter Lull. Wir fahren jetzt runter ins Tal. Bei Tageslicht kann man ihn von hier oben gut sehen, aber jetzt ist es zu dunkel. Wir sind jedenfalls gleich da und dann muss ich dir unbedingt Tante Grace und Onkel Mathieu vorstellen. Du wirst sie mögen, das weiß ich.« Sie strahlte.

Plötzlich quietschten die Bremsen, Salle und Arianwyn wurden nach vorne geschleudert. Ruckelnd kam Beryl zum Stehen.

»Herrgott noch mal, was für ein Tag!« Mr Thorn seufzte. »Die Straße ist überflutet, hier kommen wir nicht weiter. Wir müssen die alte Strecke nehmen. Sorry, Ladys, gleich wird's holprig.«

»Als wäre es bisher eine ruhige Fahrt gewesen …«, flüsterte Salle.

Mr Thorn bog von der Hauptstraße auf einen unbefestigten Feldweg ab, der eindeutig mehr Feld als Weg war und kaum breiter als der Bus. Er führte direkt am Clover-Hollow-Wäldchen entlang und die kahlen, knochenweißen Äste schienen nach dem Bus zu greifen. Dunkle Kiefern saugten das letzte Dämmerlicht auf.

»Ich hoffe, wir schaffen es rechtzeitig bis zur Sperrstunde«, bemerkte Salle.

»Sperrstunde?«, fragte Arianwyn. Von einer Sperrstunde hatte der Bürgermeister in seinem Brief nichts erwähnt.

»Oh, wusstest du das gar nicht? Diesen Winter wurden in Lull haufenweise böse Geister gesichtet und niemand weiß, warum. Also hat der Stadtrat eine Sperrstunde beschlossen und uns alle mit denen hier ausgestattet.« Sie hielt ihre Tasche hoch, an der ein kleines Schutzamulett baumelte.

Arianwyn traute sich nicht zu sagen, dass es ein Amulett für Seeleute war – und deswegen vollkommen nutzlos.

»Ich habe eine richtige Grindelschmugger-Plage bei mir zu Hause«, rief Mr Thorn über die Schulter. »Unser Gästezimmer haben sie so verdunkelt, dass man es gar nicht mehr betreten kann, selbst mit zwei Lampen nicht. Meine Frau sitzt mir deswegen schon seit Wochen im Nacken.«

»Ich verspreche Ihnen, dass ich so schnell wie möglich bei Ihnen vorbeischaue, Mr Thorn, und Ihre Grindelschmugger beseitige«, sagte Arianwyn lächelnd.

»Achtung!«, rief Salle und deutete durch die Windschutzscheibe. Ein dicker Baumstamm blockierte die Straße.

»Verdammt, wie sollen wir denn um den herumkommen?«, stöhnte Mr Thorn.

Der Dämon von Clover Hollow

Feuchte Luft schlug Arianwyn entgegen, als sie aus dem Bus kletterte. Über den samtblauen Himmel jagten Gewitterwolken, nur vereinzelt ließen sich Sterne blicken. Die einzigen Geräusche waren das hohle Flüstern des Windes in den kahlen Zweigen und das Knirschen des Sandes unter ihren Sohlen.

»Ich denke, den kann ich von der Straße schieben«, sagte Arianwyn zuversichtlich. Im Boden unter ihren Füßen spürte sie die Magie ganz deutlich, kraftvoll und wallend. Ein leichter Schimmer, für Salle und Mr Thorn trotz der Dämmerung nicht zu erkennen, zeigte Arianwyn, dass sie sich im Zentrum der Magie befand.

Sie kauerte sich nieder und zeichnete Erṯe, die Erdglyphe, auf den Feldweg.

Als sie den letzten Kringel vollendet hatte, blitzte die Glyphe in einem satten Dunkelgrün auf und im selben Moment floss die magische Energie auf sie zu. Arianwyn zog an dem Energiestrom und lenkte ihn auf den umgestürzten Baumstamm. Ihre Hände kribbelten. Der Zauber baute sich auf. Sie hob ihre rechte Hand und krümmte die Finger. Für eine Sekunde bebte der riesige Stamm, dann lag er wieder still.

Sie spürte, wie Salle und Mr Thorn sie vom Bus aus beobachteten. Langsam wiederholte sie die Handbewegung, und diesmal fing der Stamm an, auf der Stelle zu rotieren. Zweige knackten und schrappten über den Feldweg. Der magische Kontakt zu dem Baum verstärkte sich und sie begann ihn langsam von der Fahrbahn zu ziehen.

Als sie ihn zwischen den Bäumen am Straßenrand abgelegt hatte, fiel ihr Blick auf das untere Ende des Stammes. Es war weder gesplittert, wie man es von einem umgestürzten Baum erwarten würde, noch glatt abgesägt. Nein, es sah aus, als hätten sich riesige Klauen in das Holz gebohrt und es auseinandergerissen.

Ein ganz schlechtes Zeichen!

Mr Thorn und Salle räumten einige der kleineren Äste an den Straßenrand, als Salle plötzlich aufschrie.

»Was ist los?«, rief Mr Thorn.

Arianwyns Blick folgte Salles ausgestrecktem Finger, der in den dunklen Wald zeigte.

»Da ist irgendwas«, stieß sie hervor.

»Ich sehe nichts.« Mr Thorn zerrte weiter an den Ästen. Aber Salle stand wie angewurzelt da und starrte in das Meer aus Bäumen.

Da, eine Bewegung. Ein riesiger schwarzer Schatten ließ die Bäume wanken.

»Hab ich's doch gesagt!«, flüsterte Salle nervös und wich hastig ein paar Schritte zurück.

Als die Kraft der Erdglyphe nachließ, nahm Arianwyn einen

zweiten Energiestrom wahr. Salle hatte recht: Da war etwas im Wald. Etwas Großes, Gefährliches.

Sie wollte gerade vorschlagen, dass sie sich in den Bus zurückziehen sollten, als ein gewaltiges dunkles Wesen aus der tiefen Finsternis von Clover Hollow auftauchte.

Ein Kriecher, eindeutig!

Nein! Nein! Nein!, schrie es in Arianwyn. *Nicht das auch noch! Nicht heute. Ich bin doch noch nicht mal angekommen.* Reflexartig stellte sie sich vor Salle und Mr Thorn.

Der Kriecher blieb am Straßenrand stehen, schnüffelte in alle Richtungen und stieß einen gurgelnden Schrei aus.

»Was ist das?«, wimmerte Salle. »Was sollen wir tun?«

»Nicht bewegen«, wisperte Arianwyn. »Das ist ein Kriecher … ein böser Geist, aber nur niedrigstes Level. Sie haben sehr schlechte Augen, dafür aber ausgezeichnete Ohren und einen extrem guten Geruchssinn.«

Trotzdem kann uns das Vieh mit einem Fingerschnippen töten, dachte Arianwyn nervös.

Das Gesicht des Kriechers war zerknautscht, irgendwie nach innen gedrückt, als würde es gleich in sich zusammenfallen. Er hatte eine graue, lederne Haut und war so groß wie der Bus. Jetzt hob er den Kopf und seine gewaltigen Ohren zuckten in der kalten Luft.

»Zurück. In. Den. Bus«, flüsterte Arianwyn. »Auf mein Kommando. Bereit?«

Salle und Mr Thorn nickten.

»Rennt!«, zischte sie.

Sobald sich Salle und Mr Thorn in Bewegung gesetzt hatten, drehte sich der Kriecher knurrend nach ihnen um. Arianwyn hob ihren Arm. »Årdra!«, rief sie und hauchte eine Feuerglyphe in die Luft.

Über ihrer Hand bildete sich ein pulsierender Feuerball, den sie dem Kriecher entgegenschleuderte.

Die Flammenkugel traf das überraschte Ungetüm mitten ins Gesicht und blendete es. Das gab Salle, Mr Thorn und Arianwyn die Zeit, sich in den Bus zu retten.

Mr Thorn startete den Motor, doch solange immer noch Äste die Straße blockierten, saßen sie fest. Arianwyn suchte verzweifelt nach einer Lösung. Was, zum Teufel, musste man im Umgang mit Kriechern noch gleich beachten?

Plötzlich fiel ihr das Handbuch ein. Hastig kramte sie in ihrer Tasche und suchte mit zitternden Händen nach der richtigen Seite.

Kriecher lassen sich leicht ablenken. Sie folgen stets der schnellsten oder lautesten Bewegung. Die beste Verteidigung gegen Kriecher ist also Ablenkung.

»Schnell, gib mir meinen Besen, Salle«, drängte Arianwyn. »Ich werde das Biest ablenken, während ihr die Äste wegräumt, okay?«

Widerstrebend reichte ihr Salle den Besen. Sie sah blass und verängstigt aus.

»Das wird schon gut gehen«, versuchte Arianwyn ihr Mut zu machen, obwohl sie sich da nicht so sicher war.

Dann kletterte sie aus dem Bus, klemmte sich den Besen zwischen die Beine und stieß sich steil nach oben ab. Der Besen wackelte ziemlich, aber das hier war ja auch keine Kunstflugshow – und außerdem war Besenreiten noch nie ihre Stärke gewesen. Während sie dem Kriecher um den Kopf schwirrte, grub sie in ihrer Tasche nach der Blechtrillerpfeife mit der langen Kette, klemmte sie sich zwischen die Zähne und blies hinein. Der schrille Pfeifton wirkte sofort. Augenblicklich streckte der Kriecher seine langen, sehnigen Arme nach ihr aus. Nur wenige Zentimeter vor ihrem Gesicht durchschnitten seine gebogenen Klauen die eisige Luft.

Arianwyn trieb den Besen an und schoss davon. Sie fegte nach rechts und flog einen großen Bogen, außerhalb der Reichweite des Monsters. Dann pfiff sie erneut und kreiselte abwärts. Es funktionierte: Der Kriecher verfolgte sie brüllend, ruderte wild mit den Armen und entfernte sich dabei immer weiter vom Bus.

Eine lange Klaue sauste an ihrem Gesicht vorbei, viel zu nah, um entspannt zu bleiben. Arianwyn legte sich schräg in eine Linkskurve und verlor kurz das Gleichgewicht, aber sie konnte den Besen sofort wieder stabilisieren. Der Kriecher war ihr immer noch dicht auf den Fersen. Sie warf einen schnellen Blick über die Schulter und stellte erleichtert fest, dass die Straße geräumt war und die anderen zurück zu Beryl rannten.

Doch schon in der nächsten Sekunde gefror ihr das Blut in den Adern: Salle stolperte und landete schreiend in einer Pfütze mitten auf dem Feldweg. Der Kriecher schnellte herum, offensichtlich gelangweilt von Arianwyn, und preschte mit einem triumphierenden Brüllen auf Salle zu.

Arianwyn umklammerte den Besenstiel fester und machte kehrt. Eiskalte Tränen sammelten sich in ihren Augen und sie nahm alles nur noch verschwommen wahr. Die Rollen hatten sich verkehrt: Jetzt war sie die Jägerin und der Kriecher der Gejagte. Leider erreichte sie ihn erst, als er seine Pranken schon nach Salle ausstreckte.

Verzweifelt sprang Arianwyn vom Besen und landete strauchelnd zwischen Salle und der Bestie. Heißer, stinkender Atem schlug ihr ins Gesicht. Der Besen knallte neben ihr auf den Boden.

Ihre Fingerspitzen gruben sich in die kalte, feuchte Erde und zeichneten hastig die Verbannungsglyphe L'ier.

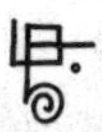

Da blitzte plötzlich die andere, die dunkle Glyphe vor ihrem inneren Auge auf, das verworrene Muster aus ihren Albträumen. Sie erstarrte. In ihrem Kopf herrschte Leere. Nichts als gähnende Leere.

Sie verrieb den ersten Versuch im Sand und zeichnete die Glyphe neu. Aus dem Augenwinkel sah sie, wie der Kriecher seine langen, sehnigen Arme nach Salle ausstreckte. Er schnaubte ungeduldig.

Arianwyn zwang sich zur Ruhe, so wie sie es gelernt hatte, und versuchte die magische Energie zu spüren. Aber das war schwierig in Gegenwart des Kriechers.

Sie holte tief Luft, schloss die Augen und zeichnete die Glyphe ein drittes Mal. Die feuchte Erde fühlte sich glitschig an. Verdammt, wann öffnete sich endlich diese Spalte im Boden, durch die sie den Kriecher ins Schwarze Nichts verbannen konnte?

»Arianwyn!« Salles Schrei riss sie aus ihrer Konzentration.

Sie öffnete die Augen gerade noch rechtzeitig, um die Pranke des Monsters auf sich herabsausen zu sehen. Mit einem Hieb wurde sie durch die Luft geschleudert. Im dichten Gestrüpp am Waldrand schlug sie auf, außer Atem und unfähig, sich zu bewegen. Sie war noch ganz benommen und konnte nur zuschauen, als sich der Dämon über Salle beugte und seine messerscharfen Krallen nach ihr ausstreckte.

Arianwyn wollte schreien, aber es kam nichts heraus, ihre Lunge war leer gepresst.

Da zischte plötzlich ein silbergrüner Pfeil an ihr vorbei: Beryl, der mit Höchstgeschwindigkeit auf den Kriecher zuraste. Die Hupe dröhnte und dann war nur noch das ekelhafte Knirschen von Knochen auf Metall zu hören. Diesmal war es der Kriecher, der im hohen Bogen durch die Luft flog. Irgendwo zwischen den Bäumen von Clover Hollow krachte er herunter. Nur wenige Meter von Arianwyn entfernt kam der Bus zum Stehen und öffnete seine Türen.

Arianwyn schnappte sich ihren Besen und Mr Thorn zog sie und Salle hinein.

»Schnell! Fahren Sie los, bevor er wieder aufwacht!«, drängte Arianwyn.

Mr Thorn trat aufs Gas und Beryl setzte sich in Bewegung.

»Ich dachte, wir hätten ihn getötet?«, sagte Salle.

»Ich glaube, wir haben ihn nur kurzzeitig außer Gefecht gesetzt … und sehr wütend gemacht.« Seufzend ließ sich Arianwyn zu Boden sinken. Mr Thorn und Salle starrten sie fassungslos an.

Nein, das war ganz und gar nicht nach Plan verlaufen.

Willkommen in Lull

Salle juchzte vor Erleichterung, als der Bus endlich wieder auf Touren kam, doch Arianwyn blieb wachsam. Aufmerksam beobachtete sie die Bäume im Scheinwerferlicht, aber aus der Dunkelheit leuchteten ihnen nur die Augen irgendwelcher Tiere entgegen. Dicke Regentropfen klatschten gegen die Scheiben.

»Hat der Zauber gewirkt? Hat sich die Spalte geöffnet?«, fragte sie.

»Ich hab nichts gesehen«, sagte Salle.

Was um Himmels willen war passiert? Hatte die Verbannungsglyphe funktioniert? Arianwyn meinte, einen Blitz gesehen zu haben, kurz bevor der Bus in den Kriecher hineingerast war, aber sie war sich nicht ganz sicher. Falls sie tatsächlich eine offene Spalte im Wald zurückgelassen hatte, dann konnte alles, wirklich alles aus dem Schwarzen Nichts hervorquellen. Nicht umsonst lautete die wichtigste Hexenregel: Lass niemals einen Verbannungszauber halb fertig oder unbeaufsichtigt in der Luft hängen.

Sie kauerte sich auf ihren Sitz. Wie blöd kann man sich eigentlich anstellen?, fragte sie sich müde.

Doch als sie den Wald endlich hinter sich gelassen hatten, kam auch bei Arianwyn Erleichterung auf. Weiter unten, in einem flachen Tal, konnte sie schon die Lichter von Lull erkennen. Dicht gedrängt kauerte der Ort gemütlich hinter einer hohen Stadtmauer, ein paar Türme und Dächer ragten stolz empor. Dünne Rauchschwaden kringelten sich in den violetten Nachthimmel. In der Ferne überzog ein dunkler Schatten die flachen Hügel. Das musste der Große Wald sein.

Der Bus wurde langsamer und rumpelte schließlich über eine alte Brücke und durch ein breites Stadttor, dessen Mauern von Schutzamuletten übersät waren. Obwohl sie altertümlich aussahen, wohnten noch Zauberkräfte darin, das spürte Arianwyn. Hoffentlich sind sie stark genug, um den Kriecher draußen zu halten, dachte sie.

Die Straßen von Lull waren schmal und verwinkelt, gesäumt von dicht stehenden Häusern und Geschäften. Hier und da brannte eine Lampe über der Eingangstür und vereinzelt war auch noch ein erleuchtetes Fenster zu sehen, aber sonst gab es keinen Hinweis darauf, dass der Ort bewohnt war. Die Straßen selbst waren wie leer gefegt. Offenbar hatte die Sperrstunde schon begonnen.

Arianwyn warf einen Blick zu Mr Grimms. Der schnarchte immer noch. Er schien sich während der Fahrt nicht ein einziges Mal gerührt zu haben und selbst der Angriff auf den Bus, als sie alle in Lebensgefahr geschwebt hatten, war komplett an ihm vorbeigegangen. Wie konnte man so etwas verschlafen? Doch noch während sich Arianwyn darüber wunderte, rumpelte der Bus durch ein besonders großes Schlagloch und Mr Grimms schreckte hoch. Verwirrt musterte er seine Umgebung. »Immer noch nicht da?«, stöhnte er und fiel sofort wieder in Tiefschlaf.

In einer eleganten Schleife fuhr Mr Thorn auf einen großen

Platz mit Kopfsteinpflaster, wahrscheinlich den Marktplatz, vermutete Arianwyn. Der Regen hatte immer noch nicht nachgelassen und die Scheibenwischer huschten unablässig hin und her. Auch hier waren die Fensterläden sämtlicher Häuser geschlossen, sperrten die Nacht aus – und jeden, der mutig genug war, sich so spät noch draußen herumzutreiben.

Rund um den Platz hatte man Girlanden mit bunten Wimpeln aufgehängt. Tagsüber mochten sie fröhlich und einladend ausgesehen haben, aber jetzt flappten sie nur noch nass im Wind. Ein riesiges, quer über die Rathausfront gespanntes Plakat war an den Rändern zerfetzt und halb heruntergerutscht. »Willkommen in Lull …«, konnte Arianwyn gerade noch lesen, dann riss ein Windstoß das Plakat los und es wickelte sich um eine der steinernen Säulen des Rathauses.

»So viel also zu dem herzlichen Empfang«, seufzte Salle und spähte durch die regennasse Scheibe in die Dunkelheit.

Arianwyn wickelte sich enger in ihren Mantel und stieg aus dem Bus, hinaus in die stürmische Nacht.

Das einzige halbwegs belebt wirkende Gebäude am Platz war das Rathaus mit seinen eindrucksvollen Säulen. Aus den großen, eleganten Fenstern im ersten Stock drang warmes, anheimelndes Licht und die Flagge von Hylund flatterte an einer Fahnenstange über dem zentralen Balkon.

»So war das alles nicht geplant«, sagte Salle, die ihr gefolgt war. »Eigentlich wollten wir ein richtiges Willkommensfest für dich veranstalten.« Sie deutete auf den leeren, nassen Platz.

»Oh, das macht doch nichts …«, begann Arianwyn, aber eine

Bewegung im Schatten des Säulengangs ließ sie verstummen. Irgendetwas wartete dort. Sie wurden beobachtet.

Instinktiv zog Arianwyn Salle zurück und bewegte ihre Finger durch die kalte Nachtluft. Sekunden später flammte eine Feuerkugel in ihrer Hand auf. War das der Kriecher? War er ihnen gefolgt und irgendwie unbemerkt in die Stadt eingedrungen?

»Und ich dachte schon, Sie würden gar nicht mehr kommen«, dröhnte eine tiefe Stimme aus den Schatten. Arianwyn drehte sich um und sah einen großen, dicklichen Mann auf sich zukommen. Er trug einen dunklen Regenmantel und sein rundes, eigentlich ganz lustiges Gesicht wirkte verkniffen und erschöpft.

»Bürgermeister Belcher?«, fragte sie und drückte die Feuerkugel mit einer schnellen Handbewegung aus. Nach einem kurzen Flimmern trieb sie durch den Regen davon.

Der Mann nickte.

Bürgermeister Belcher

»Miss Gribble, ich habe mir wirklich Sorgen gemacht. Wir hatten Sie sehr viel früher erwartet. Ich dachte schon, wir müssten einen Suchtrupp losschicken – und das nach der Sperrstunde!« Irgendetwas in der Stimme des Bürgermeisters gab Arianwyn das Gefühl, dass der Gedanke an das Zusammenstellen eines Suchtrupps ihm mehr Kopfzerbrechen bereitet hatte als die Vorstellung, dass sie und drei Bürger des Städtchens in Gefahr sein könnten.

»Auf dem Platz hier hatte sich eine stattliche Menschenmenge zusammengefunden, um Sie zu begrüßen.« Er deutete auf die durchweichten Wimpel. »Aber als es dunkel wurde und dieser schreckliche Wind aufkam und es dann auch noch zu regnen anfing, habe ich die Leute nach Hause geschickt.« Er klang müde und ein bisschen verärgert.

Durch den prasselnden Regen sah er die zwei Mädchen an und langsam veränderte sich sein Gesichtsausdruck. Der Ärger wich etwas anderem – war es Besorgnis? Arianwyn drehte sich zu Salle um. Auf der Wange hatte sie einen tiefen Kratzer, ihr ausgeblichener roter Mantel war schlammverschmiert und neben der Jackentasche verlief ein langer Riss: eindeutige Hinweise darauf, dass irgendetwas vorgefallen war.

Wie sie selbst wohl aussah, fragte sich Arianwyn, und tastete nach ihrem Haar. Jede Menge Zweige und Blätter hatten sich darin verfangen. Dann wanderte ihr Blick nach unten: Ihre Knie waren zerkratzt und der schicke blaue Mantel war voller Matschflecken.

»Was um Himmels willen ist passiert?« Der Bürgermeister wirkte jetzt richtig erschrocken.

»Wir sind angegriffen worden. Auf der Höhe von Clover Hollow«, sagte Salle und schilderte die Attacke des Kriechers. Mr Belcher hörte angespannt zu, den Mund weit aufgerissen vor Entsetzen. Arianwyn staunte, wie sehr Salle die Geschichte an manchen Stellen ausschmückte und wie eifrig Mr Thorn, der hinzugetreten war, ihr in allen Punkten beipflichtete. Salles Darstellung zufolge war der Kriecher fast turnhallengroß gewesen.

»Aber Sie haben es geschafft, das Monster zu vertreiben?«, fragte Belcher und sah Arianwyn prüfend an.

»Ähm …« Arianwyn stockte, unschlüssig, wie sie auf die Frage antworten sollte. »Nein. Mr Thorn hat es mit dem Bus angefahren und verscheucht.«

»Hm, eine eher ungewöhnliche Methode, mit einem bösen Geist fertigzuwerden …«, bemerkte der Bürgermeister.

Arianwyn kaute verlegen auf ihrer Lippe. »Außerdem … hab ich die Kontrolle über die Verbannungsglyphe verloren. Es kann also sein … dass dort im Wald noch ein Spalt geöffnet ist …«

Mit zusammengekniffenen Augen und geschürzten Lippen starrte der Bürgermeister sie an. »Hm, kein wirklich glanzvoller Arbeitsauftakt. Ich würde vorschlagen, wir behalten die Kriecher-Geschichte erst mal für uns. Könnte sein, dass in Lull sonst Panik ausbricht.«

»Natürlich«, stimmte Arianwyn leise zu.

»Mr Thorn, wären Sie so nett und bringen Miss Gribbles Gepäck in den Blauen Ochsen?« Der Bürgermeister wandte sich wieder an Arianwyn. »Nur für eine Nacht. Morgen werden Sie in die Hexenwerkstatt umziehen.« Der Bürgermeister nahm Mr Thorn beiseite, um ihm weitere Anweisungen zu geben.

»Wusste ich's doch, dass du mich nicht so schnell loswirst«, strahlte Salle und Arianwyn war erleichtert, dass sie ihre erste Nacht in Lull nicht ganz alleine in einem wildfremden Haus verbringen musste.

»Nun denn«, sagte der Bürgermeister. »Wir sollten zusehen, dass wir aus diesem scheußlichen Regen herauskommen.« Er führte sie die Treppe zum Rathaus hinauf. Arianwyn drehte sich noch einmal um und winkte Mr Thorn, der mit seinem Bus über das Kopfsteinpflaster davonrumpelte.

Der Bürgermeister geleitete sie in eine dunkle Empfangshalle mit einem ausladenden Treppenhaus und glänzenden Bodenfliesen. An den Wänden hingen Ölgemälde und riesige goldgerahmte Spiegel. Umständlich schälte er sich aus seinem schweren Regenmantel. Darunter kamen ein eleganter Frack und eine majestätische Schärpe aus purpurfarbener Seide zum Vorschein. Ein goldener Orden von der Größe eines Speisetellers war daran befestigt, den Mr Belcher vor einem der Spiegel sorgfältig geraderückte. Um seinen Hals trug er ein Amulett, das Arianwyn etwas verblüffte, weil Anhänger dieser Art eigentlich von Bauern genutzt wurden, um aufgescheuchte Kühe zu beruhigen.

Der Bürgermeister fing ihren Blick auf. »Es ist immer besser, auf Nummer sicher zu gehen – nach den vielen bösen Geistern, die hier im Winter gesichtet wurden. Sehr untypisch für Lull, Miss Gribble, das kann ich Ihnen versichern. Und da wir eigentlich gar nicht damit gerechnet hatten, eine Hexe zu bekommen, müssen wir wohl dankbar sein, dass Sie jetzt hier sind. Auch wenn Sie noch nicht … äh … ausgelernt haben.«

Weil sie nicht wusste, was sie darauf erwidern sollte, lächelte Arianwyn.

Der Bürgermeister musterte ihre Brosche. »Ich hoffe doch, dass Sie die Standards beherrschen?«

»Herr Bürgermeister!«, rief Salle empört. »Sie ist eine Hexe. Natürlich beherrscht sie alle wichtigen Zauber.«

Aber Arianwyn war sich da nicht so sicher. Nicht nach dem Zwischenfall mit dem Kriecher.

»Aber natürlich! Wo sind bloß meine Manieren geblieben? Ich muss mich bei Ihnen entschuldigen, Miss Gribble.« Er wirkte jetzt total nervös und fahrig, seine Augen waren weit aufgerissen. Er wandte sich ab und nestelte an den Blumen in einer der großen Vasen herum, als gäbe es dort irgendetwas neu zu sortieren.

»Also, ich glaube, wir sollten jetzt mal zum Gasthaus aufbrechen«, sagte Salle schnell. »Arianwyn hatte einen langen Tag, höchste Zeit, dass sie ein heißes Bad und ein warmes Essen bekommt.« Fürsorglich legte sie ihr den Arm um die Schultern.

»Natürlich. Ich sehe Sie dann morgen«, verabschiedete sie der Bürgermeister mit einer tiefen Verbeugung.

Arianwyn und Salle verkrochen sich so tief wie möglich in ihre Mäntel und traten hinaus in die Kälte. Der Blaue Ochse befand sich direkt gegenüber auf der anderen Seite des Platzes, aber als sie sich durch den eisigen Wind und Regen kämpften, kam es Arianwyn vor wie ein halber Tagesmarsch. Nach einer gefühlten Ewigkeit tauchte endlich ein riesiger Torbogen vor ihnen auf und Salle führte sie in einen dunklen Innenhof.

Durch eine kleine Tür traten sie direkt in das gemütliche Wohnzimmer. Eine große Lampe in der Ecke tauchte den Raum in warmes Licht. Neben dem prasselnden Kaminfeuer döste ein Mann in einem abgeschabten grünen Samtsessel. Aus dem Radio drang ein leises Rauschen, dann verlas der Nachrichtensprecher die Meldungen des Tages. »Der Königliche Senat hat heute einen Erlass des Königs verabschiedet, der weitere Unterstützung für das destabilisierte Gebiet an der urisisch-veersländischen Grenze vorsieht.«

Eine bildhübsche Frau, deren Haar dieselbe Farbe hatte wie Salles, saß strickend neben der Lampe und hob den Kopf, als die Tür in den Angeln quietschte. Sobald sie Salle und Arianwyn erblickte, warf sie ihr Strickzeug beiseite und sprang auf. »Wo um Himmels willen hast du gesteckt, Salle Bowen? Die Sperrstunde hat längst begonnen, das weißt du genau!«

Salle wurde rot und wollte ihre Verspätung erklären, doch Arianwyn kam ihr zuvor. »Es tut mir so leid! Das ist alles meine Schuld.«

Das Feuer knisterte, die Nachrichten waren zu Ende und das Radioprogramm schloss mit den Klängen der Nationalhymne von

Hylund. Der Mann im Sessel fuhr aus dem Schlaf hoch und blinzelte verwirrt in die Runde. »Hallo, Sal. Wen hast du denn da mitgebracht?«

»Das ist Wyn, ähm, Arianwyn Gribble, unsere neue Hexe«, verkündete Salle strahlend. »Wyn, das ist meine Tante, Grace Archer, und das ist Onkel Mathieu.«

»Aber alle nennen mich nur Mat«, sagte er und schüttelte Arianwyn überschwänglich die Hand.

»Wir freuen uns sehr, dich kennenzulernen, Arianwyn.« Tante Grace lächelte. »Dein Zimmer ist vorbereitet. Möchtest du etwas essen, bevor du hinaufgehst? Oder eine Tasse Tee?«

Arianwyn schüttelte den Kopf. »Danke, aber ich bin todmüde, ich muss ins Bett. Es war ein ziemlich langer Tag.«

»Das kann ich mir denken«, sagte Mat. »Old Thorny hat uns von dem Kriecher erzählt.«

Arianwyn bemerkte, wie Salle ihrem Onkel wilde Zeichen machte, den Mund zu halten. Na toll, dachte sie. Morgen früh weiß die ganze Stadt Bescheid.

»Ich finde, die Geschichte kann bis morgen warten«, ging Grace Archer dazwischen. »Jetzt sorgen wir erst mal dafür, dass du ins Bett kommst, okay?« Sie legte Arianwyn einen Arm um die Schultern und begleitete sie aus dem Raum. Grace roch angenehm nach Seife, frischem Gebäck und weicher, sauberer Bettwäsche.

Noch nie hatte sich Arianwyn so über den Anblick eines Betts gefreut wie an diesem Abend. Ihre Truhe, die Koffer und ihr übriges Gepäck waren ordentlich in einer Ecke der kleinen weiß getünchten Kammer verstaut, die fast vollständig von dem riesigen Bett ausgefüllt wurde. Eine dicke rosa Daunendecke und ein paar kuschelige Kissen lagen darauf. An der anderen Wand blieb nur noch Platz für eine Frisierkommode. In dem darüber hängenden Spiegel erhaschte Arianwyn einen Blick auf sich. Sie sah total blass und müde aus.

»Das Bad ist nebenan, Schätzchen. Und morgen kannst du ausschlafen. Ich bringe dir Frühstück, wann immer du willst«, sagte Tante Grace und zog die Gardinen zu. Doch mitten in der Bewegung hielt sie inne und starrte hinaus in die Nacht. »Magst du dir das kurz ansehen?«, fragte sie, die Hand auf den Mund gepresst.

Arianwyn trat zu ihr ans Fenster, von dem aus man einen Blick über die Dächer von Lull und das ganze Tal hatte. Durch eine Lücke in den Unwetterwolken lugte der Mond. Am Horizont zeichnete sich vor dem Nachthimmel ein breiter schwarzer Streifen ab, wahrscheinlich der Große Wald. Winzig kleine Lichtpunkte schwirrten durch die Bäume, wenige Sekunden nur, dann verschwanden sie wieder.

»Was war das?«, fragte Arianwyn.

»Ich hatte gehofft, das könntest du als Hexe mir sagen. Den ganzen Winter über haben wir sie immer wieder gesehen.« Tante Grace zwinkerte ihr mit einem warmen Lächeln zu.

»Ich bin nur Lehrlingshexe«, murmelte Arianwyn und deutete auf ihre Anstecknadel.

»Ach, bestimmt nicht mehr lange, da bin ich mir sicher!« Tante Grace' Stimme klang aufmunternd. »So, und jetzt gute Nacht, Schätzchen.«

Leise schloss sie die Tür hinter sich. Arianwyn war allein. Sie zog ihr Nachthemd an, tappte zurück zum Fenster und betrachtete die tanzenden Lichtpunkte im weit entfernten Wald. Sie schossen zwischen den Bäumen hervor, um gleich darauf wieder zu verschwinden und ein paar Sekunden später erneut aufzusteigen. Vielleicht nur Elfen, dachte sie und ließ die Gardine zugleiten.

Dann kramte sie in ihrer Tasche nach dem Handbuch und kletterte damit ins Bett. Sie fühlte sich wie auf Wolken zwischen den ganzen Kissen. Eine Weile blätterte sie noch durch die Seiten und suchte nach den Stichwörtern »Lichter« und »Wald«, dann glitt ihr das Buch aus der Hand und fiel zu Boden.

Genau wie andere natürliche Rohstoffe kommt auch die Magie im Erdreich, im Wasser und in der Luft vor – und zwar in geschichteter, geballter oder gelöster Form. In unberührten Naturregionen sind die Magievorkommen normalerweise üppiger, in der Nähe menschlicher Siedlungen hingegen eher spärlich. Die drei Königreiche Dannis, Grunnäa und Veersland sind naturgemäß reich an Magie. Uris hingegen hat, so vermutet man, seine Magiereserven vor vielen Hundert Jahren durch eine magische Katastrophe verloren.

Aus dem Handbuch für Hexenlehrlinge

In aller Frühe

Arianwyn schlug die Augen auf. Salle stand neben ihrem Bett, die Haare verstrubbelt.

»Steh auf.« Sie rüttelte Arianwyn sanft an der Schulter. »Der Bürgermeister wartet unten auf dich.« Sie trat ans Fenster und zog die Gardinen zurück. Fahles Licht drang in den Raum.

»Wieso? Was ist los?« Schlaftrunken blinzelte Arianwyn sie an.

Salle goss dampfendes Wasser in eine Waschschüssel, aber das meiste schwappte auf den Teppich. »Beeil dich. Du hast doch bestimmt schon gemerkt, dass Mr Belcher nicht der Geduldigste ist.« Sie grinste.

Arianwyn schwang die Beine aus dem Bett, hob das heruntergefallene Hexenhandbuch auf und schlurfte zur Waschschüssel. Ein kurzer Blick in den Spiegel war mehr als genug. Ihre Haare waren ein einziges krauses Chaos, als hätte sie in die Steckdose gefasst. Hastig spritzte sie sich Wasser ins Gesicht und versuchte ihre Frisur zu bändigen. Dann schlüpfte sie in ihre matschverschmierte Uniform und folgte Salle gähnend die Treppe hinunter.

Sie betraten den hellen, gut geheizten Gastraum. Im Kamin knisterte ein Feuer und der geflieste Boden glänzte feucht von Tante Grace' Wischmopp. Mit einem Lächeln deutete diese zum anderen Ende des Raums.

Dort hockte Josiah Belcher an einen Tisch gezwängt in einer engen Mauernische. Er wirkte irgendwie fehl am Platz, das Unbehagen stand ihm ins Gesicht geschrieben.

»Ah, Miss Gribble! Guten Morgen, guten Morgen.« Er erhob sich und der ganze Tisch wackelte. »Ich dachte, ich lasse Sie nach Ihrer langen Reise mal ein bisschen ausschlafen.«

Arianwyn warf einen verstohlenen Blick auf die Uhr über dem Kamin. Es war gerade mal halb acht.

»Danke, das ist nett«, murmelte sie.

Der Bürgermeister griff in seine Manteltasche und zog eine glänzende Taschenuhr hervor. Er öffnete sie, um die Zeit mit der Wanduhr abzugleichen. »Trotz meines prall gefüllten Terminkalenders würde ich Ihnen gerne persönlich die Stadt und ihre Umgebung zeigen.«

»Jetzt?«, fragte Arianwyn.

»Es sei denn, Sie wollen alles alleine erkunden …?« Der Bürgermeister schürzte die Lippen und klappte die Taschenuhr zu.

»O nein, nein, es passt mir sehr gut«, sagte sie und versuchte vergeblich, ein Gähnen zu unterdrücken. »Wirklich, sehr nett, Mr Belcher.«

Der Blick des Bürgermeisters schweifte erneut zu ihrer Anstecknadel und er runzelte die Stirn. »Ich werde Ihnen auch etwas über die Geschichte der Stadt erzählen. Das kann für Ihre Arbeit durchaus nützlich sein.«

Arianwyn wandte sich kurz ab, weil sie schon wieder gähnen musste. Da fiel ihr siedend heiß die Verbannungsglyphe ein, die sie letzte Nacht in Clover Hollow heraufbeschworen hatte. Und der Spalt, der dort möglicherweise noch klaffte …

»Könnten wir vielleicht zuerst nach Clover Hollow laufen und nachsehen, ob der Spalt noch geöffnet ist? Ein offener Spalt zum Schwarzen Nichts könnte ziemlich problematisch werden.«

Unschlüssig blickte sich der Bürgermeister im Gastraum um und räusperte sich. »Ähm … ja, natürlich«, schnaubte er schließlich. »Sollen wir gleich aufbrechen? Ich habe heute nämlich noch andere Dinge zu tun.«

Es war Markttag in Lull und auf dem großen Platz vor dem Gasthaus herrschte trotz der frühen Stunde und der Kälte reges Treiben. Überall wurde der neueste Klatsch ausgetauscht und den neugierigen Blicken nach zu urteilen, die Arianwyn folgten, als sie und Mr Belcher den Platz überquerten, kreisten die meisten Gespräche um sie. Ein oder zwei Mal hörte sie sogar, wie jemand ihren Namen flüsterte. Ein paar Leute winkten ihr zögerlich zu und sie winkte zurück oder nickte freundlich, während sie sich bemühte, mit dem Bürgermeister Schritt zu halten. Ihr fiel auf, dass die meisten Leute ein Amulett trugen, entweder um den Hals oder irgendwo an der Kleidung. Aber die Anhänger waren uralt und genauso nutzlos wie der Seefahrer-Talisman an Salles Tasche. All diese Amulette auf den neuesten Stand zu bringen würde Jahre dauern.

Sie gingen an Marktständen vorbei, hinter denen Verkäufer lautstark ihre Waren anpriesen.

»Frische Fila-Küchlein aus Galus!«

Der Duft warmen Gebäcks stieg Arianwyn in die Nase. Prompt meldete sich knurrend ihr Magen.

»Feinste Lederstiefel aus St. Ovel in Veersland!«

Als sie den Namen dieser fernen Gegend hörte, musste sie an ihren Vater denken. Sie nahm sich vor, ihm am Abend einen Brief zu schreiben und von ihrem ersten Tag in Lull zu berichten.

»Zur Marktzeit herrscht hier immer sehr viel Trubel. Händler aus allen vier Königreichen bieten ihre Waren an und aus dem ganzen Umland bis hin nach Flaxsham kommen die Leute zum Einkaufen«, erklärte der Bürgermeister, während er hoheitsvoll in alle Richtungen winkte.

Mittlerweile hatten sie den Marktplatz überquert. »Die meisten Leute wohnen innerhalb der Stadtmauern von Lull. Aber es gibt auch ein paar Wohnhäuser und Bauernhöfe außerhalb der Befestigung. Und am Waldrand liegen unsere Obstplantagen. Dort wachsen die berühmten Lull-Äpfel. Die haben Sie in Kingsport doch bestimmt schon mal gegessen, oder?« Der Bürgermeister sah aus, als würde er vor Stolz gleich platzen.

Doch Arianwyn schüttelte den Kopf.

»Nein?« Ungläubig schaute Mr Belcher sie an, dann zückte er ein kleines schwarzes Notizbuch und kritzelte etwas hinein.

»Na gut, dann wollen wir mal weiter«, sagte er schließlich und stürzte sich mit halsbrecherischem Tempo in die Menschenmenge. Arianwyn hatte Mühe, Schritt zu halten, und wurde immer wieder gegen Marktkunden gedrängt, die zwischen den Ständen herumwuselten.

Während ihres Stadtrundgangs erläuterte der Bürgermeister seine Pläne für eine bessere Straßenbeleuchtung, den Bau einiger neuer Armenhäuser neben dem Tor zum Park und ein jährliches Lull-Festival. In regelmäßigen Abständen fragte er Arianwyn nach ihrer Meinung, und sie merkte rasch, dass sich seine Miene säuerlich verzog und er sein Notizbuch hervorkramte, wenn sie ihm nicht in allen Punkten zustimmte.

Irgendwann beschloss sie einfach zu nicken und sich ansonsten so wenig wie möglich zu äußern.

»Und das hier ist unsere Schule«, verkündete Mr Belcher, als sie zu einem hohen schmiedeeisernen Zaun kamen. Im Inneren des Gebäudes schrillte eine Glocke und Sekunden später quoll eine Schar schnatternder Kinder aus der Eingangstür.

Neugierige Gesichter blickten Arianwyn von der anderen Seite des grün gestrichenen Zauns an. »Das ist die neue Hexe«, flüsterte ein kleines Mädchen und sofort lächelten die Gesichter und Hände streckten sich ihr durch den Zaun entgegen. Schüchtern winkte Arianwyn ihnen zu.

»Ihre Aufgabe als Stadthexe ist nicht, Diva zu spielen, das wissen Sie hoffentlich«, knurrte Mr Belcher und griff erneut nach seinem Notizbuch.

Arianwyn seufzte und folgte dem Bürgermeister, der bereits weitergelaufen war.

In unbehaglichem Schweigen gingen sie die Old Town Road hinunter. Das Stadttor, durch das sie in der Nacht gekommen waren, öffnete sich vor ihnen.

»Das ist das Nordtor«, erklärte der Bürgermeister, als sie es passierten. »Lull hat vier Tore. Das Westtor wird eigentlich am meisten genutzt …«

Doch Arianwyn hörte nur noch mit einem Ohr zu, so gebannt war sie von der Landschaft rund um Lull, die sie zum ersten Mal bei Tageslicht sah.

Ein breiter Fluss strömte träge an der Stadt vorbei und dann zwischen Weiden und Äckern hindurch weiter ostwärts, wo er sich im dichten Grün des Großen Waldes verlor. Die Stadt schien vollständig von Bäumen umgeben zu sein. Sie erstreckten sich rundum über alle Hügel, bis zum Horizont. Nur eine kleine Schneise war zu sehen: dort, wo sich die alte Straße an einem abgelegenen Gehölz vorbeiwand, das Clover Hollow sein musste. Allerdings lag es so dicht am Großen Wald, dass es wie ein Teil davon wirkte.

Sie gingen über die Brücke und an einem alten, verlassenen Gebäude mit vernagelten Fenstern vorbei. »Kurtis Mühle«, stand auf dem ausgeblichenen gelben Schild über der Tür. Die Straße führte weiter über die Felder und wurde immer holpriger. In den Schlaglöchern stand Wasser. Vorsichtig umrundete der Bürgermeister die Pfützen und wurde langsamer. Arianwyn fragte sich, ob er das absichtlich tat.

»Normalerweise haben wir kaum Probleme mit irgendwelchen seltsamen Wesen aus dem Wald. Aber diesen Winter war alles anders: Da haben wir so viele gesichtet wie nie zuvor. Zumindest, so weit ich zurückdenken kann. Außerdem haben ein paar Bauernhöfe Angriffe auf ihre Tiere gemeldet. Na ja, zum Glück sind wir in der Lage, unsere Probleme selbst zu lösen.« Er tippte auf sein Amulett.

»Ähm, also, diese Amulette … ich bin mir nicht sicher, Mr Belcher, ob sie gegen die Wesen aus dem Wald wirken. Ich fürchte, die können Sie höchstens vor einer durchgedrehten Kuhherde beschützen.« *O Gott, hatte sie das gerade wirklich gesagt?* Mit offenem Mund starrte sie den Bürgermeister an.

Der hatte ein puterrotes Gesicht und bereits wieder sein Notizbuch gezückt. »Also, wirklich!«, schnaubte er.

Den Rest des Weges legten sie in frostigem Schweigen zurück.

Als Clover Hollow in Sicht kam, blieb Arianwyn stehen, konzentrierte sich mit allen Sinnen auf ihre Umgebung und wartete, ob die Anwesenheit irgendeiner Kreatur zu spüren war.

Das Wäldchen verströmte eine gewaltige Menge magischer Energie. In diesem Umfeld ein Wesen wahrzunehmen, war ähnlich schwierig wie der Versuch, ein Flüstern inmitten eines Blasorchesters zu hören. Keine Frage, wenn sie sicher sein wollten, dass der Kriecher wirklich verschwunden war, mussten sie tiefer in das Wäldchen hineingehen. Doch je dichter sich die Bäume um sie herum schlossen, desto nervöser wurde Arianwyn. Sie fröstelte.

»Ist es noch weit, Miss Gribble?«, schnaufte Mr Belcher, der jetzt seinerseits Mühe hatte, Schritt zu halten.

Ein Stück weiter stand ein Grüppchen gedrungener Bäume am Straßenrand.

»Da, schauen Sie! Da vorne ist es.« Sie lief auf die Baumgruppe zu und hoffte gegen jede Wahrscheinlichkeit, dass der Zauberspruch nicht funktioniert hatte. Der Weg war von Beryls Reifen völlig zerfurcht und auch die Pflanzen sahen ziemlich mitgenommen aus. Abgebrochene Äste lagen herum und da, wo der Kriecher zu Boden gegangen war, hatte er die Büsche platt gedrückt.

Kein Vogel zwitscherte und in der Luft hing eine Wolke abgestandener schwarzer Magie.

Arianwyn wich ein paar Schritte zurück und kauerte sich an den Straßenrand, genau dorthin, wo sie am Abend zuvor die Verbannungsglyphe gezeichnet hatte. Suchend ließ sie ihren Blick über die Schatten der Bäume wandern.

»Können Sie irgendetwas sehen?«, fragte der Bürgermeister, als er sie endlich eingeholt hatte. »O mein Gott«, keuchte er dann. »Was für ein Chaos.«

Es herrschte Totenstille, als Arianwyn den Feldweg und den Rand des Wäldchens nach Hinweisen auf einen Spalt absuchte. Der Bürgermeister kniete sich neben sie und hielt ebenfalls Ausschau. Plötzlich raschelte es ganz in der Nähe und ein kleiner Strauch begann heftig zu wackeln. Vorsichtig schlich Arianwyn näher.

»Was machen Sie da, Miss Gribble?«, japste der Bürgermeister.

Arianwyn ging noch ein paar Schritte weiter. Ein schnatterndes Geräusch drang an ihr Ohr.

»Um Himmels willen, was ist das?« Mr Belchers Stimme war fast ein Quieken. »Ist es dieses Vieh, dieser Kriecher?«

»Das bezweifle ich, Herr Bürgermeister.« Sie teilte die Blätter des Strauchs und spähte hinein. Eine Schar Elfen tippelte angeregt plappernd über die Zweige. Sie waren klein, nicht größer als Nachtfalter. Ihre Körper hatten die Farbe von stumpfer Baumrinde, aber ihre winzigen Flügel schillerten rötlich und bläulich. Als sie Arianwyn sahen, verstummten sie einen Moment, bevor sie mit ihrem Gezwitscher fortfuhren und doppelt so schnell weiterwuselten.

»Alles gut, das sind nur Elfen. Schauen Sie.«

Arianwyn griff in den Busch und eine Elfe krabbelte überglücklich auf ihre Hand. Sie wandte sich dem Bürgermeister zu, um ihn zu beruhigen, doch der machte einen panischen Satz nach hinten.

»Nein, nicht! Bitte, Miss Gribble, weg von mir, weg!« Er grabschte sich sein Kuh-Amulett und wedelte damit hektisch vor Arianwyn und der Elfe herum, während er immer weiter zurückwich. Da der Bürgermeister nicht sehen konnte, wo er hintrat, stolperte er über eine hochstehende Wurzel und knallte mit einem spitzen Schrei zu Boden. Erschrocken hüpfte die Elfe von Arianwyns Hand und verschwand eilig in ihrem Busch.

»Oh, Mr Belcher, alles in Ordnung?« Arianwyn hastete zu ihm, um ihm auf die Beine zu helfen.

»Ja, ja, alles bestens!«, schnauzte er. Von seiner anfänglichen Höflichkeit war nicht mehr viel übrig. Er zupfte an seinem Jackett herum, an dem überall Erde klebte. »Ich glaube, wir sollten jetzt wirklich zurück, Miss Gribble. Mein Terminkalender platzt aus allen Nähten.« Er sah aus, als würde er gleich anfangen zu weinen.

»Ja, natürlich«, sagte Arianwyn leise. Sie war auch froh umzukehren, nur hätte sie sich gewünscht, dass die Stimmung besser wäre. Aber immerhin schien kein Spalt offen geblieben zu sein. Und der Kriecher hatte sich offensichtlich auch verzogen, wahrscheinlich tief in den Großen Wald.

Sie waren erst ein paar Meter weit gekommen, als der Bürgermeister erneut aufschrie: »Autsch, mein Knöchel!«

»O nein, was ist passiert?« Arianwyn stürzte zu Mr Belcher, um ihn zu stützen.

»Ich glaube … der ist gebrochen!«, stieß er zwischen zusammengebissenen Zähnen hervor und hopste von einem Bein aufs andere, immer im Kreis herum.

»Sind Sie sicher?«, fragte Arianwyn. Sie hatte keine Ahnung von Knochenbrüchen, aber sie bezweifelte, dass man mit einem gebrochenen Knöchel auftreten konnte – und schon gar nicht herumhüpfen wie ein aufgescheuchtes Huhn.

Der Bürgermeister funkelte sie wütend an.

»Kommen Sie, ich helfe Ihnen.« Arianwyn legte Mr Belchers Arm um ihre Schultern und stützte ihn, während er im Schneckentempo nach Lull zurückhumpelte.

Die Kettle Lane

Der Rückweg dauerte eine halbe Ewigkeit, weil der Bürgermeister alle paar Schritte stehen blieb und stöhnte. Irgendwann hatte der Wind aufgefrischt und brachte immer wieder Regenschauer mit sich.

»Oh, ihr kommt gerade rechtzeitig!«, rief ihnen Salle entgegen, als sie den Blauen Ochsen betraten. Im Gasthaus wimmelte es nur so von Marktbesuchern und Verkäufern, die sich um den warmen Kamin drängten.

»Ihr seht aus, als hättet ihr einen ereignisreichen Morgen hinter euch«, sagte sie.

Arianwyn verdrehte die Augen.

Der Bürgermeister ließ sich ächzend auf den erstbesten Stuhl fallen und verscheuchte dabei eine Dame mit ausladendem Hut, deren winzig kleiner Hund empört zu kläffen anfing.

»Ich bringe dem Bürgermeister etwas zu essen. Für dich ist übrigens jemand am Telefon.« Salle deutete auf einen schmalen Flur, der halb hinter einem Vorhang verborgen lag.

»Hallo?«, sagte Arianwyn, als sie den schweren schwarzen Hörer ans Ohr hob. In der Leitung rauschte es. »Hallo?«

»Miss Gribble? Sind Sie das? Können Sie mich hören?« Die Stimme klang vertraut, aber gedämpft und sehr weit entfernt.

»Hier ist Colin. Colin Twine von der Zivilen Hexenkunstbehörde.«

»Oh, hallo!« Arianwyn konnte ihr Erstaunen nicht verbergen.

»Ich wollte mich nur kurz erkundigen, wie Ihr erster Morgen so gelaufen ist. Wir sollen bei allen neuen Hexen an ihrem ersten Arbeitstag nachfragen.«

»Echt?«, fragte Arianwyn.

»Ähm, nein. Nicht wirklich. Aber wir haben von einem Kriecher gehört, der in der Nähe von Lull gesichtet wurde, und es würde uns natürlich interessieren, ob Sie ihn vielleicht auch gesehen haben.«

»Ah, verstehe«, sagte sie, ein wenig enttäuscht, dass Colins Anruf doch nicht ihr galt. »Ja, ich habe den Kriecher tatsächlich gesehen. Er hat den Bus angegriffen, der mich nach Lull gebracht hat.«

»Wurde jemand verletzt?«, fragte Colin aufgeregt.

»Nur ein paar Schrammen, zum Glück.«

»Und dann?«

Arianwyn konnte das Kratzen eines Stiftes auf Papier hören. Offensichtlich schrieb Colin mit. Füllte irgendein Formular aus.

»Er hat sich in den Großen Wald zurückgezogen.«

»Da bin ich aber froh, dass Ihnen nichts passiert ist. Ich meine, dass *niemandem* etwas passiert ist. Und sonst, alles in Ordnung?«

»Na ja, ich fürchte, der Bürgermeister mag mich nicht besonders«, sagte Arianwyn und musste lachen, so albern kam ihr das in diesem Moment vor. Es war der erste fröhliche Moment an diesem Tag.

»Sind Sie schon in Ihre Hexenwerkstatt gezogen?«

»Noch nicht. Der Bürgermeister hat sich auf unserem Rundgang ... den Knöchel verstaucht und wir mussten vorzeitig umkehren.«

»Oh, das klingt, als hätten Sie einiges um die Ohren! Ich hab übrigens ein paar Formulare und andere Dinge mit der Post geschickt, und wenn alles gut geht, müsste auch die Geisterlaterne innerhalb der nächsten Wochen ankommen. Es ist das neueste Modell mit dem Drei-Linsen-Patent von Doktor Bandoras.«

»Danke«, sagte Arianwyn leise. Es tat gut, eine freundliche Stimme zu hören.

In dem Moment drang lautes Gezeter durch die Leitung. Dann schien sich eine Hand hastig über den Hörer zu legen.

»Hallo?« Arianwyn hatte Angst, das Gespräch könnte unterbrochen sein.

»Ich muss jetzt auflegen«, sagte Colin. »Miss Newam ist mal wieder auf dem Kriegspfad. Tschüss, bis dann.«

»Tschüss!«, antwortete Arianwyn, aber es war nur noch ein Klicken zu hören und dann war die Leitung tot.

Im Gastraum wimmelte es noch immer von Leuten. Ein warmer, leckerer Duft nach Eintopf mischte sich mit dem Kamingeruch. Salle stellte gerade einen großen, dampfenden Teller vor den Bürgermeister. Arianwyns Magen knurrte.

»Was wollte dein Freund?«, fragte Salle augenzwinkernd.

»Das war ein Mitarbeiter der Zivilen Hexenkunstbehörde.« Arianwyn musste fast gegen das Stimmengewirr anschreien. »Er hat sich nur nach dem Kriecher erkundigt, den wir gestern im Wald gesehen haben.«

»Wonach?«, fragte Salle, sichtlich abgelenkt, weil sie gerade zwei weitere Eintopfteller servierte.

»Nach dem Kriecher«, wiederholte Arianwyn, diesmal etwas lauter.

Schlagartig war es still im Gastraum. Nur das Klimpern einer Gabel auf der Tischplatte war zu hören. Alle Köpfe hatten sich zu Arianwyn umgewandt. Der Bürgermeister machte ein bitterböses Gesicht.

»Was? Wir haben einen Kriecher im Wald?«, fragte jemand.

»Wird er die Stadt angreifen?«, meldete sich eine andere besorgte Stimme.

Überall setzte nervöses Gemurmel ein.

Der Bürgermeister schürzte die Lippen, ließ verärgert seinen Löffel in die Suppe fallen und stand auf. Als er das Wort ergriff, klang seine Stimme fest und entschlossen.

»Meine Damen und Herren, Miss Gribble ist gestern Abend auf dem Weg nach Lull tatsächlich einem Kriecher begegnet.«

Das Stimmengewirr schwoll an. Alle Anwesenden schienen gleichzeitig zu reden.

Mr Belcher hob eine Hand, um die Menge zum Schweigen zu bringen. »Aber Miss Gribble hat gerade mit der Zivilen Hexenkunstbehörde in Kingsport telefoniert und es gibt keinen Anlass zur Beunruhigung. Die nächtliche Ausgangssperre bleibt noch zwei Wochen länger in Kraft. Außerdem wird bis auf Weiteres von Ausflügen in den Großen Wald abgeraten.«

Arianwyn war beeindruckt. Die Leute schienen sich mit der Erklärung des Bürgermeisters zufriedenzugeben, obwohl das, was er sagte, nun wirklich nicht der Wahrheit entsprach. Nach und nach wandten sich die Gäste wieder ihrem Essen und ihren Tischgesprächen zu. Trotzdem fing Arianwyn immer wieder flüchtige Blicke auf.

»Entschuldigung«, flüsterte sie dem Bürgermeister zu.

Sofort verdüsterte sich seine Miene und er wandte sich an Salle. »Miss Bowen, ich habe heute Nachmittag einen sehr vollen Terminkalender und jetzt muss ich auch noch einen Arztbesuch einschieben.« Er deutete auf seinen Knöchel. »Wären Sie vielleicht so nett und zeigen Miss Gribble die Hexenwerkstatt?«

Er griff in seine Tasche, holte einen großen Messingschlüssel mit abgegriffenem Schildchen hervor und reichte ihn Arianwyn. Der Schlüssel sah uralt aus, das Messing war stumpf und angelaufen. »Es ist Jahre her, dass die letzte Hexe dort gewohnt hat. Ich bin mir nicht sicher, in welchem Zustand sich die Räumlichkeiten befinden.«

»Danke«, murmelte Arianwyn und ließ den schweren Schlüssel in ihre Manteltasche gleiten.

»Es ist nicht weit, nur die Kettle Lane hinunter«, versicherte Salle, als sie sich kurze Zeit später auf den Weg machten. Arianwyn hatte einen Teller Eintopf mit Klößen gegessen und fühlte sich jetzt wenigstens gestärkt und aufgewärmt nach ihrem morgendlichen Abenteuer. Sie überquerten den Marktplatz und bogen in eine gewundene, freundliche Gasse, wo sich Geschäfte und kleine

Wohnhäuschen aneinanderreihten. Die Leute warfen ihnen neugierige Blicke zu. Salle grüßte einige von ihnen im Vorbeigehen, während Arianwyn nur schüchtern lächelte und sich ansonsten beeilte Schritt zu halten.

»Hier ist es.« Salle deutete auf ein schmales Gebäude, das leicht zurückgesetzt zwischen den anderen Häusern klemmte. Es überragte die beiden Nachbargebäude – ein unbewohnt wirkendes Haus auf der rechten Seite und einen Laden auf der linken mit einem Schaufenster voller knallbunter Hüte, die aussahen wie exotische Blumengestecke.

Die Hexenwerkstatt hatte ein riesiges Erkerfenster, das fast die ganze Vorderseite des Erdgeschosses einnahm. Doch die Scheiben waren blind vor Schmutz. Über der Tür quietschte ein Schild rhythmisch im Wind, der eisig durch die Gasse pfiff. Die Farbe darauf war verblasst und halb abgeblättert und von dem silbernen Stern war nur noch ein schemenhafter Umriss zu erkennen.

Arianwyn stieg die drei steilen Stufen zur Haustür hinauf und fischte den Schlüssel aus ihrer Tasche.

Ihre Hand zitterte ein bisschen, als sie ihn ins Schloss steckte. Sie hielt kurz inne und holte tief Luft. Dann rasselte der Schlüssel ein paarmal laut im Schloss und mit einem Klicken ließ sich die Tür öffnen.

Die Hexenwerkstatt schien einen staubigen Seufzer der Erleichterung auszustoßen, so als hätte sie jahrelang nur auf diesen Moment gewartet und dabei die Luft angehalten.

4 Die Hexenwerkstatt

Zögernd betrat Arianwyn den Raum und blickte sich um. Sie wollte ihren ersten Eindruck möglichst unverfälscht im Gedächtnis behalten.

Alles war weiß gestrichen, mit Ausnahme der dunklen Bodendielen, des kleinen, bauchigen Ofens und des geschwungenen hölzernen Tresens, der von der Wand weit in den Raum hineinragte. Die Luft war warm und roch ein bisschen modrig, wie in einem Gewächshaus oder einem Gartenschuppen. In den Ecken hatten sich Wollmäuse gesammelt.

Arianwyn ließ ihre Hände über die Regalbretter gleiten, die an der linken Wand angebracht waren. Bücher standen darauf, Zaubertrankfläschchen mit eingetrockneten Elixieren, Amulette und andere Hilfsmittel. Der gesamte Regalinhalt war von Spinnweben und einer dicken Staubschicht bedeckt.

Salle war ihr gefolgt und spähte durch die Glastür am Ende des Raums. Mit ihrem Handschuh rieb sie über die dreckigen Scheiben.

Arianwyn trat hinter den Tresen und entdeckte reihenweise kleine Schubladen, jede versehen mit einem Messinggriff und einem verblassten Schildchen. In der ersten Schubladenreihe befand sich eine Sammlung von winzigen Federn, Kieseln und

Papierkringeln. In der Reihe darunter lagerten Blätter und kleine Blüten, die meisten vertrocknet und bröselig. Eine weitere Schubladenreihe enthielt Perlen aus Glas und Stein sowie verschiedene Ringe aus Silber, Eisen und Gold.

Alles, was sie zur Herstellung von Amuletten brauchte.

Arianwyn lächelte.

Granny hatte ihr beigebracht, wie man Amulette fertigt. Sie konnte die Anhänger im Schlaf und mit geschlossenen Augen produzieren. Eine Weile saß sie selig da und ließ ihre Finger gedankenverloren über die Zutaten gleiten. Sie liebte die Konzentration und Ruhe bei der Herstellung eines Talismans. Die Arbeit war knifflig und verlangte absolute Genauigkeit. Ob ein Amulett in einer bestimmten Situation wirksam war oder nicht, hing von so vielen Dingen ab: von der Wahl eines geeigneten Glasbehältnisses, von der richtigen Zutatenkombination und dem passenden Zauberspruch. Hinzu kam, dass es so unendlich viele verschiedene Amulett-Typen gab. Manche bannten böse Geister, halfen den Gedanken auf die Sprünge oder spendeten Trost, andere unterstützten bei der Suche nach verlorenen Gegenständen, behüteten Schiffsreisende auf einer Überfahrt oder schützten vor wütenden Kuhherden.

»Wo geht's da hin, was meinst du?«, rief Salle und drückte gegen die Tür am Ende des Raums. Mit einem lauten Knarren öffnete sie sich und gab den Blick in eine dunkle Abstellkammer frei, in der sich eine Holzbank und ein großes steinernes Spülbecken mit einem rostigen, tropfenden Wasserhahn befanden.

»Sollen wir mal nach oben gehen?« Salle klang ganz aufgeregt.

Arianwyn nickte und sie stiegen eine eiserne Wendeltreppe

hinauf, die unter ihrem Gewicht leicht wackelte. Oben empfing sie ein heller, ebenfalls weiß getünchter Raum.

Zwei hohe Fenster, die einen Blick über die Dächer hinweg bis zum Marktplatz boten, gingen auf die Kettle Lane hinaus. Auch hier oben stand ein Holzofen an der Wand und davor zwei kleine, abgewetzte Sessel. Über der Lehne des einen lag ein ausgebliche-nes gelbes Kleid, sehr hübsch, aber ziemlich altmodisch. Es sah fast so aus, als hätte die Besitzerin es nur kurz dort abgelegt und würde gleich zurückkommen.

Eine tiefe Wandnische wurde von einem breiten Eisenbett ausgefüllt, auf dem sich geblümte Kissen und Bettdecken türmten. An der Wand stand ein großer Kleiderschrank.

»Oh, schau mal!«, hauchte Salle, als sie die Schranktür öffnete. Darin hingen, dicht an dicht, lange Abendkleider und altmodische Hexenuniformen. Neugierig streckte sie ihre Hand aus und sah sich die Kleider genauer an. Dabei stieß sie im Inneren des Schranks irgendetwas um und ein Haufen Papierkram verteilte sich auf dem Boden.

Arianwyn bückte sich, weil ihr ein Foto ins Auge stach. Es zeigte eine junge Hexe, wahrscheinlich kaum älter als sie selbst, die stolz in ihrer Uniform dastand, das Haar in einer Art hochgesteckt, wie Arianwyn es von den Fotos ihrer Großmutter kannte. Neben ihr stand ein wesentlich jüngeres, vielleicht sieben- oder achtjähriges Mädchen. Es trug zwei dicke Zöpfe und war ziemlich schlaksig, als hätte es gerade erst einen Wachstumsschub gehabt. Bewundernd blickte die Kleine zu der Hexe auf. Arianwyn war sich fast sicher, dass die beiden verwandt waren, vielleicht sogar Schwestern?

Plötzlich lief ihr ein Schauer über den Rücken. Sie fühlte sich wie ein Eindringling und gleichzeitig kam es ihr vor, als wäre sie schon einmal hier gewesen. Sie sammelte die Papiere wieder ein, legte sie vorsichtig in den Schrank zurück und machte sich daran, den Rest der Räumlichkeiten zu erkunden.

In der Nähe des großen Fensters standen ein klappriger Küchenschrank, ein runder Tisch mit einem Teegedeck darauf, drei nicht zusammenpassende Stühle und ein zweites Steinwaschbecken.

Der einzige andere Raum war das Badezimmer, in dem eine frei stehende Badewanne mit Löwenfüßen stand. Sie war überzogen von Rostflecken, die so aussahen, als würden sie sich nur mit einer ganz besonderen Kombination von Zaubersprüchen entfernen lassen. Das Bad roch so unangenehm, dass Salle schnell das Fenster aufschob, um frische Luft hereinzulassen. Arianwyn schaute in den kleinen Hof hinunter. Etliche große, meist leere Tontöpfe lagen dort herum und in der Ecke stapelten sich alte Bambusmöbel.

»Ich fürchte, hier wartet eine Menge Arbeit auf dich, Wyn«, sagte Salle, als sie wieder nach unten gingen. »Alles okay mit dir? Du bist so still.«

Arianwyn blickte sich noch einmal ausgiebig um. »Irgendwie ist es merkwürdig. Alles sieht so aus, als hätte die vorige Hexe das Haus erst vor wenigen Augenblicken verlassen, und gleichzeitig wirkt es, als sei sie schon vor Jahrhunderten ausgezogen. Ich spüre hier nichts mehr von ihr, kein bisschen Restmagie, nicht den leisesten Hauch eines alten Zauberspruchs. Ein bisschen unheimlich, finde ich.«

Plötzlich fiel ihr das kleine Päckchen ein, das Granny ihr am Bahnhof von Kingsport in die Hand gedrückt hatte. »Du darfst es aber erst in deinem neuen Zuhause aufmachen«, hatte sie gesagt.

Jetzt zog Arianwyn das Paket aus ihrer Tasche und wickelte es aus.

Es war das alte Amulett mit der roten Schleife, das im Buchladen über der Tür gehangen hatte. Granny hatte es so sorgfältig verpackt, dass die kleinen Messingglöckchen beim Transport nicht ein einziges Mal geklingelt hatten. Arianwyn hob es aus der Schachtel und sofort ertönte ein zartes Läuten.

»Wie schön!«, rief Salle.

Arianwyn stellte sich auf die Zehenspitzen und hängte das Amulett an einen kleinen Haken über der Tür, sodass es jedes Mal, wenn jemand eintrat, klingeln würde. Genau wie im Buchladen. Sehnsucht wallte in ihr auf. Sie war erst einen Tag von zu Hause fort und trotzdem vermisste sie Granny schon. Jahrelang waren sie nie getrennt gewesen, nicht einen einzigen Tag, und jetzt würden sie sich monatelang nicht sehen.

»Wenn du möchtest, helfe ich dir das ganze alte Zeug rauszuräumen«, bot Salle an. »Du wirst sehen, dann fühlst du dich bald wie zu Hause.«

»Danke.« Arianwyn lächelte.

Ein paar Minuten später hatte sie die Haustür wieder verschlossen, den Schlüssel sicher in ihrer Tasche verstaut und starrte an der Fassade empor.

»Hallo, Miss Gribble«, rief eine helle Stimme. Eine groß gewachsene Frau in einem bauschigen rosa Outfit winkte ihr lächelnd von der Nachbartür zu. Auf einem Schild über dem Schaufenster stand »Caruthers' Boutique« – es war das Geschäft mit den bunten Hüten.

Arianwyn lächelte zurück und hob grüßend die Hand.

»Haben Sie sich schon eingerichtet? Ich bin Millicent Caruthers. Wenn Sie irgendetwas brauchen, egal was, dann klopfen Sie, ja?«

»Danke«, rief Arianwyn.

»Salle, ich habe gerade eine Lieferung Hüte aus Kingsport erhalten. Die neuesten Modelle. Topmodisch! Willst du sie dir kurz anschauen?«

Salle nickte. »O ja, bitte! Kommst du mit, Wyn?«

»Nein, geh nur, ich schlendere lieber ein bisschen durch die Straßen«, antwortete Arianwyn.

Salle betrat die Boutique und Arianwyn drehte sich noch einmal zu der Hexenwerkstatt um.

Sie stand vor ihrem neuen Zuhause, hier musste sie unter Beweis stellen, dass sie eine echte Hexe war. Kritisch betrachtete sie die Mondbrosche an ihrem Kragen. Der Kriecher, der Bürgermeister und das Messgerät schossen ihr durch den Kopf und sofort wurde sie wieder unsicher. Sie hatte keine Ahnung, was genau passiert war, sie wusste nur, dass ihr Start hier alles andere als glücklich verlaufen war. Aber das würde sich jetzt ändern, beschloss sie.

Da hörte sie plötzlich ein Scheppern hinter sich wie von einem umgekippten Blecheimer. Sie fuhr herum, aber die Kettle Lane lag wie ausgestorben da. Dann sah sie eine Bewegung in der dunklen Gasse gegenüber.

»Hallo?«, rief sie.

Huschende Schritte verklangen irgendwo, dann war wieder alles ruhig.

Sie hatte auf einmal wenig Lust, noch länger alleine draußen zu bleiben, und steuerte auf die Hut-Boutique zu, wobei sie die Hexenwerkstatt nicht aus den Augen ließ.

»Vergiss den Schutzzauber nicht«, hörte sie die mahnenden Worte ihrer Großmutter.

Schon immer hatten Hexen ihre Häuser mit Schutzzaubern gesichert und den Schutz auch auf diejenigen ausgeweitet, die nebenan wohnten oder arbeiteten. Mit einem raschen Schulterblick vergewisserte sich Arianwyn, dass sie immer noch allein in der Gasse war, dann hob sie die Hand, um die Magie in der Umgebung einzufangen. Diese war stark, das spürte sie – und die Kraft ballte sich am Ende der Straße, rund um einen Baum.

Für einen Schutzzauber musste man normalerweise nur Erte heraufbeschwören, doch Granny hatte ihr beigebracht, noch eine zweite Glyphe anzurufen, Oru, die Glyphe des Lichts. Es war keine der Hauptglyphen und ihre Eigenschaften erwiesen sich oft als instabil, aber es war ein alter Familienbrauch und Arianwyn wäre nie auf die Idee gekommen, es anders zu machen.

Die Glyphen funkelten kurz in der Luft, während die Magie auf sie zuströmte. Arianwyn zeichnete ein zweites Glyphenpaar und fügte es dem ersten hinzu, sodass die Glyphen sich selbst vermehren und ausdehnen konnten – ohne dass ein zufälliger

Passant, der nicht in der Hexenkunst bewandert war, etwas davon hätte mitbekommen können.

Nach einem letzten gleißenden Aufleuchten spürte Arianwyn, wie die magische Energie ihr entgegenwallte. Mit erhobenen Händen leitete sie die Kraft zur Hexenwerkstatt und baute langsam den Schutzschild auf.

Die Luft vor dem Haus begann zu glitzern und erfüllte die Kettle Lane mit einem geheimnisvollen Leuchten, das auch für die Anwohner und Passanten sichtbar war. Und tatsächlich entdeckte Arianwyn ein paar neugierige Gesichter hinter den Fenstern, die das ungewöhnliche Licht hervorgelockt hatte.

Als der Schutzschild kurz darauf fertig war, verblasste der sichtbare Teil der Magie. Übrig blieb ein Sirren und Vibrieren, das jedoch nur Arianwyn spüren konnte.

Es war ein starker Zauber und er war ihr gut gelungen. Endlich ein Erfolgserlebnis.

Hexen haben schon immer eine wichtige gesellschaftliche Rolle in den Vier Königreichen gespielt. Früher waren sie wegen ihrer hellseherischen und heilenden Kräfte gefragt, und wegen ihrer Fähigkeit, Amulette zum Schutz vor bösen Geistern anzufertigen. Amulette können vor einer Vielzahl böser Geister schützen. Am verbreitetsten sind sie als Anhänger in Form kleiner Glasbehälter, die mit natürlichen Objekten gefüllt und mit Glyphen magisch aufgeladen werden.

Aus dem Handbuch für Hexenlehrlinge

Die Bezirksaufseherin

Das schmutzige Wischwasser spritzte auf das Kopfsteinpflaster der Kettle Lane und strudelte in den nächsten Gully. Arianwyn hielt mit dem Eimer in der Hand kurz inne und blickte die Straße entlang. Sie war nun schon seit einer Woche in Lull und immer noch von morgens bis abends damit beschäftigt, die Hexenwerkstatt und die darüberliegende Wohnung zu schrubben. Jetzt machte sie einen Moment Pause und beobachtete das betriebsame Kommen und Gehen in den umliegenden Geschäften.

Mit dem Handrücken rieb sie sich über die Stirn. Sie wollte gerade reingehen und weiterputzen, als eine schrille Autohupe durch die Straße tönte. Kurz darauf holperte ein großer, silbrig grüner Wagen über die Pflastersteine. Ein funkelndes Cabriolet, fast so breit wie die Gasse. Passanten sprangen erschrocken zur Seite und quetschten sich an die Hauswände.

Arianwyn hüpfte gerade noch rechtzeitig auf die Eingangsstufe der Werkstatt, als das Auto direkt vor ihr zum Halten kam. Riesige, verzerrte Froschaugen starrten sie durch eine hellgrüne Fahrerbrille an. Dann fragte eine Stimme in trompetenähnlicher Lautstärke: »Sind Sie Arianwyn Gribble?«

Arianwyn nickte, ihre Hand krampfte sich um den Griff des Eimers.

»HERVORRAGEND!«

Eine große, ausladende, in einen langen Trenchcoat gewickelte Gestalt schälte sich aus dem Auto und warf eine riesige Tasche über ihre Schulter. Sie trug lederne Autofahrerhandschuhe, die bis zu den Ellbogen hinaufreichten. Ein silberner Stern glänzte rechts auf dem Revers des Mantels.

»Ich bin Jucasta Delafield, meine Liebe. Die für Sie zuständige Bezirksaufseherin.« Die behandschuhte Hand schnellte auf Arianwyn zu.

»Oh, natürlich, Bürgermeister Belcher hat Sie angekündigt.« Arianwyn hantierte ungeschickt mit dem Eimer herum, der scheppernd zu Boden fiel. Sie errötete und ergriff Miss Delafields Hand. »Nett, Sie kennenzulernen.«

Miss Delafields Augenbrauen tauchten über dem oberen Rand ihrer Brillengläser auf. Sie schwieg einen Moment und blickte an der Fassade der Hexenwerkstatt empor, als erwartete sie, jemanden hinter den Fenstern zu entdecken. Dann stiefelte sie geradewegs ins Haus und Arianwyn meinte, ein tiefes Luftholen zu hören. Das missbilligende »Ts, ts, ts«, das fast gleichzeitig an ihr Ohr drang, war jedenfalls keine Einbildung, da war sich Arianwyn sicher.

Als sie den Eimer aufhob, stellte sie fest, dass einige Leute stehen geblieben waren. Sie wurde noch röter, drehte sich hastig um und folgte der Bezirksaufseherin nach drinnen.

Miss Delafield war direkt hinter der Schwelle stehen geblieben und blickte starr geradeaus.

»Möchten Sie eine Tasse Tee?«, fragte Arianwyn vorsichtig und schaute zu dem bauchigen Öfchen. Helle, warme Flammen tanzten hinter dem Bullaugenfenster.

»O nein, meine Liebe, schönen Dank«, antwortete Miss Delafield, als wäre sie gerade aus einem Traum erwacht. »Ich habe etwas zu trinken dabei.« Sie wühlte in ihrer voluminösen Tasche und zog eine große Thermosflasche und ein schlankes Cocktailglas hervor. Arianwyn wunderte sich, dass das Glas heil geblieben war. Miss Delafield schraubte die Flasche auf und goss sich einen Drink ein. Er war knallig blau und roch leicht faulig.

»Möchten Sie auch einen, meine Liebe?« Miss Delafield hob fragend eine Augenbraue. »Ist gut für den Teint.«

Arianwyn starrte das blaue Getränk an. »Danke, das ist nett, aber ich bleibe lieber bei Tee.«

»Nun, Liebes.« Miss Delafield stellte ihr Glas vorsichtig auf den Tresen und goss sich noch etwas blaue Flüssigkeit nach. »Wie haben Sie sich eingelebt? Mögen Sie diesen alten Schuppen?« Nachlässig schüttelte sie ihren Mantel von den Schultern und betrachtete vom Tresen aus Arianwyns Reinigungsversuche.

»Mir gefällt es sehr gut hier, obwohl es noch nicht ganz fertig ist. Ich wohne im Moment noch im Gasthaus.« Arianwyn schwenkte den Eimer beim Sprechen leicht hin und her. »Die letzte Hexe hat anscheinend alles stehen und liegen gelassen, als sie wegging. Wissen Sie, wer vor mir hier war?«

»Ähm … nein, keine Ahnung«, sagte Miss Delafield nach kurzem Zögern. »Ich könnte im Register nachsehen, aber ich bin mir sicher, dass Lull keine Hexe mehr hatte, seit ich Bezirksaufseherin bin. Wir haben die Probleme hier immer sehr gut von

Flaxsham aus geregelt, aber irgendein Wichtigtuer von der ZHB war jetzt offenbar der Meinung, es bräuchte jemanden vor Ort. Immer müssen diese Leute ihre Nase in Angelegenheiten stecken, von denen sie keine Ahnung haben!« Miss Delafields Stimme hatte einen scharfen Ton angenommen, ihre Wangen waren gerötet.

Dann wanderte ihr Blick zur Mondbrosche und Arianwyns Magen zog sich vor Scham zusammen. Sie versuchte instinktiv, die Brosche mit der Hand zu verbergen, doch Miss Delafield schien den Zusammenhang bereits durchschaut zu haben. Ein unbehagliches Schweigen machte sich breit.

»Oh, ich verstehe, meine Liebe. Nun ja, Ihre Großmutter ist eine weithin respektierte Persönlichkeit in der Hexengemeinschaft ...«

»Ich weiß, was Sie denken, und ich sehe das genauso«, antwortete Arianwyn. Auf einmal fühlte sie sich ziemlich mutig. »Aber ich habe geschworen, alles in meiner Macht Stehende zu tun, um den Menschen in Lull zu dienen. Ich habe keine Ahnung, was beim Abschlusstest passiert ist, aber ...« Für den Bruchteil einer Sekunde überlegte sie, Miss Delafield von der unbekannten Glyphe zu erzählen, aber sie verwarf den Gedanken gleich wieder.

Miss Delafield deutete ein Lächeln an, dann sagte sie wieder ganz geschäftsmäßig: »Egal, meine Liebe, Sie sind nun hier und werden uns eine große Hilfe sein, davon bin ich überzeugt. Wie lief es denn bisher?«

»Bis jetzt ist nicht viel passiert, aber ...« Sie verstummte.

Die Bezirksaufseherin sah sie ruhig an. Ganz eindeutig wusste sie mehr, als sie zu erkennen gab. »Und wie kommen Sie mit dem

Bürgermeister zurecht? Ein furchtbarer Wichtigtuer, wenn Sie mich fragen. Trotzdem sollte man es sich besser nicht mit ihm verscherzen.«

»Er hat mir sehr … geholfen.«

»Ha! Das glaube ich gern!« Miss Delafield zwinkerte Arianwyn zu und öffnete ihre Riesentasche, sodass sämtliche Riemen und Schnallen herunterbaumelten.

Aus ihren Tiefen kramte sie schließlich ein dickes, ledergebundenes Buch hervor. Es hatte ein hohes, schmales Format und das rote Cover war mit einem silbernen Stern bedruckt, der ziemlich offiziell aussah. Fast ehrfürchtig legte Miss Delafield das Buch auf den Tresen.

»Das hier ist Ihr Dokumentationsbuch. Darin notieren Sie bitte all Ihre Termine und Arbeitsstunden. Bei meinem nächsten Besuch werde ich die Eintragungen dann mit Ihren Arbeitsergebnissen abgleichen. Für den Bezirksbericht, den ich für die ZHB verfasse.«

Sie öffnete das Buch und fuhr mit ihrer Hand über die weißen Seiten mit den blassen roten und grünen Linien. »In dieses Feld hier notieren Sie das Datum und in dieses die Art des Problems. Die Lösung mit dem entsprechenden Datum kommt hier hinein. Und dieses Kästchen bleibt leer, das ist für meine Kommentare.« Sie tippte eifrig auf die Seite.

Arianwyn stand stumm da, fummelte am Eimergriff herum und starrte die Bezirksaufseherin an. Dann murmelte sie ein »Ja, natürlich«. Plötzlich fühlte sich das alles sehr ernst an.

»Wie bitte?«, fragte Miss Delafield laut.

»Entschuldigung, ich sagte: Ja, natürlich«, wiederholte Arianwyn mit etwas festerer Stimme.

»Würden Sie den Eimer jetzt mal Eimer sein lassen, meine Liebe?« Ein kleines Lächeln umspielte Miss Delafields Lippen.

Arianwyn spürte, wie ihre Wangen heiß wurden, und stellte den Eimer schnell auf die glänzenden dunklen Dielen.

Miss Delafield wühlte erneut in ihrer Tasche und förderte einen Stoß farbiger Papiere in den unterschiedlichsten Größen zutage. »Das hier sind die noch ausstehenden Termine. Die sollten Sie nicht zu lange liegen lassen.«

Arianwyn schielte auf die Zettel und spürte ein nervöses Magengrummeln. Sie schluckte.

»Und sobald die Geisterlaterne hier ist, kommt natürlich noch die Aufgabe des Katalogisierens hinzu.« Miss Delafield klang so, als wäre das alles eine Kleinigkeit. »Ach ja, und das hier ist das neueste Rundschreiben der ZHB.« Sie warf ein dünnes Heftchen auf den Tresen.

»Fliegender Start für die neuen Hexen«, lautete die fett gedruckte Überschrift auf dem Cover.

Arianwyn reckte den Hals – und erkannte Gimma Alverston auf dem Foto darunter! Lachend und winkend und rundum perfekt blickte sie ihr von der Titelseite entgegen. Arianwyn stöhnte auf und drehte die Broschüre um, Foto nach unten. Sobald Miss Delafield gegangen war, würde sie das Ding in die Mülltonne stopfen.

Eine laute Stimme auf der Straße riss sie aus ihren Gedanken. Miss Delafield drehte sich zur Tür, als diese bereits aufgerissen wurde. Ein Junge, nicht älter als zehn, taumelte herein. Das Glöckchen-Amulett bimmelte wie verrückt.

»Miss! Miss? Miss ... Hexe?«

Völlig außer Atem blieb er vor Arianwyn stehen, wobei er fast auf dem feuchten Boden ausgerutscht wäre. »Meine Mutter schickt mich. Sagt, dass Sie sofort kommen müssen«, keuchte er.

»Was ist denn los?«, fragte Arianwyn.

»Sie hat im Schrank unter der Treppe ein Nest mit Schnottlingen entdeckt und will, dass Sie es wegmachen. Sofort.«

»Okay ...« Arianwyn überlegte fieberhaft, wie sie Zeit gewinnen könnte, um über die Aufgabe nachzudenken.

»Möchten Sie, dass ich Sie begleite, meine Liebe?« Miss Delafield sah Arianwyn prüfend an.

»Nein, danke, mit ein paar Schnottlingen werde ich schon fertig«, antwortete Arianwyn.

»Na schön, dann will ich Sie mal nicht länger aufhalten. Sie haben zu tun. Los geht's.« Die Bezirksaufseherin strahlte sie an.

Arianwyn lächelte erst Miss Delafield und dann dem Jungen zu, der ungeduldig von einem Bein aufs andere trat. Dann schnappte sie sich ihren Mantel und folgte ihm nach draußen.

Das Schnottlingsnest

Der Junge verschwand durch einen Torbogen und rannte eine enge Gasse entlang. Arianwyn folgte, so schnell sie konnte, und stand kurz darauf vor einer Zeile heruntergekommener Häuschen, hinter denen der Kirchturm hoch aufragte.

An Wäscheleinen, die im Zickzack über die Gasse gespannt waren, flatterte feuchte Wäsche im eisigen Wind. Arianwyn duckte sich darunter hindurch und folgte dem Jungen zu dem schäbigsten Haus in der Reihe.

Der Junge trat gegen die Tür und brüllte: »Mum! Hexe ist da!« Dann zischte er ab zu einer Horde Kinder, die am Ende der Häuserzeile spielten.

Arianwyn wollte gerade gegen die verwitterte Tür klopfen, als diese sich öffnete und ein paar verrottete Holzlatten aus dem Türsturz herunterkrachten.

»Ja, was ist?« Die Frau trug eine schmierige Schürze und balancierte ein fettes Baby auf der Hüfte. Ihre roten Wangen und die krausen Haare waren mit Mehl bestäubt.

»WAS?«, wiederholte sie und funkelte Arianwyn böse an.

»Äh … Ich bin Arianwyn Gribble, die neue Hexe. Ich bin wegen des Schnottling-Problems da.«

Das Gesicht der Frau entspannte sich etwas. »Gott sei Dank!

Diese kleinen Pestbeulen haben mich schon zur Weißglut getrieben!« Sie spähte die Häuserzeile entlang. »Wo ist der Junge wieder hin? CYRIL!« Noch einmal schoss ihr Blick rechts und links die Gasse runter, dann explodierte sie: »Cyril Myddleton, du kommst SOFORT her!«

Doch die einzige Antwort waren ein glucksendes Lachen und schnelle Schritte auf dem Kopfsteinpflaster. Stirnrunzelnd sah die Frau Arianwyn an: »Und? Kommen Sie jetzt rein oder nicht?«

Als sie die Tür weiter öffnete, rieselte erneut morsches Holz aus dem Türrahmen. Arianwyns Blick fiel in eine unordentliche Küche, die fast vollständig von einem riesigen Tisch ausgefüllt wurde, der über und über mit irgendwelchem Zeug vollgestellt war.

Wäsche hing von einem Trockengestell an der Decke, darunter stand ein massiger Herd, von dem dicker Qualm aufstieg. Der Teekessel pfiff und schickte noch mehr Dampf an die Decke. Im Spülbecken stapelten sich unterschiedlich stark verschmutzte Teller und Töpfe. Erst auf den zweiten Blick entdeckte Arianwyn, dass auf dem Tisch, neben all dem anderen Zeug, auch noch diverse Rührschüsseln und Dosen mit Mehl, Zucker und getrockneten Früchten standen. Eierschalen lagen auf einem geöffneten Kochbuch verstreut, einige waren auf den Boden gefallen. In zwei riesigen Körben warteten weitere Wäscheladungen darauf, aufgehängt zu werden.

Auf einer Wolldecke neben dem Herd hockten zwei pummelige, rotgesichtige Kleinkinder, Zwillinge, nicht älter als zwei. Zuerst wirkten sie wie diese fetten kleinen Puttenengel auf alten

Gemälden, aber dann schnappte sich der Linke einen Bauklotz und donnerte ihn seinem Bruder nicht sehr engelhaft an den Kopf. Der fing prompt an zu brüllen und streckte seiner Mutter die Ärmchen entgegen.

»Caspar! Böse! Du sollst Jaspar nicht hauen!«, schimpfte die Mutter, aber sie war nicht richtig bei der Sache. Seufzend hievte sie sich das Baby höher auf die Hüfte. »Ich bin die ganze Zeit nur am Kochen, Putzen und Waschen. Ich heiße übrigens Blanche. Blanche Myddleton.«

Arianwyn schüttelte die mehlige Hand der Frau. »Wo ist das Nest?«, fragte sie.

»Hier lang.« Mrs Myddleton führte sie durch eine Tür in einen düsteren Flur. Ein winziges Fenster oberhalb der Treppe war die einzige Lichtquelle.

»Da, in dem Schrank unter der Treppe.« Mrs Myddleton deutete auf eine kleine Tür.

»Wie viele sind es?«, fragte Arianwyn, während sie ihren Mantel abwarf und sich die Ärmel hochkrempelte. Eigentlich war es ziemlich untypisch für Schnottlinge, zu dieser Jahreszeit noch aktiv zu sein. Normalerweise hielten sie Winterschlaf.

»Bin mir nicht sicher, vielleicht drei. Hab gesehen, wie sie heute Morgen Kuchen aus der Brotdose geklaut haben.«

Drei. Das war okay. Mit drei halbwachen Schnottlingen würde sie fertig werden. Erst ein kleiner Betäubungsspruch zur Sicherheit und dann einen Verbannungszauber hinterherschicken, fertig. Das Einzige, was sie noch brauchte, war ein Köder.

»Könnte ich die Eierschalen haben?«

Mrs Myddleton ging in die Küche, um die Schalen zu holen, und Arianwyn öffnete die Schranktür.

In der Dunkelheit waren die Umrisse des Nests nur zu erahnen. Es befand sich in der Schrankecke, halb verborgen hinter einem Haufen Schuhe und einem Besen, und sah aus wie ein verfilzter, nach oben hin offener Lumpenball. Wahrscheinlich hatten die Schnottlinge mit ihren messerscharfen Zähnen ein paar Mäntel und Schals zu Nistmaterial zerkleinert. Vielleicht hatten sie sogar einen Teppich angeknabbert.

Arianwyn kroch mit dem Oberkörper in den Schrank und musste aufpassen, nicht in den Schnottlingskot zu greifen, der überall verteilt lag. Sie rümpfte die Nase. Es stank bestialisch. Vorsichtig schob sie die Schuhe und den Besen beiseite – und wich erschrocken zurück. Das Nest war größer, als sie gedacht hatte. Viel größer!

»Ich schätze, es sind mehr als drei«, rief sie über die Schulter.

Mrs Myddleton kam mit den Eierschalen zurück. Als sie das Nest sah, entfuhr ihr ein Keuchen. »Und Sie meinen, Sie kriegen das ganz alleine hin?« Sie warf Arianwyn einen skeptischen Blick zu.

»Ja, kein Problem. Aber könnten Sie vielleicht dafür sorgen, dass die Kinder in der Küche bleiben? Schnottlinge sind eigentlich nicht aggressiv, aber sie haben ziemlich scharfe Zähne.«

Mrs Myddleton nickte und verschwand in Richtung Küchenchaos.

Die zwei Kleinkinder spähten von der Tür aus in den Flur, zogen ihre Köpfe jedoch hastig zurück, als ihre Mutter ihnen etwas entgegenblaffte.

Arianwyn verteilte die klebrigen Eierschalen auf dem Schrankboden, rüttelte dann einmal kurz am Nest und drehte es um.

Es dauerte nicht lange, bis das Lumpenknäuel zu wackeln begann und ein Schnottling durch das obere Loch spähte. Er war ungefähr so lang wie ein Schullineal und hatte eine ekelhaft grüne Farbe, aber schleimig wirkte er nicht (das war das Komische an Schnottlingen). Ein paar kurze, scharfe Stacheln wuchsen auf seinen Schultern.

Das kleine Biest wirkte verschlafen, fast benommen. Es purzelte aus dem Nest und schlurfte über den Schrankboden, immer dem Geruch der Eierschalen nach.

Aber es kam nicht weit. Arianwyn schleuderte ihm ihren Betäubungszauber entgegen, woraufhin es rückwärts umkippte. Ein leichter Aufprall war zu hören, das war's.

Schnell griff sie in den Schrank, zog den schlaffen Körper heraus und legte ihn auf den Flurboden. Dann wartete sie darauf, dass der nächste Schnottling aus dem Nest kroch.

Platsch!

Es war verblüffend einfach! Schnottlinge waren nicht die allerhellsten Geschöpfe, der Eierschalenduft reichte, um sie aus ihrem Nest zu locken. Nach einer halben Stunde lagen vier Schnottlinge übereinandergestapelt im Flur und es war schon wieder einige Zeit vergangen, seit sich das letzte Exemplar hatte blicken lassen. Arianwyn kroch noch einmal in den Schrank und stupste das Nest an, aber nichts passierte. Nach einem weiteren energischen Rütteln war sie sicher, dass der Job erledigt war. Jetzt brauchte sie nur noch den Verbannungszauber auszusprechen, um die Kreaturen ins Schwarze Nichts zurückzuschicken.

»Ich glaube, das war's«, rief sie, als sie aus dem Schrank kroch, heilfroh, dass ihr erster offizieller Auftrag so reibungslos verlaufen war. Sie stieß einen tiefen Seufzer der Erleichterung aus und merkte erst in diesem Moment, dass sie die ganze Zeit kaum geatmet hatte.

Sie wollte gerade aufstehen, als sie sah, wie die Myddleton-Zwillinge zwei der betäubten Schnottlinge wie Puppen in die Küche schleiften. Und als wäre das nicht schon schlimm genug, erklang hinter ihr plötzlich ein schrilles Fauchen wie von einer wütenden Katze.

Sie fuhr herum. Drei weitere Schnottlinge waren aus dem Nest gekrochen, einer davon mit dicken braunen Stacheln gepanzert. Es war ein Weibchen, und die waren weit gefährlicher und bösartiger als ihre männlichen Artgenossen. Dummerweise hatte es mitbekommen, wie Jaspar und Caspar seine Nestgenossen verschleppten.

»Oh, verhexter Mist!«, stöhnte Arianwyn und schleuderte den neuen Schnottlingen hektisch eine Energiekugel entgegen.

Aber sie traf nicht. Die Kugel rauschte in den Schrank und ließ das Nest mit einem lauten, staubigen »Kawumm« explodieren. Nistmaterial verteilte sich im Flur: alte Mantelfasern, dünne Zweige, eine Socke und sogar Teile eines Schuhs.

Die Schnottlinge stoben auseinander und flitzten dann blitzschnell in die Küche, auf der Suche nach ihren Nestkollegen. Arianwyn war kaum auf den Beinen, als aus der Küche ein gellender Schrei ertönte.

Unter anderen Umständen hätte das Bild, das sich ihr bot, witzig sein können – jetzt war es einfach nur furchtbar: Caspar hatte seinen betäubten Schnottling in die Ecke geworfen, aber Jaspar herzte und schmuste seinen wie ein heiß geliebtes Kuscheltier. Mrs Myddleton stand auf dem Küchentisch. An ihre Schürze krallte sich ein erboster Schnottling und biss wild um sich. Sie schrie wie am Spieß, während das Baby vor Vergnügen gluckste.

Der andere männliche Schnottling schoss in der Küche umher und stieß schrille Zischlaute aus.

Wieder beschwor Arianwyn die Glyphen herauf und feuerte zwei Energiekugeln auf die Schnottlinge. Und wieder verfehlte sie die Biester. Der Gestank von verbrannter Magie mischte sich mit den Gerüchen nach Essen und feuchter Wäsche.

In dem Moment wurde die Tür aufgerissen und Cyril hüpfte wie ein Flummi in die Küche.

»Tür zu!«, schrie Arianwyn.

Aber zu spät: Zwei männliche Schnottlinge waren zwischen Cyrils Beinen hindurch nach draußen geschlüpft. Verdattert blickte ihnen der Junge hinterher.

Arianwyn holte tief Luft und strich sich ein paar lose Haarsträhnen aus dem Gesicht. »Schlimmer kann's jetzt echt nicht …«

Sie drehte sich um und erstarrte vor Schreck. Caspar hatte das Schnottlingsweibchen entdeckt und fand es deutlich spannender als den schlappen Kerl, den er gerade in die Ecke geworfen hatte. Arianwyn konnte bis ins letzte Detail voraussehen, was passieren würde – ohne dass sie die Möglichkeit hatte einzugreifen. Wenn sie versuchte, den Schnottling außer Gefecht zu setzen, konnte die Betäubung auch Caspar treffen.

Das Weibchen beäugte das Kleinkind argwöhnisch und bewegte sich dabei langsam vorwärts. Es versuchte zurück zum Nest zu schleichen. Aber Caspar stürzte vor und packte es mit seinen dicken kleinen Fingern am Hals.

Das Biest erstarrte vor Schreck. Ein ersticktes Wimmern drang aus seiner Kehle. Doch als Caspar die andere Hand ausstreckte, um sein neues Kuscheltier zu betatschen, entblößte es eine Reihe nadelspitzer Zähne und bohrte sie in die speckige Kinderhand.

Caspar jaulte auf und dicke Tränen kullerten über seine Wangen, die plötzlich kreideweiß waren. Er schüttelte sein Ärmchen und versuchte den Schnottling loszuwerden, doch der hatte sich festgebissen.

»Meine Babys! MEINE BABYS!«, kreischte Mrs Myddleton, offenbar unschlüssig, ob sie sich ins Geschehen stürzen und ihre Kinder verteidigen oder lieber auf dem Tisch bleiben sollte.

Das Schnottlingsweibchen flatterte wild in der Luft, während Caspar immer noch vor Schmerz und Angst brüllte. Binnen einer Sekunde erkannte Arianwyn ihre einzige Chance.

Sie zapfte das Magiedepot an, das sich rund um den Teekessel gebildet hatte, beschwor in Windeseile die Glyphen herauf und sandte eine weitere Betäubungskugel aus. Kometengleich sauste diese durch die Küche, aber irgendetwas stimmte nicht. Der Energieball hatte die falsche Farbe, war viel zu hell, zu groß und auch zu schnell.

Wump!

Platsch!

Die Kugel hatte ihr Ziel gefunden. Doch anstatt den Schnottling einfach nur zu betäuben, ließ sie ihn explodieren. Es gab einen Knall und dann spritzte grüner, stinkender Schleim gegen die Wände, auf den Boden und in Caspars kleines Gesicht.

Alle Anwesenden erstarrten vor Schreck. Kein Laut war zu hören – außer dem Tröpfeln des Schnottling-Glibbers.

Der Zauber war eindeutig zu stark gewesen. Arianwyn warf Mrs Myddleton einen unsicheren Blick zu. Sie hatte keine Ahnung, wie sie erklären sollte, was gerade passiert war. Mrs Myddleton setzte sich auf einen Stuhl, oder besser: Sie sackte darauf zusammen, das fröhlich glucksende Baby auf dem Arm. Mit zitterndem Finger deutete sie auf Caspar. »Mei … mein B … B … Baby«, stammelte sie.

Doch Caspar hatte sich bereits von dem Schreck erholt und aufgehört zu schreien. Still pulte er am Kopf des Schnottlings herum, der als einziges noch halbwegs intaktes Körperteil in einer grünen Schleimpfütze auf dem Küchenboden herumwabbelte.

»Das war krass!«, sagte Cyril, ein breites Grinsen im Gesicht. »Respekt, Miss, cooler Trick! Machen Sie das noch mal!«

»Steh hier nicht so blöd rum«, blaffte seine Mutter. »Zisch ab und hol den Arzt, der arme Caspar ist von einem dieser Mistviecher gebissen worden.«

Arianwyn war schon auf den Beinen. »Es tut mir so leid, Mrs Myddleton, ich wusste nicht, dass es so viele waren …«

Aber die Frau drängte sich wortlos an ihr vorbei und stürmte zu Caspar. Wütend trat sie gegen den Schnottlingskopf. Der rollte über den Küchenboden und klatschte gegen Arianwyns Fuß.

»Am besten, ich verbanne die Viecher, bevor der Betäubungszauber nachlässt und sie aufwachen …«, murmelte Arianwyn in Mrs Myddletons Rücken. Doch sie bekam keine Antwort. Gott, was hätte sie darum gegeben, dieses unglückselige Haus endlich verlassen zu können.

Schnell sammelte sie die benommenen Schnottlinge ein und trat hinaus auf den Hof, um die zwei entwischten Männchen einzufangen. Doch da war keine Spur von ihnen. Wahrscheinlich hatten sie sich längst davongemacht. Arianwyn holte ein paarmal tief Luft.

Es dämmerte bereits, am Himmel zeichneten sich die ersten

Sterne ab. Sie kniete sich auf den kalten Boden und ihr Atem stieg in kleinen Stoßwolken von ihrer Nase auf.

L'ier, die Verbannungsglyphe, kräuselte sich wie schwarzer Rauch auf dem Straßenpflaster. Nach einer Weile öffnete sich ein kleiner Spalt. Sofort spürte Arianwyn den eisigen Sog des Schwarzen Nichts. Staub wirbelte rund um die Öffnung und verschwand darin wie Wasser in einem Abfluss.

Sie spähte zum Haus hinüber. Mrs Myddletons Geschrei drang bis zu ihr hinaus.

In dem Moment fiel ihr ein dunkler Fleck an der Hauswand auf, ganz in der Nähe des Fensters. Das war doch wohl nicht … das konnte doch unmöglich … Den Blick auf den Spalt gerichtet, huschte sie zum Haus zurück.

»Nein, nein, nein!«, murmelte sie und beugte sich vor, um besser sehen zu können. Dicke Wülste von schwarzem Moder wucherten auf der Hausmauer.

Aber es war kein gewöhnlicher Moder.

Arianwyn hörte hastige Schritte und sah Cyril mit dem Arzt zurückkommen, der eine große Ledertasche trug.

»Ah, Miss Gribble, ich bin Doktor Cadbury. Wie ich sehe, hatten Sie Probleme mit ein paar Schnottlingen«, begrüßte der alte Mann sie freundlich. Er klang ein wenig außer Atem.

»Es waren mehr, als ich dachte.« Arianwyn deutete auf die reglosen Körper zu ihren Füßen. »Das Weibchen hat Caspar ziemlich fies gebissen, aber ich glaube, er ist nicht allzu schlimm verletzt.« Sie verschränkte nervös die Hände.

»Keine Sorge, meine Liebe, ich bin sicher, dass alles in Ordnung ist. Aber … O Gott, ist das etwa …?« Der alte Mann trat näher.

»Ein Fluchfleck«, antwortete Arianwyn mit fester Stimme.

»Mein Gott, seit ich ein kleiner Junge war, hab ich in Lull keine Fluchflecken mehr gesehen. Fiese Sache, oder?« Dr. Cadbury strich sich nachdenklich übers Kinn und kam noch näher.

»Was ist das?« Cyril streckte seine dreckige Hand nach dem schwarzen Fleck aus.

»Nicht anfassen!«, warnte Arianwyn und schnappte sich seine Hand. »Das ist gefährlich. Es könnte dich krank machen … oder Schlimmeres. Das Zeug entsteht durch schwarze Magie oder alte, verdorbene Zaubersprüche und breitet sich wie ein Schmarotzerpilz aus. Oder wie Schimmel. Fluchfleckplagen haben in der Vergangenheit schon ganze Dörfer ausgelöscht.«

»Wow!«, rief Cyril und starrte die Hauswand noch interessierter an.

»Nun, am besten beseitigen Sie den Mist schnell, hm?« Dr. Cadbury lächelte und folgte Cyril ins Haus, der sich den Hals nach dem Fluchfleck verrenkte. Drinnen war Mrs Myddleton noch immer am Jammern.

Arianwyn holte ein paarmal tief Luft, dann beschwor sie Årdra herauf, die Feuerglyphe, und presste ihre Hand neben dem Fluchfleck auf die Hauswand. Glutrote Flammen zuckten unter ihren Fingern hervor. Sie zählte bis zwanzig, dann zog sie die Hand weg.

Der schwarze Fleck war verschwunden. Nur ein blasser Ring, etwas dunkler als die restliche Wand, war noch zu sehen. Sie hoffte, dass die Sache damit erledigt war, und machte sich in Gedanken eine kleine Notiz: Sie musste Miss Delafield so schnell wie möglich von der Sache berichten.

Dann lief sie zu dem Spalt zurück, kniete sich auf die Pflastersteine und schob die betäubten Schnottlinge näher an den Abgrund.

»Zurück mit euch ins Schwarze Nichts. Eure Geister dürfen hier nicht verweilen. Geht in Frieden. Kehrt zurück in die Dunkelheit«, flüsterte sie die vorgeschriebenen Worte, die so alt waren wie der Verbannungszauber selbst.

Dann beobachtete sie, wie sich die Körper der Schnottlinge in Licht auflösten. In winzige schimmernde Fragmente, die durch die Luft wirbelten. Alles, was zurückblieb, waren ihre Geister, kleine Strudel magischer Energie, die langsam in Richtung Spalt glitten und schließlich im Schwarzen Nichts verschwanden.

Plötzlich nahm sie hinter sich eine Bewegung wahr und drehte sich um. Mrs Myddleton war aus dem Haus getreten, in ein Wolltuch gehüllt, und warf Arianwyn einen vernichtenden Blick zu, bevor sie unter den Wäscheleinen hindurch verschwand, so schnell ihre Füße sie trugen.

Aus der Ferne hörte Arianwyn das schnatternde Gelächter der überlebenden Schnottlinge, gefolgt von spitzen Schreien und lautem Gebrüll.

»O Gott, das gibt Ärger«, stöhnte sie.

Der Streit

Auf dem Rückweg zerbrach sich Arianwyn den Kopf darüber, was genau passiert war. Wie hatte der Zauber derart schiefgehen können? Nachdenklich trottete sie vor sich hin und umging die belebten Straßen, um möglichst niemandem zu begegnen.

Als sie kurz vor dem Marktplatz an einer Telefonzelle vorbeikam, verspürte sie den unbändigen Wunsch, Grannys Stimme zu hören.

Scheppernd fiel ihre Münze in den Schlitz, sie hob den Hörer ab und nannte dem Vermittler die Nummer des Buchladens in Kingsport.

»Einen Moment bitte, ich verbinde«, antwortete eine freundliche Stimme. Dann war ein Klicken zu hören und schließlich ein Freizeichen.

»Hallo, Stronellis Buchladen.«

Das war nicht die Stimme ihrer Großmutter!

»Mr Lomax? Sind Sie das?«, fragte Arianwyn. Mr Lomax war ihr Nachbar in Kingsport, der gelegentlich im Laden aushalf, wenn Granny unterwegs war.

»Ja, Arianwyn, geht es dir gut? Wie läuft es in … wohin hat man dich noch gleich geschickt?«

»Ist meine Großmutter da?«, sagte sie, ohne auf seine Frage

einzugehen. Verdammt, woher kam plötzlich dieser Kloß in ihrem Hals?

»Nein, Süße, weißt du das denn gar nicht? Sie ist verreist. Irgendwo an die Westküste, glaube ich …«

Verreist? Ohne ein Wort darüber zu verlieren? Wie lange hatte Granny das schon geplant?

Arianwyn schnitt Mr Lomax das Wort ab, indem sie den Hörer umständlich auf die Gabel legte. Dann lehnte sie den Kopf gegen die Telefonzellenwand und weinte.

Es war stockdunkel, als sie schließlich in die Kettle Lane zurückkehrte. Das freundliche Licht, das ihr aus dem Erkerfenster ihrer Werkstatt entgegenschien, heiterte sie kurz auf.

Salle war da. Sie lehnte am Tresen und blätterte lustlos in einer Zeitschrift. Auf dem Cover prangten Fotos von Filmstars. Als sie das Quietschen der Tür und das Bimmeln der Glöckchen hörte, drehte sie sich lächelnd um. »Wie ist es gelaufen?«

»Nicht nach Plan.«

»Was ist passiert?«

Arianwyn hatte sich kaum auf einen Stuhl fallen lassen, da sprudelte die Geschichte auch schon aus ihr heraus.

»Ich hätte verhindern müssen, dass Caspar gebissen wird«, sagte sie und sackte in sich zusammen.

»Blödsinn, das ist doch nicht deine Schuld, Wyn«, versicherte Salle. »Komm, ich mach dir einen heißen Kakao.«

Arianwyn stützte ihre Arme auf die Knie und legte den Kopf in die Hände. Doch sie fuhr sofort wieder hoch, denn die Glöckchen über dem Eingang klingelten. Mr Belcher und Miss Delafield standen in der Tür. Der Bürgermeister sah unzufrieden aus. Äußerst unzufrieden.

Neuigkeiten verbreiten sich in Lull wirklich wie ein Lauffeuer, dachte Arianwyn.

»Wie ich höre, hatten Sie einen interessanten Nachmittag«, bemerkte der Bürgermeister.

Arianwyn wusste nicht, was sie dazu sagen sollte, und schüttelte nur den Kopf. Im selben Moment kam Salle mit dem dampfenden Kakaobecher zurück und baute sich schützend neben ihr auf. »Aber das ist nicht Wyns Schuld! Diese blöde Mrs Myddleton hat einfach nicht aufgepasst …«

Miss Delafield hob eine Hand. »Danke schön, Miss Bowen, aber wenn Sie nichts dagegen haben, würde ich gerne Miss Gribbles Version der Ereignisse hören.«

Arianwyn schluckte. Sie sah, wie der Bürgermeister sein Notizbüchlein zückte und durch die Seiten blätterte. »Nun …«, begann er. »Mrs Myddleton hat mich aufgesucht. Sie war zutiefst entsetzt über das, was bei Ihrem Besuch passiert ist. Sie behauptet, Sie hätten zugelassen, dass eine Horde …«, er blätterte wieder in seinen Aufzeichnungen, »… Schnotter ihre Kinder angreift.«

»Schnottlinge«, korrigierten Arianwyn und Miss Delafield wie aus einem Mund.

Arianwyn war schon wieder nach Heulen zumute. Sie holte ein paarmal tief Luft, dann begann sie stockend zu erzählen: »Also, zunächst mal war es keine Horde, sondern ein Nest mit sieben Schnottlingen …«

Es dauerte eine Weile, bis Arianwyn mit der Geschichte fertig war und Mr Belcher und Miss Delafield ihre unzähligen Fragen gestellt hatten: Wo genau hatte sie gestanden? Wie groß waren die Schnottlinge? Welche Zaubersprüche hatte sie benutzt?

Dann folgte eine längere Pause, weil der Bürgermeister seine Notizen noch einmal durchsehen musste. Zum Glück hatte Arianwyn ihnen nicht erzählt, dass der letzte Kugelzauber zu stark gewesen war und dass sie nicht wusste, woran das gelegen hatte.

»Ich denke, wir wissen jetzt, dass es nicht allein Miss Gribbles Schuld war. Falls sie überhaupt eine Schuld trifft …«, schloss Miss Delafield sanft.

»Mag sein«, grummelte der Bürgermeister. »Trotzdem bin ich verpflichtet, den Vorfall der Zivilen Hexenkunstbehörde zu melden.«

»Aber …«, begann Arianwyn. So ein Eintrag würde jahrelang in ihrer Akte bleiben, und das war nun wirklich das Letzte, was sie brauchte.

»Ich glaube nicht, dass das nötig ist«, widersprach Miss Delafield.

»Miss Delafield, wir müssen uns an die Vorschriften halten. Durch Miss Gribbles Handeln ist ein kleines Kind verletzt worden.«

»Nur eine kleine Schramme!«, platzte Salle heraus.

Drei Augenpaare richteten sich auf sie. »Na, ich mein ja nur …«, murmelte sie.

»Das ist nicht der Punkt. Das Kind ist verletzt, ob schwer oder nicht, und zwar aufgrund von Miss Gribbles Unachtsamkeit …«

Während Miss Delafield und Mr Belcher weiterstritten, spürte Arianwyn, wie ihre Augen feucht wurden.

»Ich denke, es war ein großer Fehler, eine so unerfahrene Hexe einzustellen.« Bürgermeister Belcher tigerte rastlos auf und ab. »Ehrlich, ich fürchte, das wird nicht funktionieren!« Seine Stimme klang leise und drohend.

»Jetzt machen Sie aber mal einen Punkt!«, herrschte Miss Delafield ihn an. »Miss Gribble ist gerade mal fünf Minuten hier, und Sie haben ihr nicht die geringste Chance gegeben, sich einzugewöhnen.«

»Ich muss an die Sicherheit der Stadt und ihrer Bewohner denken! Ich glaube, es ist am besten, wenn Miss Gribble so schnell wie möglich nach Kingsport zurückkehrt und wir uns um Ersatz für sie kümmern. Und diesmal bitte eine fertig ausgebildete Hexe! Jedenfalls keine Notlösung mehr, um der Zivilen Hexenkunstbehörde einen Gefallen zu tun«, murrte der Bürgermeister und funkelte Miss Delafield böse an.

Arianwyn warf einen verstohlenen Blick auf ihre Mondbrosche. Ein dicker Klecks Schnottlingsschleim war darauf angetrocknet.

»Nein, Josiah, das ist nicht fair!«, sagte Miss Delafield nun richtig verärgert. »Arianwyn hat erklärt, was passiert ist, und demnach ist allein Mrs Myddleton verantwortlich dafür. Sie war gewarnt wegen der Schnottlinge, hat aber nichts unternommen, um das Problem selbst zu lösen. Außerdem hat Dr. Cadbury versichert, dass der kleine Junge lediglich ein wenig gezwickt wurde und keine bleibenden Schäden davontragen wird.« Miss Delafield trat vor und schob sich zwischen den Bürgermeister und Arianwyn. »Auf keinen Fall werden wir Miss Gribble zurück nach Kingsport schicken. Sie ist unsere Hexe und sie wird in Lull bleiben! Die Sache fällt in meinen Zuständigkeitsbereich, Josiah! Es liegt in meiner Verantwortung als Bezirksaufseherin! Und wir werden Miss Gribble auch in Zukunft unsere *volle* Unterstützung zusichern.«

Es war, als wollten sich die beiden gegenseitig niederstarren.

»Entschuldigen Sie?«, ertönte da eine weiche Stimme. Arianwyn, Mr Belcher und Miss Delafield fuhren herum und sahen einen kleinen älteren Herrn in der offenen Tür stehen, der nervös seine Mütze knetete.

»Oh, Mr Turvy, alles in Ordnung? Kommen Sie ins Warme.« Salle führte den Herrn zum Tresen und warf Mr Belcher dabei einen finsteren Blick zu. »Was können wir für Sie tun?«, fragte sie freundlich.

Der alte Mann hob seinen Kopf. Er hatte sanfte, leuchtend blaue Augen und ein warmes, weiches Gesicht. »Ich hab gehört, dass die neue Hexe angekommen ist, und da hab ich mich gefragt, ob sie dieses Amulett wohl für mich reparieren könnte.« Er schaute Arianwyn an. »Natürlich nur, wenn es nicht zu viel Mühe macht. Sie sind sicher sehr beschäftigt.«

Arianwyn blickte Miss Delafield an, die wiederum Mr Belcher anfunkelte.

Nach ein paar Sekunden nickte er.

Ein Amulett für Mr Turvy

»Könnte ich das Amulett einmal sehen?«, fragte Arianwyn.

Mr Turvy streckte ihr seine Hand entgegen. Die Hälfte einer silbernen Kette, ein winziges, zerbrochenes Glasbehältnis, ein silbernes Medaillon und einige Perlen und Metallringe lagen in seiner Handfläche. Das Ganze sah aus wie ein Standard-Schutzamulett zur Abwehr böser Geister.

»In was für schwierigen Zeiten wir doch leben! Tag für Tag sind die Zeitungen voll mit traurigen Meldungen aus Uris, und jetzt auch noch diese Sache im Großen Wald … Ich schäme mich nicht, zuzugeben, dass ich Angst habe.«

Welche Sache im Großen Wald? Was ist hier eigentlich los? Arianwyn warf Mr Belcher und Miss Delafield einen kurzen Blick zu, dann reichte sie Mr Turvy zur Beruhigung ihre Hand, obwohl sie selbst leicht zitterte. »Ja, natürlich helfe ich Ihnen.«

»Mr Turvy lebt in Orchard Cottage, am Rand des Großen Waldes«, erklärte Salle leise.

Der alte Mann lächelte schüchtern und legte die Überreste des Amuletts auf die Theke. Wie Arianwyn erst jetzt feststellte, war der ganze Tresen auf Hochglanz poliert. Salle musste richtig geschuftet haben. Zuletzt legte Mr Turvy vorsichtig das Medaillon dazu und öffnete es. Zwei freundliche Gesichter lächelten Arianwyn entgegen, ein Mann und eine Frau, für immer auf Sepia-Fotopapier festgehalten. Das Haar der jungen Frau war geflochten und hochgesteckt, um ihren Hals lag ein hoher Spitzenkragen. Der junge Mann trug eine Militäruniform, hatte ein Käppi mit seinem Regimentsabzeichen auf dem Kopf und unverkennbar denselben freundlichen Blick wie Mr Turvy.

»Meine wunderschöne Rose«, sagte er und strich zärtlich über das Medaillon. »Dreiundfünfzig Jahre waren wir verheiratet … bevor sie starb.«

Arianwyn wusste nicht, was sie sagen sollte, deshalb tätschelte sie einfach nur seine Hand. »Sie beide sehen so aus, als wären Sie sehr glücklich miteinander gewesen.«

»Das waren wir«, schniefte Mr Turvy.

Schnell zog Arianwyn ein paar Schubladen unter dem Tresen auf und holte die benötigten Materialien heraus.

Ihr entging nicht, dass Miss Delafield und Mr Belcher sie aufmerksam beobachteten. Keine Frage, hier ging es um mehr als die Reparatur eines Amuletts. Vielleicht war es sogar ein Test. Kurz zögerte sie. Was, wenn sie den Amulett-Zauberspruch verwechselte und Mr Turvys wertvolles Medaillon zum Explodieren brachte?

Konzentrier dich und bleib ruhig, ermahnte sie sich.

Sie zog eine filigrane Silberkette aus einer der tieferen Schubladen und fädelte geschickt die passenden Zutaten für ein persönliches Amulett darauf. Einen goldenen und zwei silberne Ringe und eine Bernsteinperle. Dann folgte ein kleiner Glasbehälter, gefüllt mit getrockneten Lavendelblüten und Gänseblümchenblättern. Zuletzt kam das geöffnete Medaillon. Beim Anblick der zwei Fotos musste sie lächeln.

So, jetzt war es fast geschafft. Sie holte noch einmal tief Luft und zeichnete dann die zwei Glyphen für Luft und Licht kreisförmig um das neue Amulett auf den Tresen. Briå, Ꙩru, Briå, Ꙩru, immer abwechselnd.

Als das Amulett von Glyphen umgeben war, erglühte auf dem dunklen Holz der Theke ein Lichtkranz, der von Sekunde zu Sekunde heller wurde. Mr Turvy, Salle und Bürgermeister Belcher mussten ihre Augen abschirmen, aber Arianwyn hatte kein Problem mit dem Licht. Sie schaute zu, wie sich die Energie verband und langsam in das Amulett strömte. Aus den Augenwinkeln sah sie, dass Miss Delafield ebenfalls ganz genau hinschaute. Sie musste lächeln.

Und genau in dem Moment ging irgendetwas schrecklich schief! Arianwyn spürte, wie um sie herum die Magie aufwallte und in großen Energiewogen über ihr zusammenbrach. Es war einfach zu viel, der Zauberspruch war zu stark gewesen. Schon wieder. Nackte Panik erfasste sie.

Was jetzt? Sie zermarterte sich das Gehirn. Das Amulett bebte und hüpfte auf dem Tresen. Sie sah den besorgten Blick von Mr Turvy und das zufriedene Grinsen von Mr Belcher. Hastig, ohne weiter zu überlegen, zeichnete sie einen weiteren Kreis aus beiden Glyphen, doch diesmal in der Luft, direkt über dem Medaillon.

Die Kombination der beiden magischen Kreise schien den Energiestrom tatsächlich zu bremsen. Das Amulett beendete seinen nervösen Tanz und das Glühen wurde schwächer.

Salle applaudierte laut und blitzte den Bürgermeister triumphierend an.

Arianwyn nahm das Amulett und reichte es vorsichtig über den Tresen. »Das wäre erledigt, Mr Turvy. So gut wie neu, das schöne Stück.«

Mr Turvy hielt es kurz in der Hand, betrachtete die Fotos im Medaillon und verstaute den Anhänger dann sorgfältig in seiner Tasche.

»Vielen, vielen Dank, junge Dame. Sehr nett von Ihnen, dass Sie mir geholfen haben.«

»War mir ein Vergnügen, Mr Turvy.«

Der alte Mann steuerte auf die Tür zu, doch kurz bevor er auf die Straße trat, drehte er sich noch einmal um und sagte laut: »Ich glaube, mit dieser Hexe haben Sie einen guten Griff getan, Herr Bürgermeister. Sie ist eine echte Bereicherung für die Stadt.«

Dann schloss er leise die Tür hinter sich. Für eine Weile herrschte Stille im Raum.

»Ich finde auch, dass Miss Gribble sich gerade als sehr kompetent erwiesen hat, meinen Sie nicht, Josiah?«, fragte Miss Delafield. Arianwyn warf dem Bürgermeister einen fragenden Blick zu.

Der brummelte etwas in seinen Bart und erwiderte Arianwyns Blick, doch sah er dabei nicht gerade wohlwollend aus. »Meinetwegen können wir uns darauf einigen, dass Miss Gribble alles in ihrer Macht Stehende getan hat, um Mrs Myddleton zu helfen, auch wenn sie dabei leider keinen Erfolg hatte. Ein bisschen mehr Vorsicht könnte in Zukunft nicht schaden.«

Eine Welle der Erleichterung durchströmte Arianwyn. »Ja, natürlich. Ich werde Sie nicht mehr enttäuschen.«

»Das möchte ich Ihnen auch raten. Ich werde Sie im Auge behalten, Miss Gribble, da können Sie sicher sein.« Mit diesen Worten machte der Bürgermeister auf dem Absatz kehrt und verließ die Hexenwerkstatt.

»Puh, was für ein Tag! Gibt's noch etwas heißen Kakao, Salle, Liebes? Könnten Sie mir ein bisschen davon in meine Flasche füllen?«, bat Miss Delafield.

Als Salle mit der Thermosflasche die Treppe hinauf verschwand, trat Miss Delafield zu Arianwyn und flüsterte ihr zu: »Seien Sie auf der Hut, meine Liebe. Ich bin sicher, dass Mrs Myddleton ihre Geschichte überall herumerzählen wird. Und den Bürgermeister konnten wir zwar diesmal noch überzeugen, aber ... Ah, da kommt Salle mit dem Kakao. Danke, meine Liebe. Und einen schönen Abend euch beiden!«

Miss Delafield winkte ihnen zu, dann verließ sie die Werkstatt und Arianwyn schloss die Tür hinter ihr. Röhrend verschwand das silbrig grüne Auto in der Dunkelheit. Seine Scheinwerfer ließen die Häuser und Geschäfte der Kettle Lane im Vorbeifahren aufleuchten.

»Einen Fan hast du schon mal«, stellte Salle grinsend fest.

»Das kann bestimmt nicht schaden. Ich werde alle Hilfe brauchen, die ich kriegen kann.«

»Hm, vielleicht. So, und jetzt komm mal mit hoch und sieh dir an, was ich da für Wunder vollbracht habe.« Salle klatschte vor Begeisterung in die Hände und hüpfte auf der Stelle.

Arianwyn folgte ihr die Treppe hinauf in die Wohnung. In *ihre* Wohnung.

Salle hatte mit ihren »Wundern« nicht übertrieben. Alles war blitzblank und entstaubt, auf dem Bett lagen frische Decken und ein köstlicher Duft drang aus dem Backofen.

»Eine von Tante Grace' Pasteten.« Salle lächelte. »Ach ja, die Klamotten, den Papierkram und das ganze andere alte Zeug habe ich in einen Koffer gestopft. Er steht im Schrank, falls du ihn brauchst.«

Arianwyn musste kurz an das Foto von der Hexe und dem jungen Mädchen denken. Vielleicht sollte sie es bei ihrem nächsten Treffen Miss Delafield zeigen?

Plötzlich überkam sie eine unglaubliche Müdigkeit. Langsam ließ sie sich in einen der Sessel vor dem Ofen sinken und stieß einen erschöpften, aber sehr erleichterten Seufzer aus.

Der Legende nach sollen in grauer Vorzeit große Geister die Helligkeit und die Dunkelheit voneinander getrennt haben – wodurch unsere Welt (die Welt der Hexen, Geisterwesen und Menschen) losgelöst wurde vom Schwarzen Nichts. Bis zum heutigen Tag wachen die Großen Geister über diese Trennung.
Große Geister sind von Natur aus höflich und befolgen eine Reihe komplizierter Regeln, die für den Laien undurchschaubar sind.

Aus dem Handbuch für Hexenlehrlinge

4 Die Geisterlaterne

Es war früh am Morgen, gut eine Woche später, als Miss Delafield wieder auftauchte – mit einer großen Holzkiste unterm Arm.

»Das ist eine dieser verfluchten neumodischen Geisterlaternen!«, schnaufte sie.

»ZERBRECHLICH«, stand in großen roten Buchstaben auf den Seiten und dem Deckel der Kiste.

»Na gut, schauen wir uns das Ding mal an.« Miss Delafield kramte eine Weile in ihrer höhlenartigen Riesentasche herum und zog schließlich eine Brechstange hervor, mit der sie auf die Kiste losging. Im Nu war der Fußboden mit gesplittertem Holz bedeckt und nur Sekunden später klappten die Seitenwände der Kiste auseinander. Inmitten des Holzhaufens stand ein kleines würfelförmiges Ledertäschchen mit einem langen Riemen, der sich wie ein Tierschwanz rundherum gelegt hatte.

»So, jetzt sind Sie dran. Dieses Ding ist nämlich für Sie.« Miss Delafield verzog das Gesicht. »Damit können Sie diese unnütze Katalogisierung vornehmen, die zu Ihrem Aufgabengebiet gehört. Die reinste Zeit- und Geldverschwendung, wenn Sie mich fragen. Aber mich fragt ja keiner.« Sie lachte schnaubend.

Arianwyn lächelte. Egal, was Miss Delafield davon hielt – sie freute sich darauf, die Laterne auszuprobieren und damit bessere Bilder von Geistergeschöpfen einzufangen. Denn alle Darstellungen, die sie bisher kannte, waren eigentlich nur einfache Zeichnungen oder verschwommene Fotos, aufgenommen mit normalen Kameras. Sie trat einen Schritt vor und stellte den Lederbehälter vorsichtig auf den Tresen. Dann öffnete sie ihn und hob die Geisterlaterne heraus. Sie hatte so ein Ding erst einmal gesehen, allerdings war es damals riesig gewesen – mit einem wuchtigen Untergestell und drei langen, teleskopartig aufmontierten Blechröhren.

Jetzt hielt sie eine Miniaturausgabe davon in Händen. Der Korpus bestand aus poliertem Holz. Im Grunde war es eine kompakte, rechteckige Kiste. Vorne ragten drei messingumrahmte Linsen heraus und an der Seite befanden sich zahlreiche Schalter und Drehknöpfe. Arianwyn hob das Gerät hoch und spähte durch das Sichtfenster auf der Rückseite. Alles war verschwommen.

»Können Sie etwas sehen?«, fragte Miss Delafield.

»Nicht wirklich.«

»Ist es kaputt?«

»Nein. Ich glaube, ich muss mir einfach erst die Gebrauchsanweisung durchlesen.«

»Na, dann mal los, meine Liebe.« Grinsend reichte Miss Delafield ihr ein dünnes weißes Heftchen, das sie aus der Verpackung gepflückt hatte. »Wir beide düsen jetzt in den Großen Wald und beginnen mit Ihrem Projekt.«

Wenige Minuten später, Arianwyn hatte noch nicht mal den Anschnallgurt festgemacht, raste Miss Delafield die Kettle Lane hinunter. Passanten stoben in alle Richtungen davon und brachten sich in Sicherheit. In kürzester Zeit hatten sie Lull hinter sich gelassen und fuhren über Felder und Wiesen auf den Großen Wald zu.

»Ich dachte, es gäbe keine Straße mehr durch den Großen Wald«, brüllte Arianwyn und versuchte den Motorlärm und den Fahrtwind zu übertönen, der ihr das Haar zerzauste.

»Ja, da haben Sie recht, meine Liebe«, brüllte Miss Delafield zurück. Das Auto holperte durch die Landschaft und bei jeder Unebenheit wurde Arianwyn von ihrem Sitz hochgeschleudert.

»Und wie kommen wir dann in den Wald?« Arianwyn umklammerte den Sitz und die Geisterlaterne so krampfhaft, dass ihre Fingerknöchel weiß hervortraten.

»Über den alten Weg, der ist noch nicht ganz zugewuchert. Vorsicht, meine Liebe.«

Zweige peitschten über Arianwyns Kopf hinweg und schlugen ihr ins Gesicht, als das Cabrio von der Wiesenlandschaft in die ersten dicht stehenden Baumreihen eintauchte.

Erschreckte Vögel flatterten auf und auch ein paar Rehe huschten nach links und rechts davon.

»Verjagen wir mit dem Auto nicht auch die Geister?«, fragte Arianwyn, aber schon im selben Moment war ihr die Frage peinlich.

»Unsinn, meine Liebe. Die Geister leben doch viel tiefer im Wald. Eine ganze Weile werden wir überhaupt niemanden stören … außer vielleicht den Einzelgängerkobold. Deshalb haben wir ja den Wagen genommen. Es dauert Stunden, bis man …«

Miss Delafield trat so heftig auf die Bremse, dass der Waldboden hinter ihnen aufspritzte. Rutschend kam der Wagen zum Stehen.

Arianwyn wurde nach vorne geworfen, ließ den Lederbehälter jedoch nicht los. »Großer Gott, was …?«, begann sie, doch Miss Delafield legte eine Hand auf ihren Mund.

»Psssst!«

Mit ihrer freien Hand deutete sie nach vorn, zu einer Stelle, wo die Bäume weniger dicht standen. Es war fast eine kleine Lichtung, durchdrungen von einzelnen Sonnenstrahlen … und von etwas anderem.

Und dann spürte auch Arianwyn das Prickeln magischer Energie. Keine Frage: Da vorne war irgendein Geist. Sie lehnte sich weiter vor. Die Licht- und Schattenflecken auf dem Waldboden bewegten sich. Zweige knackten.

Auf der Lichtung stand ein Elchir – ein riesiges Geisterwesen, das den Wald bewachte. Es sah aus wie ein überdimensionierter Hirsch, war mindestens doppelt so groß wie ein erwachsener Mann und fast so breit wie das Auto von Miss Delafield. Das gewaltige, stark verzweigte silberne Geweih, das ihm aus dem Schädel wuchs, hatte etwas Baumartiges. Der Elchir äste friedlich auf der Lichtung.

»O mein Gott, wie wunderschön!« Miss Delafield hielt vor Ehrfurcht die Luft an. »Und? Werden Sie ein … Bild von ihm schießen? Oder was auch immer es ist, das man mit dieser Kiste machen kann?« Sie wedelte in Richtung der Geisterlaterne.

Arianwyn wagte nicht, sich zu rühren. Sie hatte Elchire bisher nur auf Abbildungen gesehen, in ihrem Handbuch zum Beispiel. Aber diesem prächtigen Original wurden sie nicht ansatzweise gerecht. Vorsichtig öffnete sie das Lederetui und griff nach der Geisterlaterne, wobei sie das Geschöpf nicht eine Sekunde aus den Augen ließ.

Es blickte kurz auf und widmete sich dann wieder seinen Grasbüscheln. Allerdings blieb es wachsam, die Ohren aufgestellt und in ihre Richtung gedreht. Nach einer Weile hob es anmutig den Kopf und blickte sie durch die Bäume direkt an. Seine silbernen Augen schimmerten im Zwielicht.

»So nah an einer Stadt habe ich noch keinen Elchir gesehen. Unglaublich!«, murmelte Miss Delafield. »Fertig mit der Aufzeichnung?«

Arianwyn wollte gerade die Abdeckungen von den Linsen nehmen und die Laterne in Position bringen, als der Elchir erstarrte und hinter sich in den Wald blickte. Irgendetwas hatte ihn erschreckt.

Dann drang ein lautes Geräusch aus der Erde, tief und vibrierend, fast wie ein Echo. Arianwyn schaute Miss Delafield an.

»Das ist der Ruf des Elchirs«, flüsterte diese. »Oh, was für ein Glück wir haben, dass wir so etwas Seltenes hören dürfen!«

Das Geräusch verstummte genauso plötzlich, wie es begonnen hatte, und dann sprang das Wesen in großen Sätzen von der Lichtung und verschwand im Schatten zwischen den Bäumen. Miss Delafield lächelte und klatschte in die Hände. »Haben Sie alles im Kasten?« Sie deutete auf die Laterne.

Während Arianwyn noch den Kopf schüttelte und die Laterne

in der Lederhülle verstaute, hörten sie plötzlich ein gewaltiges Donnern und kurz darauf galoppierte eine ganze Elchirherde über die Lichtung. Sie folgten dem männlichen Leittier. Hastig holte Arianwyn den Apparat wieder hervor und hielt sich den Sucher vor das rechte Auge. Der Wald sah verschwommen aus, doch diesmal lag, für den Bruchteil einer Sekunde, ein strahlend weiß-goldenes Licht über der Szenerie und genau in dem Moment drückte Arianwyn auf den Knopf oben auf dem Apparat.

Klick!

Die Herde verschwand im Zwielicht.

»Ich hab sie!«, strahlte Arianwyn. »Ich hatte die Elchire genau im Fokus! Ganz in Weiß und Gold. Das Bild ist im Kasten ... hoffe ich zumindest.«

»Ausgezeichnet! Aber ich frage mich, was sie aufgescheucht hat? Sollen wir uns ein bisschen weiter in den Wald hineinwagen?« Ohne eine Antwort abzuwarten, zog sich Miss Delafield ihre Fahrerbrille über die Augen, startete den Motor und gab Gas.

Hin und wieder erhaschte Arianwyn einen Blick auf Bäche, kleine Teiche und weitere Lichtungen, einige davon klein und schattig, andere offen und grasbewachsen. In gewissen Abständen taten sich breite Schneisen im Wald auf und gaben den Blick auf den frostig blauen Himmel frei. Und dann fuhren sie plötzlich auf eine riesige Lichtung, auf der sich goldbraune Wiesengräser im Wind wiegten.

Der Mondhase

»Hach, fantastisch!« Lächelnd schob Miss Delafield ihre Brille in die Haare und atmete tief und genussvoll ein.

Mit wackligen Beinen stieg Arianwyn aus dem Auto, froh, endlich wieder festen Boden unter den Füßen zu haben. Sie lehnte die Geisterlaterne gegen den Vorderreifen und tat ein paar Schritte, um die Wiese und den Wald in Augenschein zu nehmen.

»Sollen wir hier ein Tässchen Tee trinken, meine Liebe?« Miss Delafield tauchte schon in den Kofferraum und kam mit einem großen Weidenpicknickkorb und einem zierlichen Gaskocher wieder zum Vorschein. Geschäftig machte sie sich an die Vorbereitungen, während Arianwyn die nähere Umgebung erkundete.

Es war vollkommen ruhig. Nur das Säuseln des Windes in den Bäumen, gelegentliches Vogelgezwitscher und das Blubbern von Miss Delafields Reiseteekessel durchbrachen die Stille. Plötzlich lief Arianwyn ein Schauer über den Rücken. Sie spürte magische Energie. Ganz in der Nähe. Keine kleine Energieblase, sondern ein gewaltiges Kraftfeld, das sich bewegte und verlagerte.

Ein weiteres Geschöpf der Geisterwelt.

Auf Zehenspitzen huschte sie zum Auto zurück, um die Laterne zu holen. Sie löste die Riemen, hob das Gerät aus der Ledertasche und nahm die Schutzkappen von den drei messingumrahmten Linsen.

Dann hielt sie sich den Apparat vor die Augen, spähte durch den Sucher, drehte sich langsam im Kreis und ließ den Blick über die Wiese schweifen.

Wie schon auf der anderen Lichtung sah sie alles verschwommen.

Das heißt: Eigentlich sah sie nichts.

Und dann zerriss plötzlich ein entsetzlicher Schrei die Stille. Es klang wie ein Kind oder ein Tier – oder etwas dazwischen. Irgendetwas, das verletzt und panisch war.

Miss Delafield hatte es auch gehört, sie blickte von ihrem Teekessel auf und sah Arianwyn erschrocken an. »Was zum Teufel war das?«, keuchte sie.

Arianwyn scannte die Lichtung und den Waldrand weiter mit ihrer Geisterlaterne, konnte aber nichts Ungewöhnliches entdecken. Bis plötzlich zwischen den hohen Gräsern am anderen Ende der Wiese ein schwaches weißes Licht aufflackerte. Ein magisches Geschöpf!

Die hauchzarten Wiesengeräusche verstummten jäh, als ein großer schwarzer Bussard auf die Lichtung herabstieß, um sich gleich darauf wieder in die Lüfte zu schwingen. Er jagte. Das magische Geschöpf, das sich zwischen den Gräsern verborgen hielt, schrie vor Angst. Es musste verletzt sein. Arianwyn spürte den Energiesog, der von ihm ausging, und ohne weiter nachzudenken, stellte sie die Laterne ab und rannte quer über die Wiese auf das Wesen zu.

»Wohin rennen Sie, meine Liebe?«, rief ihr Miss Delafield vom Picknickplatz hinterher.

Im Laufen sah Arianwyn, wie der Bussard erneut herabschoss, schnell wie ein fallender Stein, die Flügel nah an den Körper gelegt. Als wollte er einen Krater in die Erde bohren. Doch in letzter Sekunde breitete er die Flügel aus, bremste ab und fuhr seine messerscharfen, giftgelben Klauen aus. Dann tauchte er ins hohe Gras.

Wieder ertönten die schauderhaften Angst- und Schmerzensschreie.

Arianwyns Füße trommelten über die Wiese. Dicht hinter sich hörte sie Miss Delafield, die ihr Teezubehör hatte stehen lassen. Und vor sich sah sie immer deutlicher, wie der Bussard durch die Luft zischte, bevor er auf den kleinen Geist niederschoss, der irgendwo zusammengerollt im Gras lag. Die Schreie waren inzwischen verstummt. Nur das triumphierende Krächzen des Raubvogels war noch zu hören.

»Nein!«, schrie Arianwyn, als sie ein paar Meter vor der Unglücksstelle strauchelnd zum Stehen kam. Die Klauen des Bussards waren blutverschmiert. Wenige Sekunden später traf auch Miss Delafield ein.

»Was machen Sie da?«, fragte sie, aber Arianwyn war so auf den Bussard und seine Beute konzentriert, dass sie die Frage gar nicht hörte.

Aus einem Reflex heraus beschwor sie Ådra herauf und noch in derselben Sekunde knisterte eine kompakte, glühende Energiekugel in der Luft, direkt über ihrer rechten Hand. Mit voller Wucht schleuderte sie ihren Zauber dem Bussard entgegen. Als die Kugel ihr Ziel fand, explodierte sie in einem Gestöber aus Funken, gelben Flammen und verkohlten Federn.

Jetzt war es der Vogel, der schrie – doch nach wenigen Sekunden setzte er seine Angriffe fort, als sei nichts gewesen.

»Ich. Sagte. Nein!«, knurrte Arianwyn. Kurzerhand beschwor sie ʘru herauf, die Lichtglyphe.

Vor ihr formte sich ein verärgert knackender Energieball. Sie warf ihn himmelwärts und beobachtete, wie er zerstob: ein Feuerwerk aus Lärm und Licht, gleißend hell.

Diesmal kapitulierte der Bussard. Zornig kreischend suchte er sich einen Aufwind und schwirrte ab.

Arianwyn stürzte ein paar Schritte vor.

»Warten Sie!« Blitzschnell legte sich Miss Delafields starker Arm um ihre Hüfte und hielt sie zurück. »Seien Sie vorsichtig, meine Liebe. Sie haben keine Ahnung, was für ein Wesen das ist!«

Arianwyn nickte, machte sich los und bewegte sich weiter auf die Stelle zu, wo das Gras leicht bebte. Was auch immer dort lag, es versuchte aufzustehen.

Arianwyn ging in die Hocke und krabbelte das letzte Stück. Erst sah sie einen dunklen Umriss im Gras, dann blitzte etwas Weißes auf und schließlich hörte sie ein zartes, aber entschlossenes Knurren.

Ihre Haut kribbelte von dem Energiestrom, der um sie herumwirbelte. Das Wesen musste unglaubliche Kräfte besitzen.

Und dann sah sie es: Eng zusammengerollt, an einen großen Steinhaufen geschmiegt, lag es da und leuchtete so weiß wie der

Mond. Es hatte ungefähr die Größe und die Form eines Hasen, aber seine glänzenden Ohren waren deutlich länger. Der Hals, die Brust und die Schultern waren mit einer feinen, perlweiß schillernden Schuppenschicht bedeckt.

»Was bist du denn für eine merkwürdige kleine Kreatur?« Arianwyn streckte ihre Hand aus – und erntete ein furchterregendes Knurren. Die Nackenhaare des Kleinen sträubten sich und auch das schneeweiße Fell auf dem Rücken. Mit dem Vorderbein trat er um sich.

In seinem Bein klaffte eine Wunde, der Bussard hatte ihn tatsächlich erwischt. Mit ausgestreckter Hand näherte sich Arianwyn. Das Wesen schnüffelte nach ihr und schien sich etwas zu entspannen. Schließlich versuchte es sogar in ihre Richtung zu robben. Die Wunde blutete.

»Ach du meine Güte«, seufzte Miss Delafield. »Das ist ein Mondhase, meine Liebe. Die sind ziemlich selten. Und haben enorme Kräfte. Ich hab noch nie einen gesehen.«

Arianwyn spürte, dass Miss Delafield sie mit einem merkwürdigen Blick musterte.

»Eigentlich nähern sie sich uns Menschen nicht …«, bemerkte die Bezirksaufseherin.

Und wie um ihr recht zu geben, bäumte sich der Mondhase auf und schnappte nach ihr. Hastig wich Miss Delafield ein paar Schritte zurück. Die magische Kreatur knurrte ihr hinterher.

»Trotzdem müssen wir dem Kleinen irgendwie helfen, oder?«, fragte Arianwyn.

»Natürlich, meine Liebe«, sagte Miss Delafield, aber sie klang zweifelnd. »Nun, dann greifen Sie ihn sich mal ganz vorsichtig. Am besten nehmen wir ihn mit in Ihre Werkstatt und schauen, was wir tun können.«

Vorsichtig streckte Arianwyn die Hände aus und nahm den Mondhasen auf den Arm. Diesmal gab es keine Gegenwehr und er trat auch nicht um sich. Selbst das Knurren wurde leiser. Nach einer Weile gähnte er, blinzelte, kuschelte sich an Arianwyn und schloss friedlich seine graublauen Augen.

»Interessant, höchst interessant«, murmelte Miss Delafield nachdenklich und warf Arianwyn wieder diesen prüfenden Blick zu. Aber diesmal mischte sich so etwas wie Bewunderung mit hinein – so als wäre sie ein wunderschönes, neues Paar Autofahrerhandschuhe.

Dämonen-Alarm auf der Low-Gate-Farm

Arianwyn fuhr aus dem Schlaf hoch. Sie hatte von der rätselhaften Glyphe geträumt! Gleich mehrfach war sie aufgetaucht – verheddert im Geäst eines Baums im Großen Wald, eingebrannt in einen Felsen an einem seltsamen Ort, versteckt zwischen den Seiten eines Buchs in einer düsteren, geheimnisvollen Bibliothek.

Sie ließ ihren Blick durch den Raum schweifen. Sie war neben dem Ofen eingenickt, der immer noch reichlich Wärme abgab. Es war ihr erster freier Tag seit Wochen und Salle war nach Flaxsham gefahren, wo sie wieder mal beim Theater vorsprechen sollte. Sie hatte Arianwyn gebeten mitzukommen, aber die konnte sich nicht aufraffen. Ihre ersten Wochen in Lull hatten sie so dermaßen erschöpft, dass sie einfach nur zu Hause entspannen wollte.

Der Nachmittagshimmel draußen war grau und trübe. Neben ihr auf dem Tisch stand eine Schale Suppe, mittlerweile kalt.

Der Mondhase lag zusammengekauert auf ihrem Schoß und wirkte rundum zufrieden. Sein verletztes Bein war mit einem sauberen weißen Verband umwickelt. Seit sie das Tier vor über zwei Wochen aus dem Großen Wald gerettet hatte, war es ihr nicht von der Seite gewichen. Arianwyn hatte ihren neuen Gefährten ziemlich ins Herz geschlossen, obwohl sie wusste, dass er wieder zurückmusste, sobald die Wunde verheilt war. Jetzt zappelte der

Mondhase im Schlaf und grummelte beim Träumen sanft vor sich hin. Sein einer Hinterlauf zuckte, dann wurde er wieder schlaff und ruhig.

Arianwyn erhob sich langsam und versuchte den furchtbaren Traum abzuschütteln, der sie geweckt hatte. Sie legte den schlafenden Mondhasen vorsichtig in den Sessel und ging zur Spüle, um sich ein Glas Wasser zu holen.

In dem Moment klopfte es unten hektisch an der Tür und irgendjemand rief ihren Namen.

Sie eilte die Wendeltreppe hinunter und rieb sich gleichzeitig den Schlaf aus den Augen. Der Mondhase, aufgeschreckt aus seinen Träumen, folgte ihr.

Durch die Scheibe in der Tür erkannte sie Mr Belcher, knallrot im Gesicht und völlig außer Atem.

Sie schob den Riegel zurück und der Bürgermeister fiel ihr fast entgegen. Er sah wütend aus und Arianwyn machte sich schon auf eine Schimpftirade gefasst, als er an der Theke fast zusammenbrach und röchelte: »Däää… Däääääm… Dämon. EIN DÄMON!«

»Was? Sind Sie sicher?«

Mr Belcher nickte schnaufend. Er wirkte völlig neben der Spur.

»Ich hab es auf dem Markt gehört.« Er schnappte nach Luft. »Ein Dämon! Auf der Low-Gate-Farm. Und offenbar haben sich schon einige Leute aus Lull auf den Weg gemacht, um einen Blick auf ihn zu erhaschen!«

Panik machte sich in Arianwyn breit, sie wusste gar nicht, was sie als Erstes tun sollte. »Wir müssen sie aufhalten! Das könnte extrem gefährlich werden. Ist es der Kriecher aus Clover Hollow?«

Mr Belcher schüttelte entsetzt den Kopf. »Keine Ahnung. Was sollen wir tun?«

Das fragte er *sie*? Dann musste er wirklich in sehr großer Sorge sein.

»Wir müssen da so schnell wie möglich hin.« Sie warf einen Blick auf ihren Besen, der in einer Ecke lehnte. Seit Wochen war sie nicht geflogen, aber jetzt hatten sie keine andere Wahl. »Sie werden wohl auf meinen Besen steigen müssen, Herr Bürgermeister.«

Sofort schlug ihr lautstarker Protest entgegen, der auch nicht aufhörte, als Arianwyn sich den Mantel anzog. Mr Belcher protestierte immer noch, als sie die Tür abschloss, und selbst, als er längst auf dem Besen saß und sich an ihrem Mantel festklammerte, nahm das Zetern kein Ende.

»Sie werden doch vorsichtig fliegen, oder?«, fragte er mit bebender Stimme.

Mit zwei Passagieren, noch dazu einem so rundlichen wie dem Bürgermeister, flog der Besen deutlich langsamer als sonst. Auch die übliche Flughöhe war nicht zu erreichen. Schon deshalb hielt sich das Risiko für den Bürgermeister in Grenzen. Zügig manövrierte Arianwyn sie durch die Stadt. Die Leute kicherten und zeigten mit dem Finger auf Mr Belcher, der vergeblich versuchte, beherrscht und würdevoll auszusehen. Schließlich ließen sie die Stadtmauern hinter sich und flogen, den Anweisungen des Bürgermeisters folgend, durch das Tal.

Die ersten Anzeichen des Frühlings machten sich bemerkbar. Leuchtende Narzissen blühten am Wegesrand und an den Bäumen des Großen Waldes zeigte sich frisches Grün.

»Da! Da ist es!« Mr Belcher wedelte hektisch mit der Hand und zeigte auf ein wackeliges, altes Tor, an dem sie gerade vorbeigeflogen waren.

Arianwyn machte eine Vollbremsung.

»F. Caulls – Low-Gate-Farm – Zutritt verboten!«, stand auf dem Schild, das an einen Pfosten genagelt war.

Hinter dem Tor parkten kreuz und quer einige Autos, jede Menge Fahrräder, ein Lastwagen und ein paar Handkarren.

Rasch liefen sie den Pfad hinunter, der sich an einer hohen Steinmauer entlangwand. Durch ein kleines Gehölz erspähte Arianwyn eine Ansammlung von Gebäuden. Als sie näher kamen, hörten sie laute Stimmen, von denen einige wütend, andere ängstlich klangen. Sie warf dem Bürgermeister einen kurzen Blick zu und unwillkürlich fingen beide an zu rennen.

Die Farm hatte schon bessere Tage gesehen. Vom Scheunentor war nur noch eine Hälfte übrig und diese hing schief in den rostigen Angeln. Überall lagen kaputte, ausrangierte Landmaschinen herum. Der ganze Ort sah komplett verwahrlost aus. Ein wirrer Haufen schmuddeliger Gänse hetzte auf eine Gruppe von Leuten zu, die neben einem kleinen Wellblechschuppen stand. Erste Tropfen kündigten einen Frühlingsregen an.

Ein verdreckter, langbeiniger Hund bellte warnend, als sich Arianwyn und der Bürgermeister näherten. Die Menschenmenge verstummte und wandte sich den Neuankömmlingen zu. »Ach, nur die Hexe«, hörte Arianwyn jemanden murmeln und dann trat eine korpulente Frau mit dünnem rotem Haar auf sie zu, die speckigen Arme vor der Brust verschränkt.

»Das ist Mrs Caulls, die Frau des Bauern«, flüsterte der Bürgermeister.

»Guten Morgen, Mrs Caulls, ich bin Arianwyn Gribble, die neue …«

»Ich weiß, wer Sie sind!«

»Ich habe gehört, dass sich bei Ihnen eine Kreatur aufhält, die unter Umständen Schwierigkeiten bereiten könnte. Ich bin hier, um zu helfen.«

Mrs Caulls beäugte Arianwyn argwöhnisch. »Es ist eindeutig ein Dämon. Irrtum ausgeschlossen.« Aus der Menge waren zustimmende Rufe zu hören.

»Sind Sie sicher?«, fragte Arianwyn. »Absolut sicher?«

»Ich bin vielleicht eine einfache Frau, aber blöd bin ich nicht!«

»Nein, äh, das meinte ich nicht …«

Mrs Caulls' Gesicht war von großen roten Flecken überzogen. »Ich weiß, was ich gesehen habe«, fuhr sie fort. »Und das war ein Dämon, wie er im Buche steht. Ein fieses kleines Ding, total unförmig und hässlich. Hat versucht, sich aus dem Staub zu machen, aber die Jungs haben ihm eins übergebraten und da ist er im Hühnerstall zu Boden gegangen. Vielleicht haben sie ihn sogar komplett erledigt!« Sie pumpte ihre nicht eben schmale Brust noch ein bisschen mehr auf.

»Moment mal, haben Sie gerade gesagt, dass er klein war?«, hakte Arianwyn nach. Sie konnte sich einfach nicht vorstellen, dass eine Handvoll Stadtbewohner mal eben so einen Dämon kaltgemacht hatte. Nicht mal einen kleinen. Eigentlich gingen Dämonen nämlich nie einem Kampf aus dem Weg. Nein, das ergab keinen Sinn, irgendetwas war da faul. »Sehr merkwürdig«, murmelte sie, kramte in ihrer Tasche nach dem Handbuch und blätterte bis zum Dämonen-Kapitel. Dann drehte sie das Buch so, dass Mrs Caulls die Abbildungen der drei verschiedenen Dämonentypen sehen konnte.

»Sah die Kreatur aus wie einer von denen?«, hakte sie nach, und als sie Mr Belchers fragenden Blick auffing, fügte sie hinzu: »Dämonen sind normalerweise ziemlich groß, zumindest nie kleiner als ein erwachsener Mann. Warum also sollte das Wesen in Ihrem Hühnerstall beschlossen haben, sich in etwas Kleines zu verwandeln?«

»Nee, null Ähnlichkeit. Mit keinem von denen.« Mrs Caulls machte eine wegwerfende Handbewegung, als hätte Arianwyn nicht alle Tassen im Schrank.

»Wie groß war er denn dann?«, fragte Arianwyn und stopfte das Buch zurück in ihre Tasche.

»Ungefähr so.« Mrs Caulls hielt ihre Hand auf Kinderkopfhöhe.

Nachdenklich kaute Arianwyn auf ihrer Lippe herum.

»Und? Was ist jetzt? Haben Sie eine Idee, wie wir ihn loswerden?«, blaffte die Bauersfrau.

»Ja, natürlich!« Arianwyn versuchte möglichst selbstsicher zu klingen und folgte Mrs Caulls zum Hühnerstall.

Dann ließ sie die Schaulustigen, den Bürgermeister und die Bäuerin ein paar Meter zurücktreten und errichtete einen magischen Schutzwall um die Gruppe. Falls es sich allerdings wirklich um einen Dämon handelte und dieser beschloss anzugreifen, würde der Zauber nicht lange halten, das war Arianwyn klar.

Schließlich näherte sie sich der Stalltür und spähte ins Dunkel. Nichts zu sehen. An jedem anderen Ort hätte sie einen Sichtbarmachungszauber aussprechen können, aber in einem Wellblechgebäude funktionierten Zaubersprüche nicht. Das Metall würde die magische Energie sofort verzerren. Ihr blieb nichts anderes übrig, als selbst einen Blick hineinzuwerfen und das Vieh, wenn möglich, herauszulocken. Oder es herauszuziehen, falls es wirklich schon tot war.

Auf der Schwelle zögerte sie kurz und hielt die Luft an.

»Und? Kommst du heute noch rein oder willst du da draußen Wurzeln schlagen?«, hallte plötzlich eine Stimme aus der Dunkelheit. Sie war schrill und klang ziemlich gereizt.

Estar

Erschrocken fuhr Arianwyn zu den Schaulustigen herum. Ob sie die Stimme auch gehört hatten? Offensichtlich nicht, sie standen da, als wäre nichts gewesen.

Schließlich gab sich Arianwyn einen Ruck und betrat den Stall. Sofort fingen die Hühner leise an zu gackern. Ein warmer Geruch nach Federn und Hühnerkacke stieg ihr in die Nase. Es war so dunkel, dass man die Hand vor Augen nicht sehen konnte. Sie hauchte ein Oru in die Luft, aber wegen des Wellblechs war die Lichtkugel, die vor ihr aufflammte, ziemlich trübe. Tastend streckte sie die Hände vor. Sie hatte Angst, gegen eine Wand oder irgendein Gerät mit scharfen Klingen zu laufen.

Plötzlich verstummte das Gegacker und es waren nur noch Arianwyns zögernde Schritte auf dem dreckigen Boden zu hören.

Als sie sich vorbeugte, folgte die Lichtkugel ihrer Bewegung.

Dort, gegen die Stallwand gepresst, hockte ein kleines blaues Wesen im Stroh. Es hatte nicht die geringste Ähnlichkeit mit irgendeinem der bekannten Dämonentypen. Eigentlich sah es wie gar nichts aus, was sie kannte.

Auf der Stirn hatte es zwei gezwirbelte, nach hinten gebogene Hörner, sein schwarzes Haar war verfilzt und sah genauso dreckig aus wie der Rest des Körpers.

Das Wesen blinzelte Arianwyn aus leuchtend gelben Augen an und streckte ihr eine kleine blaue Hand entgegen, mit langen, feingliedrigen Fingern, die in schwarzen, klauenähnlichen Nägeln endeten.

»Haben sie dich geschickt, um mich zu töten?« Die Stimme klang müde, besiegt.

»Nicht wirklich«, antwortete Arianwyn, überrascht von der unverblümten, direkten Frage.

»Bist du eine Hexe?« Das Wesen hustete pfeifend und krümmte sich vor Schmerz. Seine Brust rasselte bei jedem Atemzug. Arianwyn zuckte mitfühlend zusammen.

»Ja, ich bin die Hexe aus Lull. Einer Stadt hier in der Nähe.«

»Du lügst ja, ohne rot zu werden!«, antwortete das Wesen forsch. Es klang empört.

Arianwyn wusste nicht, was sie darauf sagen sollte.

»Die örtliche Hexe kenne ich nämlich, und du, junge Dame, bist es nicht!« Schnaubend wandte der Kleine den Blick ab.

Arianwyn verschlug es vor Verblüffung die Sprache, doch nach einer Weile gewann ihre Neugierde die Oberhand: »Kanntest du denn die vorige Hexe?«

»Die vorige? Was soll das heißen?« Das blaue Wesen klang jetzt fast gelangweilt.

»Ich bin jedenfalls die *neue* Hexe. Ich heiße Arianwyn Gribble«, sagte sie langsam. »Es tut mir leid, aber in den letzten vierzig Jahren gab es in Lull keine Hexe. Erst jetzt wieder.«

Das Wesen schien über ihre Worte nachzudenken, jedenfalls sah es höchst konzentriert aus. »Bin ich wirklich so lange weg gewesen?«, murmelte es wie zu sich selbst. »Im Wald vergeht die Zeit so anders.«

»Was … was bist du?«, fragte Arianwyn nach einem kurzen Schweigen. »Eine Art Gargus oder Frennark?«

Der Blaue wirkte leicht beleidigt. »Ich bin Estar Sha-Vamirian, Alemar des Dritten Jalloon. Ich glaube, meine Mutter war ein Waldgeist, wenn das weiterhilft … ein blauer natürlich.« Er versuchte sich ein wenig aufzurichten, was ihm jedoch starke Schmerzen zu bereiten schien.

Irgendetwas in seinen goldgelben Augen sagte Arianwyn, dass sie nichts von ihm zu befürchten hatte. Kurz wanderten ihre Gedanken zurück zu dem Tag, als ihr der Mondhase begegnet war, und sogar noch weiter zurück, in ihre Kindheit, als sie einen verletzten Phooka gerettet hatte. Damals war es zum Streit mit ihrer Großmutter gekommen, weil sie den Phooka mit nach Hause nehmen und gesund pflegen wollte.

»Phookas sind nicht unbedingt freundliche Kreaturen«, hatte Granny gewarnt. »Gut möglich, dass er sich auf dich stürzt, sobald er wieder fit ist. Lass ihn hier, Süße.«

»Nein!«, hatte Arianwyn gerufen und dem Phooka mit herausforderndem Blick ihre Arme entgegengestreckt.

Sie hatte ihn gepflegt, mit warmer Honigmilch gefüttert und ihm ein Bett aus einem kleinen Karton gebastelt. Drei Wochen später, als es ihm wieder gut ging, hatte er ihr mit seinen kleinen scharfen Krallen den Arm zerkratzt und Granny war hart geblieben: Wenn Arianwyn ihn nicht auf der Stelle im Park aussetzte, würde sie ihn verbannen. Arianwyn hatte stille Tränen vergossen, als sie ihn im Park davonflitzen sah. Doch dann war der Phooka stehen geblieben, hatte sich umgedreht und war zu ihr zurückgerast, um ihr ein letztes Mal sein wundervolles Lied vorzusingen. Klar, dass sie die Kratzer auf ihrem Arm sofort vergessen hatte.

Jetzt betrachtete sie Estar und fragte sich, ob er ihr wohl auch wehtun würde.

Ihr Herz entschied sich für ein Nein.

»Du bist verletzt«, stellte sie fest.

Er lächelte kraftlos. »Ja, ich bin ganz schön hinüber.«

»Waren das die Leute da draußen?« Arianwyn deutete auf das helle Rechteck des Ausgangs.

Estar hob eine Augenbraue. »Sie haben's versucht, aber ehrlich gesagt ging's mir vorher schon nicht besonders gut.« Er blickte an Arianwyn vorbei ins Leere.

»Wie auch immer, du darfst die arme Bauernfamilie nicht länger terrorisieren!«

»Terrorisieren?« Empört presste er sich eine schmale blaue Hand auf die magere Brust. »Das habe ich nie getan, Ehrenwort! Im Gegenteil: *Sie* sind auf *mich* losgegangen!«

Erst in dem Moment fielen Arianwyn die Beine der Kreatur auf: Sie waren verschieden. Das rechte war geschuppt und wie bei einem Vogel oder einer Eidechse mit drei Klauen versehen. Das linke war mit Fell bedeckt und endete in einem ziegenähnlichen schwarzen Huf. Und um ebendiesen Huf hatte sich ein rostiges Stück Stacheldraht gewickelt.

Estar fing ihren Blick auf und sagte leise: »Wie gesagt, mich hat's ganz schön erwischt.«

»Wo bist du denn hergekommen?« Arianwyn beschloss, noch einmal ganz von vorne anzufangen.

»Na, aus Erraldur«, antwortete Estar, als hätte er noch nie eine dümmere Frage gehört. Als Arianwyn ihn verständnislos anstarrte, fügte er hinzu: »Das ist die Feyling-Siedlung im Großen Wald.« Als würde das die Sache irgendwie erklären.

»Feyling ...«, wiederholte Arianwyn und ließ das Wort eine Weile nachklingen. »Aber das ist völlig unmöglich, das sind doch alles nur alte Geschichten.«

Estar riss die Augen auf. »Allerdings, da hast du recht, alte Geschichten ...«, murmelte er.

Da fiel Arianwyn die Geisterlaterne ein. Sie nestelte an dem Riemen herum, der das Lederetui zuhielt, und hob die Laterne vorsichtig heraus. »Ich muss nur noch schnell ein Bild machen«, erklärte sie. Estar starrte sie schweigend an.

Sie hob die Laterne an die Augen und blinzelte durch den Sucher. Die Lichtwolke um Estar war nicht golden oder weiß wie die von normalen Geistern. Aber sie war auch nicht schmutzig-tintig wie bei den bösen Geistern. Nein, die Farben um ihn herum flirrten, sie änderten sich permanent und liefen ineinander, wie bei einer schillernden Öllache.

Er war vollkommen anders. Etwas ganz Eigenes.

Sie seufzte tief auf. Es war verboten, Kreaturen, die nicht zu den bösen Geistern zählten, ins Schwarze Nichts zu verbannen. Aber sie konnte Estar auch schlecht weiter in der Gegend herumstreunen lassen – das wäre für die Einwohner von Lull nicht sicher und für Estar selbst auch keine gute Idee.

Arianwyn setzte sich im Schneidersitz auf den Boden und betrachtete die vielen Kratzer und Prellungen auf seiner Haut. Manche Wunden waren ganz frisch, andere deutlich älter. Sie griff in ihre Tasche, zog einen muffigen Keks und eine braune Banane hervor und hielt sie ihm hin. Mit wenigen Bissen hatte er beides verschlungen, samt Bananenschale, und sofort schien seine blaue Haut etwas kräftiger zu leuchten und er saß aufrechter da. Als Nächstes zückte Arianwyn ein Taschentuch, tauchte es in einen der Trinknäpfe, dessen Wasser einigermaßen sauber aussah, und tupfte die schlimmsten Wunden ab. Dann machte sie sich vorsichtig daran, den Stacheldraht von dem Huf zu lösen. Estar wimmerte und wandte den Blick ab. Sein dünner Körper verkrampfte sich vor Schmerz. Als er sich bewegte, bemerkte Arianwyn ein Muster, das neben ihm in den gestampften Lehmboden gezeichnet war. Es sah schrecklich vertraut aus – und gleichzeitig merkwürdig fremd und verstörend.

War das etwa …? Konnte das sein? Sie rückte ein Stück näher, um besser sehen zu können.

»Was ist das?«, fragte sie schließlich – obwohl sie fürchtete, die Antwort bereits zu kennen.

Estars Augen wurden groß und er wollte gerade antworten, als von draußen eine barsche Stimme ertönte:

»Haben Sie's endlich?«

Arianwyn wandte den Kopf und sah Mrs Caulls und Mr Belcher im Türrahmen stehen. Nervös blinzelten sie in die Dunkelheit.

»Ja!«, antwortete sie. »Ich habe … etwas gefunden. Aber es ist kein Dämon. Es besteht keine Gefahr.« Entschuldigend blickte sie Estar an und flüsterte: »Warte hier.« Dann eilte sie zur Tür.

»Es ist kein Dämon«, wiederholte Arianwyn, als sie aus dem Hühnerstall trat. »Ich bin mir nicht ganz sicher, *was* es ist, aber ich glaube nicht, dass von ihm irgendeine Gefahr ausgeht. Es ist ziemlich übel zugerichtet worden.«

»Was schauen Sie *mich* dabei so an?«, ereiferte sich Mrs Caulls. »Woher soll ich denn wissen, was dieses Ding ist? Es hängt schließlich kein Schild um seinen dreckigen Hals! Und ich habe Kinder hier im Haus!«

Der Bürgermeister warf Arianwyn einen finsteren Blick zu und schaltete sich dann in die Diskussion ein. »Meine Verehrte«, sagte er an die Bäuerin gewandt, »ich bin mir sicher, dass Miss Gribble Ihnen nicht zu nahe treten wollte. Sie wird *jetzt sofort* in den Stall gehen und die Kreatur beseitigen.« Wieder funkelte er Arianwyn an.

»Aber ich kann sie nicht verbannen ...«, protestierte Arianwyn.

Der Bürgermeister fasste sie am Arm und zog sie unsanft von Mrs Caulls weg. Vor der offenen Hühnerstalltür blieb er stehen. »Sie gehen jetzt auf der Stelle da rein und entfernen das verdammte Ding. Es ist mir egal, wie und womit Sie das anstellen, ich will einfach nur, dass es von diesem Hof verschwindet. Habe ich mich klar ausgedrückt?«, zischte er.

Arianwyn nickte stumm, ihr kam eine Idee.

»Nun, dann machen Sie sich mal an die Arbeit!« Er gab ihr einen leichten Schubs.

Sie stolperte zurück in die Dunkelheit und ihr Gehirn arbeitete auf Hochtouren.

»Ist schon in Ordnung, ich werde mich der Obrigkeit ausliefern.« Sie hörte Estar auf sich zukommen.

Aber wenn sie ihn dem Bürgermeister übergab, war völlig klar, was passieren würde. Sie hätte keine Chance mehr zu erfahren, was es mit dem merkwürdigen Muster auf sich hatte, das der unbekannten Glyphe so verdammt ähnlich sah.

»Du musst abhauen«, flüsterte Arianwyn.

»Was?«

»Ich werde dich nicht verbannen. Kannst du laufen? Ich kann die Leute draußen ablenken, während du dich von der Farm schleichst.«

Er sah sie verwirrt an.

»Erinnerst du dich an den Weg in die Stadt?«, fragte Arianwyn. »In der Nähe des nördlichen Stadttors liegt eine alte, verlassene Mühle. Dort könntest du dich eine Weile verstecken. Zumindest so lange, bis du dich vollständig erholt hast.«

»Warum hilfst du mir?«, fragte Estar unvermittelt und griff nach Arianwyns Hand. Seine Haut fühlte sich erstaunlich warm an.

»Weil es einfach nicht fair ist. Du hast nichts Unrechtes getan. Außerdem würde ich gerne mehr über dieses Muster erfahren, das du auf den Boden gezeichnet hast.«

»Wie läuft's, Miss Gribble? Brauchen Sie Hilfe?«, rief der Bürgermeister in den Stall.

»Gibt es einen zweiten Weg nach draußen?«, wisperte Arianwyn.

»Sehr wahrscheinlich. Jetzt, wo ich ein bisschen mehr Energie habe!«

Estars Augen funkelten, als er sich vom Boden hochrappelte. Gleichzeitig bildete sich eine seltsame blaue Lichtglocke um ihn, wie eine Aura. Der ganze Hühnerstall wurde in ein wässriges Licht getaucht.

Estar selbst schimmerte, als wäre er gar nicht mehr richtig anwesend. Arianwyn bekam plötzlich Panik.

»Was machst du da?«, fragte sie.

Das Leuchten verstärkte sich und Estar schwebte auf halber Höhe in der Luft, inmitten einer strahlend blauen Kugel. Er streckte eine Hand heraus.

»Danke, dass du mir geholfen hast, Arianwyn Gribble. Ich werde deine Freundlichkeit nicht vergessen«, hauchte er.

Das blaue Licht war jetzt so hell, dass Arianwyn sich schützend die Hand vor die Augen halten musste.

Es fühlte sich an, als würde alle Luft an ihr vorbei zu Estar strömen. Dann gab es ein leises Blubbergeräusch, wie von sprudelnden Blasen unter Wasser, und urplötzlich schoss die Luft zurück.

Arianwyn spähte zwischen ihren Fingern hindurch: Estar war verschwunden. Ebenso wie das Zeichen auf dem Lehmboden.

»Er ist weg«, verkündete Arianwyn, als sie aus dem Stall trat.

»Sind Sie sicher?«, fragte Mrs Caulls und steckte ihren Kopf in den Stall, um gleich darauf ganz darin zu verschwinden. Sofort war das laute Getöse umkippender Eimer von drinnen zu hören. Die Hennen stimmten ein wütendes Gegacker an.

Der Bürgermeister warf seiner Hexe einen misstrauischen Blick zu. »Und wo ist das Ding jetzt?«, fragte er leise.

»Verschwunden«, erwiderte Arianwyn – was ja nicht gelogen war. Estar war wirklich verschwunden, wenn auch nicht so, wie der Bürgermeister sich das vorstellte. Sie spähte über den Hof, der inzwischen ganz nass vom Regen war.

»Aber wie …?«, stammelte Mr Belcher.

»Ich hab getan, worum Sie mich gebeten haben«, antwortete Arianwyn mit fester Stimme. »Er … ich meine: *es* befindet sich nicht länger im Hühnerstall.« Sie spürte, wie sie rot wurde.

Mrs Caulls tauchte wieder auf. »Was für ein stinkendes Mistvieh!«, fauchte sie. »Auf Nimmerwiedersehen, kann ich nur sagen.« Und damit drehte sie sich um und stiefelte zurück zum Bauernhaus. Die Leute, die ihr im Weg standen, schubste sie ruppig zur Seite.

Der Regen war stärker geworden und jetzt, wo das Spektakel vorüber war, machten sich die Zuschauer auf den Rückweg.

»Nun, Miss Gribble, das war ja tatsächlich eine recht erfolgreiche Aktion!«, meinte Mr Belcher und auf seinem erstaunten Gesicht zeichnete sich tatsächlich der Anflug eines Lächelns ab. »Ich hatte schon Angst, dass wir die nächtliche Ausgangssperre wieder einführen müssten.«

»Danke.« Arianwyn fühlte sich wie eine miese Betrügerin und hätte sich am liebsten in Luft aufgelöst. »Ich mache mich jetzt mal auf den Heimweg. Brauchen Sie eine Mitfluggelegenheit?«

Der Bürgermeister wurde blass. »Äh, nein, vielen Dank, ich kann ein bisschen Bewegung gebrauchen, das wird sehr schön ... äh ... bei dem Regen.«

Zurück in ihrem neuen Zuhause durchforstete Arianwyn ihre Schränke nach etwas Proviant und einer alten Decke, verstaute die Sachen in einem Korb und wartete auf den Einbruch der Dunkelheit.

Dann machte sie sich auf den Weg durch das nördliche Stadttor hinaus in Richtung Kurtis Mühle, wobei sie versuchte möglichst ungesehen im Schatten zu bleiben. Unschlüssig näherte sie sich der Mühle. Die Tür war verschlossen und sie wollte den Korb nicht einfach davor stehen lassen, aus Angst, jemand könnte vorbeikommen und darin herumschnüffeln. Und die Fenster waren zu hoch oben.

Schließlich ging sie um das Gebäude herum und zog ein paar leere Kisten unter eines der Fenster. Die kleinen Scheiben waren fast alle noch intakt, nur in der unteren Reihe waren ein paar zerbrochen.

Arianwyn spähte in die nachtschwarze Mühle. Von Estar keine Spur.

Vielleicht hatte er die Wegbeschreibung nicht richtig verstanden? Oder er war in den Wald zurückgekehrt? Oder sonst wo untergetaucht? Sie hoffte inständig, dass es kein Fehler gewesen war, ihn laufen zu lassen. Nachdenklich kaute sie auf ihrer Lippe.

Dann vergewisserte sie sich, dass die Straße leer war, stellte den Korb vorsichtig auf die Fensterbank und kletterte von den Kisten herunter.

Zurück auf der North Gate Street blieb sie stehen und warf einen Blick über die Schulter.

Der Korb war verschwunden.

Lächelnd zog sie ihren Mantel enger um sich und eilte nach Hause.

Es ist allgemein bekannt, dass Geister gelegentlich enge Bindungen zu Hexen eingehen und dass diese Bindungen in der Regel ein Leben lang halten. Das berühmteste Beispiel für dieses Phänomen dürften Gertrude Yates und ein Elchir namens Lor'ar sein, der über das örtliche Heidemoor wachte. Als Ms Yates verstarb, verschwand auch Lor'ar für immer.

Aus dem Handbuch für Hexenlehrlinge

Die Nichte des Bürgermeisters

Auf dem Weg zurück regnete es die ganze Zeit wie aus Eimern, das Wasser schwappte bereits über die Dachrinnen und lief in Strömen die Kettle Lane hinunter. Arianwyn war nass bis auf die Knochen und bei jedem Schritt quietschte das Wasser in ihren Schuhen. Genervt fummelte sie mit dem Schlüssel im Schloss herum, und als sich die Tür endlich mit einem Ruck öffnete, stolperte sie über die Schwelle. »Verhexter Mist!«, schimpfte sie.

Scheppernd stellte sie die Geisterlaterne auf dem Fußboden ab und sofort bildete sich eine kleine Pfütze ringsherum. Sie streifte ihren nassen Mantel von den Schultern und wollte im dickbauchigen Öfchen gerade das Feuer schüren, als Salle hereinplatzte und über den nassen Boden schlitterte.

»Der Bürgermeister lädt zum Tee ins Rathaus!« Sie bekam vor Aufregung kaum Luft.

»Zum Tee?«, fragte Arianwyn ungläubig. Sie war nun schon zwei Monate in Lull und der Bürgermeister hatte sie noch nie eingeladen, nicht mal auf ein Glas Wasser.

»Offenbar kommt seine Nichte zu Besuch. Wusstest du, dass er eine Nichte hat? Wie die wohl ist?«

Arianwyn versuchte sich die Nichte von Mr Belcher vorzustellen, aber das einzige Bild, das ihr in den Sinn kam, war der Bürgermeister mit langen Haaren und Kleid. Eine wenig attraktive Vorstellung.

»Du kommst doch, oder? Sollen wir uns im Rathaus treffen?«, fragte Salle.

»Oh, ich weiß nicht. Ich war den ganzen Tag unterwegs und bin nass bis auf die Haut.« Arianwyn hatte sich eigentlich auf ein heißes Bad gefreut und und wollte es sich nur noch mit ihrer Daunendecke vor dem Radio gemütlich machen.

»Bitte!«, quietschte Salle.

Andererseits, überlegte Arianwyn, würde es wahrscheinlich nicht besonders gut ankommen, wenn sie die Einladung ausschlug.

»Na gut, okay«, sagte sie schließlich und musste lächeln. »Wir sehen uns im Rathaus.«

Salle stieß einen kleinen aufgeregten Jauchzer aus und verschwand wieder im Regen.

Es goss immer noch in Strömen, als Arianwyn über das Kopfsteinpflaster zum Rathaus eilte. Die Pfützen bildeten einen wahren Hindernisparcours. Schon von Weitem sah sie das hell erleuchtete Empfangszimmer des Bürgermeisters.

Miss Prynce, die Sekretärin von Mr Belcher, begrüßte sie, nahm ihr Mantel und Schirm ab und führte sie zum Tee-Empfang. Obwohl der Raum brechend voll war, erspähte Arianwyn Salle sofort und bahnte sich einen Weg zu ihr.

»Du bist spät dran! Wo warst du so lange? Mr Thorn ist schon nach Flaxsham gefahren, um die berühmte Nichte abzuholen.

Sie müssten jeden Moment hier sein!« Salle warf einen prüfenden Blick aus dem Fenster. »Die letzten vierzig Minuten hat sich der Bürgermeister lang und breit darüber ausgelassen, wie toll sie ist: natürlich Klassenbeste, bla, bla, bla, großartige Hexe, bla, bla, bla …«

»Was?«, unterbrach Arianwyn. »Sie ist auch eine Hexe?«

»Scheint so. Oder hast du gedacht, du wärst die einzige Hexe auf der Welt?« Salle grinste. Sie schien die plötzliche Panik ihrer Freundin gar nicht zu bemerken.

Arianwyn warf Salle einen finsteren Blick zu, was diese nur noch mehr zum Lachen brachte.

»Und worüber kichern die zwei jungen Damen hier in der Ecke?« Der Bürgermeister kam mit weit ausgebreiteten Armen auf sie zu.

»Ich hab Arianwyn nur eine witzige Geschichte über meine Tante in Bollington erzählt, die … äh … gerade vom Fahrrad gefallen ist«, haspelte Salle.

»Oh, die Arme. Das klingt aber alles andere als lustig. Ich muss schon sagen, Miss Bowen, Sie haben manchmal einen sehr speziellen Humor.« Der Bürgermeister schaute sie argwöhnisch an. Offenbar nahm er ihr die Geschichte nicht ganz ab. Arianwyn schniefte ein paarmal laut und versuchte die Sache mit einem Hustenanfall zu überspielen.

»Herr Bürgermeister, Mr Thorn ist eingetroffen!« Miss Prynce, die an einem der Fenster Position bezogen hatte, deutete aufgeregt in Richtung Marktplatz.

Die gesamte Gästeschar wogte zu den hohen Fenstern. Der

Bürgermeister überschlug sich fast vor Hektik und rief laut: »Bitte, lassen Sie mich durch. Hallo! Lassen. Sie. Mich. Sofort. Durch!«

Als er die Balkontür aufdrückte, drangen Regentropfen und eisiger Wind in den Raum, doch Mr Belcher trat unbeirrt hinaus und rief etwas auf den Platz hinunter. Salle und Arianwyn versuchten einen Blick auf die Nichte zu erhaschen, als sich die Bustür öffnete, doch Mr Thorn war schon mit seinem Regenschirm zur Stelle und deshalb sahen sie nicht mehr als ein Paar blank polierte Schuhe und den Zipfel eines sehr modischen gelben Regenmantels.

»Oh, wie schick!«, quietschte Salle.

Aufgeregtes Getuschel erfüllte den Raum, als Mr Belcher diesen nun in umgekehrter Richtung durchquerte, vom Balkon zur großen Flügeltür. Der gesamte Gästetross folgte ihm, mit Salle und Arianwyn am Schluss.

»Hier! Von oben haben wir alles im Blick.« Salle deutete auf zwei Stühle und stieg bereits auf den einen hinauf.

»Salle, komm da runter! Wir können hier doch nicht auf den Möbeln rumklettern ...«, zischte Arianwyn. Aber als die Flügeltür aufschwang, stand auch sie auf dem Stuhl.

Allerdings bekam sie auch diesmal nicht mehr als einen Zipfel des gelben Regenmantels zu sehen, da sich die komplette Gästeschar um die neu Angekommene drängte. Sie reckte den Hals, aber der Arm des Bürgermeisters war schützend um seine Nichte geschlungen und versperrte ihr die Sicht. Ihr Stuhl wackelte.

»Wie schön, dass du hier bist, meine Liebe!«, rief Mr Belcher, während er seinen Gast durch die Menge schob. Die Bürger von Lull applaudierten stürmisch.

Salle rollte mit den Augen. Arianwyn versuchte krampfhaft sich das Lachen zu verkneifen.

»Meine Damen und Herren, es ist mir ein Vergnügen, Ihnen meine geliebte Nichte vorzustellen: Miss Gimma Alverston!«

Arianwyn erstarrte. Es war, als würde ein eiskalter Kübel Wasser über ihr ausgeschüttet.

Nein, sie musste sich verhört haben. Völlig ausgeschlossen, dass der Bürgermeister gerade Gimmas Namen genannt hatte.

In Windeseile kramte ihr Gedächtnis all die fiesen Schulhofsticheleien hervor, die sie sich im Laufe der Jahre von Gimma hatte anhören müssen. Und auch den Tag des Abschlusstests hatte sie wieder lebhaft vor Augen. Ihr wurde schlecht.

In dem Moment teilte sich die Menge und Arianwyn machte einen langen Hals. Tatsächlich: Dort stand Gimma Alverston, mit der schützenden Hand des Bürgermeisters auf ihrer Schulter! Geziert lächelten die beiden in die Menge.

»Gimma!«, keuchte Arianwyn und spürte, wie sie das Gleichgewicht verlor. Der Stuhl unter ihr schwankte und kippte schließlich nach links. Mit einem Riesengetöse krachte sie auf den Fußboden.

Für einen Moment lag sie da und wünschte, es wäre alles nur ein verdammter Albtraum, aus dem sie gleich wieder erwachen würde.

Warum musste ausgerechnet Gimma die Lieblingsnichte des Bürgermeisters von Lull sein? Und warum musste sie gerade jetzt hier auftauchen, wo sich die Dinge endlich etwas eingespielt hatten?

»Alles in Ordnung, Miss Gribble?«

Arianwyn blickte auf und sah Mr Belcher und Gimma neben sich aufragen, während die übrigen Gäste verstohlen in ihre Taschentücher kicherten.

»Arianwyn?«, sagte Gimma überrascht.

Arianwyn stand schnell auf, klopfte sich den Rock ab, obwohl es gar nichts abzuklopfen gab, und hoffte, dass sie nicht rot geworden war.

»Was zum Teufel treibst du da auf dem Fußboden?«, fragte Gimma scheinheilig. Das Gekicher wurde lauter.

Arianwyn funkelte sie wütend an.

»Moment mal, kennt ihr zwei euch?« Der Bürgermeister schaute entgeistert von einer zur anderen.

»Ja, wir waren zusammen auf der Schule in Kingsport.« Gimma lächelte dem Bürgermeister zu, der sie so entzückt ansah wie eine stolze Glucke ihre Küken.

»Das ist ja ein Ding!«

»Wir hatten sogar unseren Abschlusstest am selben Tag. Weißt du noch, Arianwyn?« Gimmas Augen glitzerten.

Arianwyn spürte, wie die Blicke aller Umstehenden zu ihrer Mondbrosche wanderten.

»Was machst du hier, Gimma?«, fragte sie, um die allgemeine Aufmerksamkeit von sich abzulenken.

Nun war es Gimma, der sichtlich unbehaglich zumute war. Sie errötete und ihr Blick wanderte Hilfe suchend zu ihrem Onkel.

»Meine Gimma hat sich ein bisschen überarbeitet, Miss Gribble, sodass man sie zur Erholung hierhergeschickt hat. Aber sobald sie sich etwas ausgeruht hat, wird sie Ihnen sicher mit größtem Vergnügen zur Hand gehen …«

»Ach, keine Eile …«, murmelte Arianwyn.

»Vielleicht nächste Woche?«, nuschelte Gimma fast gleichzeitig.

Der Bürgermeister konnte sich ein Kichern nicht verkneifen.

»Nun, ich hoffe, dass ihr Mädchen gut miteinander auskommt«, sagte er und warf Arianwyn einen scharfen Blick zu.

Die schenkte Gimma ein aufgesetztes Lächeln und dann starrten sich beide einen Moment lang vielsagend an. Die Luft im Raum knisterte vor Spannung.

»Aber natürlich, Onkel«, flötete Gimma. »Wir werden uns super verstehen, nicht wahr, Arianwyn?«

Was für ein Albtraum! Arianwyn erschauerte, als würde ein kalter Luftzug über ihre Haut streichen. Sie spürte die Augen der versammelten Gäste auf sich.

»Klar«, krächzte sie.

Es folgte ein langes Schweigen. Schließlich zog Gimma einen kleinen Spiegel aus ihrem perlenbesetzten Täschchen und betrachtete sich kurz, während Salle einen Schritt vortrat und ihr die Hand hinstreckte. »Hallo, ich bin Salle Bowen.«

»Miss Bowens Onkel und Tante betreiben das Gasthaus Zum Blauen Ochsen«, erklärte Mr Belcher.

»Oh, wie nett!« Gimma rümpfte ein bisschen die Nase und steckte den Spiegel weg, während sie gleichzeitig ein kleines

Stück von Salle abrückte, die sofort vor Scham errötete. »Vielleicht könntest du mir kurz eine Tasse Tee holen?«

Sie deutete zum nahen Buffettisch, auf dem Teller mit Milchbrötchen und Gebäck sowie eine riesige dampfende Teemaschine standen. Salle, unschlüssig, ob sie bleiben oder der Bitte nachkommen sollte, trat nervös von einem Bein aufs andere.

»Salle!«, zischte Arianwyn und zog ihre Freundin am Arm, damit sie endlich mit dem Hin-und-her-Getrippel aufhörte. Und zu Gimma sagte sie, ohne ihre Empörung zu verbergen: »Sie ist keine Kellnerin!«

»Oh?«, war alles, was Gimma erwiderte. Gelangweilt starrte sie erst die Wand, dann die Blumendekoration und schließlich ihre eigenen Fingernägel an.

»Schon in Ordnung«, fiepte Salle und zog ab zum Buffet.

Gleichzeitig wurde auch der Bürgermeister weggerufen, sodass Gimma und Arianwyn sich in quälendem Schweigen gegenüberstanden und anstarrten. Schließlich gab sich Gimma einen Ruck und sagte: »Ich kann nicht verstehen, wie du es hier aushältst. Dieser Ort ist ja der Horror.«

Ein elegant gekleidetes Ehepaar, das direkt hinter Gimma stand und den Satz mit gehört hatte, warf Arianwyn einen empörten Blick zu, so als wäre es ihre Schuld.

»Also, mir gefällt's hier«, erwiderte Arianwyn mit einem strahlenden Lächeln.

»Na ja, wahrscheinlich passt es zu dir. Aber wenn man gewisse Ansprüche an seinen Wohnort stellt und ein bestimmtes Niveau von Leuten gewohnt ist, dann … nun ja …« Sie schnitt eine Grimasse, worauf das Ehepaar beleidigt abzog, nicht ohne sich noch ein paarmal nach ihnen umzudrehen.

»Du bleibst wahrscheinlich gar nicht so lange, oder?«, fragte Arianwyn hoffnungsvoll.

»Hmm?« Gimma tat so, als hätte sie die Frage nicht gehört. »Wo ist denn jetzt dieses Kellnerinnenmädel hin?«

»Sie ist keine Kellnerin!«

Genau in dem Moment tauchte Salle wieder auf, eine Tasse und eine Untertasse in der Hand. Als sie Gimma beides in die Hand drückte, schwappte Tee über den Rand.

»Oh, danke!«, lächelte Gimma.

»Keine Ursache.« Salle schaute Arianwyn an und verdrehte die Augen. »Wie lange bleibst du in Lull? Eine Woche? Oder zwei?«

Gimma wurde blass. Sie druckste noch an einer Antwort herum, als der Bürgermeister vom anderen Ende des Raums zurückkehrte. »Nun, meine Damen, ich hoffe, ihr seid miteinander warm geworden. Meine Nichte wird bis auf Weiteres hier in Lull bleiben und ihre Zeit natürlich mit Gleichaltrigen verbringen wollen. Sie kann ja schlecht die ganze Zeit mit ihrem alten Onkel rumhängen!«

Arianwyn glaubte sich verhört zu haben. Das hatte er doch nicht wirklich gesagt, oder? Sie warf Salle einen verstohlenen Blick zu, die das Gesicht verzog und hörbar einatmete.

»Ist das nicht fantastisch?«, quietschte Gimma. »Ich bin mir sicher, dass wir drei uns wunderbar verstehen werden. Und ich kann es gar nicht erwarten, mit der Arbeit zu beginnen.«

»Mit der … Arbeit?«, stammelte Arianwyn.

»Ja«, strahlte der Bürgermeister. »Ich habe gestern mit Miss Delafield gesprochen. Sie ist auch dafür, dass Gimma Sie ein wenig entlastet, wo Sie doch so viel um die Ohren haben. Ist das nicht toll? Auch für Sie selbst? Immerhin können Sie jetzt auf die Hilfe einer voll ausgebildeten Hexe zählen, die Ihnen alles gründlich und in aller Ruhe erklären kann.«

»Ja, wirklich toll«, brachte Arianwyn krächzend heraus, dabei war das Ganze Lichtjahre entfernt von »toll«! Das Ganze war so weit von »toll« entfernt, wie es nur sein konnte. Sie musste dringend mit Miss Delafield sprechen.

Zurück in den Großen Wald

Gelegenheit zu einem Gespräch mit der Bezirksaufseherin hatte sie allerdings erst knapp eine Woche später. Die Verletzungen des Mondhasen waren inzwischen komplett verheilt und sie hatte gemeinsam mit Miss Delafield beschlossen, ihn in den Großen Wald zurückzubringen.

Es war früher Nachmittag, als Arianwyn das vertraute Röhren des silbergrünen Cabriolets in der Kettle Lane hörte. Sekunden später platzte die Bezirksaufseherin zur Tür herein, ein fröhliches Liedchen auf den Lippen.

»Hallöchen, Miss Gribble«, rief sie und ließ ihre Fahrerbrille munter zwischen zwei Fingern kreisen. »Alles in bester Ordnung? Bereit für einen Ausflug in den Großen Wald?« Ihr kritischer Blick schweifte durch die Werkstatt.

»Ja«, murmelte Arianwyn. Die Begegnung mit Gimma lag ihr immer noch schwer im Magen, obwohl sie sich seit dem Abend im Rathaus nicht mehr gesehen hatten. Zum Glück. Wahrscheinlich steckte sie noch mitten in ihrer »Erholungsphase«.

Außerdem bedrückte sie der Gedanke, den Mondhasen freizulassen. Sie hatte sich an ihn gewöhnt. Jetzt gerade zum Beispiel starrte er sie mit seinen leuchtend blauen Augen erwartungsvoll an. Arianwyn bekam ein schlechtes Gewissen. Sie beugte sich hinunter, hob ihn auf und streichelte seine langen silbrigen Ohren. Sofort fing er an zu schnurren. »Na komm, mein Kleiner.« Mit dem Mondhasen auf dem Arm trat sie auf die Straße, setzte sich neben Miss Delafield in den Wagen und überprüfte mehrmals, ob der Anschnallgurt auch wirklich fest saß.

Die Fahrt zum Großen Wald verlief in einvernehmlichem Schweigen. Zum einen war es anstrengend, sich über den Motorenlärm hinweg zu unterhalten, zum anderen war Arianwyn nicht in Plauderlaune. Sie hielt den Mondhasen eng an sich gedrückt, während die Bäume am Horizont immer näher kamen und Miss Delafield ihr gelegentlich einen Seitenblick zuwarf.

Diesmal rauschten sie nicht ganz so rasant in den Wald hinein. Nach einer Weile hielt Miss Delafield auf einer kleinen Lichtung. Sonnenstrahlen sprenkelten den Waldboden mit Lichtflecken. »Hier ist es ideal, denke ich. Das Kerlchen wird den Rückweg schon alleine finde. Vorausgesetzt, er will überhaupt zu der großen Lichtung zurück. Alles in Ordnung, meine Liebe?«

»Nicht wirklich«, sagte Arianwyn, während sie aus dem Auto stieg. Sie setzte den Mondhasen in das weiche Gras und schaute zu, wie er munter umherhoppelte. »Es ist wegen Gimma Alverston.«

»Ah. Hab ich's mir doch gedacht«, seufzte Miss Delafield. »Wo drückt denn der Schuh?«

»Ich kann auf keinen Fall mit ihr zusammenarbeiten. Tut mir leid, aber das geht einfach nicht.«

Miss Delafield sah nicht wirklich erstaunt aus. Trotzdem fragte sie: »Warum?«

Was sollte Arianwyn darauf antworten? Sie hasst mich? Sie tyrannisiert mich? Ich mag sie nicht? Es klang alles kindisch und albern. »Wir … wir verstehen uns nicht so gut«, murmelte sie schließlich in Richtung der Bäume.

»Sprechen Sie lauter, meine Liebe. Sie wissen, so ein Genuschel kann ich nicht leiden«, sagte Miss Delafield und ging unvermittelt zu einem Baum in der Nähe, um ihn zu inspizieren.

»Wir verstehen uns nicht so besonders gut«, wiederholte Arianwyn, während sie Miss Delafield hinterherlief. Diesmal hatte sie zwar lauter gesprochen, dafür aber extrem schnell.

Der Mondhase war bis zur ersten Baumreihe gehoppelt, wühlte in der Erde und mümmelte Grashalme. Er wirkte vollkommen entspannt, wie jemand, der sich zu Hause fühlt.

»Oh, aber natürlich werden Sie miteinander klarkommen«, sagte Miss Delafield zerstreut und ging noch näher an den Baum heran. »Außerdem ist es ja nicht für immer … nur für ein paar Wochen, höchstens einen Monat.«

»Einen *Monat?*« Das überstieg Arianwyns schlimmste Befürchtungen. Völlig unvorstellbar. »Kann Gimma nicht in Flaxsham arbeiten?«, fragte sie verzweifelt.

»Tut mir leid.« Endlich drehte sich Miss Delafield um und schaute sie an. »Mir sind in dieser Sache die Hände gebunden. Ich kann leider wirklich gar nichts tun, um zu helfen. Aber keine Sorge: Wenn sie *mich* ärgert, dann fliegt sie schneller raus, als sie das Wort ›Besen‹ aussprechen kann. Und jetzt gucken Sie mal hier: Das sieht ziemlich übel aus, wenn Sie mich fragen.«

Miss Delafield drückte ihre behandschuhte Hand gegen den

Stamm, direkt unterhalb eines losen Stücks Rinde. Als Arianwyn näher trat, konnte sie erkennen, dass sich darunter ein großer Fluchfleck verbarg. Miss Delafield zupfte an der losen Rinde. Zum Vorschein kamen dicke schwarze Wülste, die den ganzen Stamm umhüllten.

»Sieht das so aus wie der Fleck an Mrs Myddletons Hauswand, meine Liebe?«

Arianwyn schüttelte den Kopf. Einen so dunklen und riesigen Fluchfleck hatte sie noch nie gesehen.

Er fraß den Baum regelrecht von innen auf!

»Oje, oje, meine Liebe.« Miss Delafield sog zischend Luft durch die Zähne und schnalzte sorgenvoll mit der Zunge. »Nicht gut. Gar nicht gut. Das muss ich auf der Stelle melden. Schauen Sie doch bitte mal, ob noch andere Bäume befallen sind. Aber fassen Sie um Himmels willen nichts an!«

Arianwyn rannte von Baum zu Baum und suchte nach weiteren Flecken, fand aber nichts Auffälliges.

Miss Delafield schnürte indessen ein signalfarbenes Tuch um den betroffenen Stamm. »Das hält die Leute hoffentlich davon ab, dichter ranzugehen«, erklärte sie, aber Arianwyn hörte nicht zu.

Sie hielt Ausschau nach dem Mondhasen, konnte ihn jedoch nirgends entdecken. Wahrscheinlich hatte er sich beim Herumtollen von der Lichtung entfernt oder suchte tiefer im Wald eine neue Höhle.

Irgendwie machte es sie traurig, dass sie sich gar nicht von ihm verabschiedet hatte. Ziemlich traurig sogar. Sie fühlte sich viel weniger einsam, wenn er nachts bei ihr war. Und es war ihr immer ein echter Trost, mit dem kleinen Kerl zu plaudern. Bei ihm konnte Arianwyn sich alle ihre Sorgen von der Seele reden und es hatte immer so gewirkt, als habe er ihr aufmerksam zugehört. Sie seufzte.

»Kopf hoch, meine Liebe, es war eine großartige Leistung, den Kleinen wieder aufzupäppeln! Und hier ist er viel besser aufgehoben als in der Stadt. Die Wildnis ist sein Zuhause.« Ein letztes Mal ließen sie beide ihren Blick über die Lichtung schweifen.

»Könnten Sie rasch bei den Myddletons vorbeischauen und überprüfen, ob der Fluchfleck wiedergekommen ist?«, fragte Miss Delafield.

Arianwyn nickte, obwohl die Aussicht auf eine erneute Begegnung mit Mrs Myddleton sie nicht gerade begeisterte. Sie beobachtete, wie Miss Delafield vorsichtig ein Glasröhrchen aus ihrer Tasche zog. Dann holte sie ein kleines Taschenmesser hervor und kratzte ein bisschen Baumrinde und ein paar Krümel von dem Fluchfleck hinein. Ein Fäulnisgeruch stieg ihnen in die Nase und Arianwyn spürte die beklemmende Nähe von schwarzer Magie.

»Es ist besser, in der Nähe eines solchen Fluchflecks keine Magie anzuwenden«, warnte Miss Delafield. »Zaubersprüche können dadurch gefährlich verformt werden. Sie dürfen diesen Fleck also nicht einfach wegbrennen, wie Sie es bei den Myddletons gemacht haben.«

Arianwyn nickte und spähte noch einmal über die Lichtung. Doch der Mondhase blieb verschwunden.

»Na gut, dann fahr ich Sie mal zurück in die Stadt. Ich muss meinen Bericht an die ZHB schicken und mich auf einen Probedurchlauf für den Festzug in Flaxsham vorbereiten – eine nervige Angelegenheit«, sagte Miss Delafield, schon auf dem Rückweg zum Auto.

Als Arianwyn die Beifahrertür zuzog, sah sie einen silberweißen Streifen über die Lichtung sausen, wie ein Pfeil aus glitzerndem Mondlicht. Im nächsten Moment saß der Mondhase putzmunter neben dem Auto und schaute Arianwyn erwartungsvoll an.

»Das ist aber merkwürdig!«, rief Miss Delafield, während sie den Motor anließ.

»Na los, lauf«, ermunterte Arianwyn den Mondhasen. »Ab in den Wald mit dir. Dort ist dein Zuhause.«

Hoppelnd entfernte sich das Geschöpf ein paar Meter, dann drehte es sich um und starrte Arianwyn erneut an. Miss Delafield fuhr einen langsamen Kreis und der Hase hüpfte neben ihnen her, wobei er Arianwyn nicht aus den Augen ließ.

»Er verschwindet einfach nicht«, murmelte sie.

»Das wird er schon noch«, meinte Miss Delafield und schaltete einen Gang höher. Der Motor röhrte und der Wagen rumpelte über den unebenen Waldboden davon, Richtung Lull. Doch der Hase hatte keine Mühe, Schritt zu halten. Er folgte ihnen durch den gesamten Wald.

Und auch über die Wiesen und Weiden.

Und als das Auto schließlich über die Brücke und durch das Südtor holperte, lief der Hase sogar voraus. Wie ein gleißender Lichtfleck schoss er vorneweg, schlängelte sich durch die Straßen der Stadt und schließlich die Kettle Lane entlang, zwischen den vielen Einkaufsbummlern hindurch. Als Miss Delafield vor der Hexenwerkstatt bremste, wartete der Hase schon geduldig auf der Eingangsstufe. Er sah sie gespannt an, seine Ohren zuckten verspielt.

Als Arianwyn aus dem Auto stieg, hüpfte er zu ihr, sprang auf ihren Arm und schnurrte vor Glück.

»Nicht zu fassen!«, stieß Miss Delafield hervor. »Ich muss schon sagen, Miss Gribble: Sie sind eine höchst merkwürdige Hexe. Das Vieh hat einen echten Narren an Ihnen gefressen. Sieht nicht so aus, als würde es sich hier jemals wieder wegbewegen.« Einen Moment schien sie nachzudenken. »Wie wäre es übrigens, wenn ich Miss Alverston ein wenig Arbeit aufhalse, ihr irgendeinen Auftrag erteile, damit Sie beide fürs Erste getrennt sind? Glauben Sie, das würde die Sache vereinfachen?«

Arianwyn spürte eine Woge der Erleichterung.

»Danke.« Sie lächelte. Dann schloss sie die Tür auf und verschwand mit dem Mondhasen in ihrer Werkstatt.

Der Boggling

Arianwyns Abstecher zu den Myddletons zählte nicht zu den erfreulichsten Erfahrungen ihres Lebens. Mrs Myddleton, genauso erschöpft und genervt wie beim ersten Mal, hatte auf Arianwyns Bitte, sich die Stelle mit dem Fleck noch einmal ansehen zu dürfen, nur mit einem Grunzen reagiert. Tatsächlich war außer einer schmutzig-dunklen Färbung an der Wand nichts mehr zu sehen. Der Fluchfleck machte offenbar keine Anstalten, wieder aufzutauchen. Zum Glück.

»Vielen Dank, Mrs Myddleton!«, verabschiedete sich Arianwyn, nachdem sie fertig war, und stieß einen Seufzer der Erleichterung aus, als die Tür hinter ihr zugeknallt wurde.

Aus irgendeinem Grund nahm sie einen anderen Rückweg als sonst. Vielleicht lag es an dem sonnigen Tag, dem weiten blauen Himmel und dem strahlenden Licht, das durch die Gassen flutete, jedenfalls beschloss sie, als sie an der Teestube in der Blossom Terrace vorbeikam, eine Mittagspause einzulegen. Mr Bandoli führte sie zu einem Tisch im Freien und Arianwyn machte es sich gemütlich. Sie nippte genüsslich an ihrem Tee und dachte an nichts Besonderes, sondern genoss einfach die angenehm warme Frühlingssonne auf ihrem Gesicht.

Doch der Frieden hatte ein jähes Ende, als ein lauter Schrei aus dem Eingang eines kleinen Cottages auf der gegenüberliegenden Straßenseite drang. Die Haustür stand offen und Kartons, Kisten und Möbelstücke stapelten sich auf dem Bürgersteig. Arianwyn fiel auf, dass der »Zu verkaufen«-Schriftzug an der Hauswand durch ein »Verkauft«-Schild halb überklebt worden war.

In diesem Moment schoss etwas Kleines, Schnelles aus der offenen Tür, gefolgt von weiteren Schreien aus dem Inneren des Hauses. Arianwyn vermutete, dass es sich um einen Hund oder eine Katze handelte, und stand auf, um die Flucht zu verhindern. Doch irgendetwas an der Art, wie es sich bewegte, sagte ihr, dass es kein Haustier war. Auch die graue Haut, das stumpfe Fell und die glubschigen gelben Augen sprachen nicht unbedingt dafür.

Nein, kein Zweifel, das war ein Boggling! Jetzt gab er ein lautes Kreischen von sich und trippelte weiter die Straße hinunter.

Arianwyn war fassungslos. Noch nie hatte sie einen Boggling einfach so draußen herumlaufen sehen, schon gar nicht am helllichten Tag.

Eine junges Paar erschien in der Tür, aus der das Wesen geflüchtet war, und beobachtete halb schockiert, halb erleichtert, wie es knurrend die Straße entlanghüpfte und nach den Passanten trat.

Ohne lange nachzudenken, beschwor Arianwyn einen Betäubungszauber herauf und schickte ihn dem Boggling hinterher. Es gab einen gleißenden Blitz, begleitet vom verblüfften Keuchen der umstehenden Zuschauer, und dann hörte man, wie der Boggling über das Kopfsteinpflaster schlitterte, bevor er gegen eine Mülltonne am Ende eines schmalen Durchgangs knallte.

»Oh, dem Himmel sei Dank, Miss Gribble«, seufzte die junge Frau. »Wir wussten einfach nicht, was wir tun sollten. Wir haben das Vieh im Keller entdeckt und die andere Hexe ist nicht mit ihm fertiggeworden, verstehen Sie? Wir sind heute erst eingezogen …«

»Die andere Hexe?«, fragte Arianwyn. »Ist Miss Delafield hier?« Sie spähte in den dunklen Hausflur.

»Nein, ich spreche von der jungen Frau, der Neuen.«

»Oh, Sie meinen Miss Alverston?« Arianwyn hatte Gimma in der Zwischenzeit fast vergessen.

In dem Moment tauchte sie am Ende des Flurs auf. Ihre Haare, normalerweise perfekt frisiert, waren ein einziger wirrer Haufen. Ihre Wangen waren rot gefleckt, ihre Kleider zerknittert und staubig. Wie eine Waffe hielt sie einen Besen umklammert – einen gewöhnlichen, mit Spinnweben bedeckten Besen. Sie hatte Tränen in den Augen und zitterte, als sie die Hand ausstreckte.

»Oh, Arianwyn, wie gut, dass du da bist.« Schluchzend fiel sie Arianwyn um den Hals.

»Um Himmels willen! Was ist passiert?« Im ersten Moment stand Arianwyn stocksteif da, dann tätschelte sie Gimma zögernd die Schulter.

»Der Boggling …«, begann Gimma und trat einen Schritt zurück, knallrot vor Scham, »… ich hab meinen Zauberspruch nicht ordentlich hingekriegt. Kann sein, dass ich etwas aus der Übung bin, du weißt schon, ein bisschen eingerostet.« Ihr Blick flackerte zwischen den neuen Hausbesitzern und Arianwyn hin und her.

»Ist doch nichts passiert«, beschwichtigte Arianwyn, die nicht wusste, was sie sonst sagen sollte, und legte Gimma beruhigend die Hand auf den Rücken. »Ich bin mir sicher, dass du alles richtig gemacht hast …« Ihr Blick wanderte zu dem jungen Paar. Die Frau wirkte noch immer ganz benommen vor Schreck.

»Und *ich* bin mir ziemlich sicher, dass sie keine Ahnung hatte«, knurrte der junge Mann.

»Psst«, zischte seine Frau und schob ihn zurück ins Haus.

»Was ist denn passiert?«, fragte Arianwyn, als die beiden weg waren.

Gimma öffnete den Mund, als wollte sie etwas sagen, aber dann wandte sie den Blick ab und brach erneut in Tränen aus. Arianwyn schwieg verwirrt, tätschelte weiter Gimmas Schulter und wiederholte ihr »Ist doch nichts passiert«. Doch Gimma heulte nur noch mehr.

Arianwyn musste an ihr eigenes Fiasko mit dem Kriecher in Clover Hollow denken. Unglaublich, aber sie empfand tatsächlich so etwas wie Mitleid. Mitleid für Gimma Alverston! Sie strich ihr weiter über die Schulter und machte dabei beruhigende Geräusche.

»Das ist alles … nicht nach Plan … gelaufen!«, stieß Gimma zwischen Schluchzern hervor. »Du wirst es … doch nicht meinem … Onkel erzählen, oder?«

»Ähm …«

»Bitte nicht, Arianwyn! Bitte! Er wird es nicht verstehen.« Sie griff in ihr winziges perlenbesetztes Täschchen, zog ein blütenweißes Taschentuch hervor und tupfte sich vorsichtig die Augen ab.

Arianwyn war verblüfft. Sie konnte sich nicht vorstellen, dass der Bürgermeister seiner Nichte jemals wegen irgendetwas böse sein konnte. Aber dann fiel ihr sein kleines Notizbuch ein, und ehe sie sichs versah, sprudelte es aus ihr heraus: »Nein, ich verrate nichts. Weißt du, ich hatte auch nicht den allerbesten Start in Lull.«

Ungläubig lugte Gimma durch ihre wirren Haarsträhnen. »Echt?«, krächzte sie.

Mit einem Nicken setzte sich Arianwyn auf den Bordstein und Gimma hockte sich neben sie. Und dann erzählte Arianwyn ihr von dem Schnottling-Desaster. Gimma hörte mit offenem Mund zu und lachte sogar einmal kurz auf, als Arianwyn bei der Stelle mit dem explodierenden Schnottling ankam. Als sie mit ihrem Katastrophenbericht fertig war, saßen die beiden eine Weile schweigend da und hingen ihren Gedanken nach. Und plötzlich, völlig unvermittelt, hörte sich Arianwyn sagen: »Wie wäre es, wenn wir zusammenarbeiten? In der Hexenwerkstatt? Ich meine, solange du hier bist.«

Aus rot verweinten Augen starrte Gimma sie verblüfft an. Arianwyn erkannte sie kaum wieder: Sie sah fast ein bisschen zerbrechlich aus, verwundbar. Eigentlich ziemlich menschlich. Vielleicht hatte sie sich getäuscht und Gimma war gar nicht so schlimm? Oder sie hatte sich verändert?

»Wenn du meinst, dass ich dir nicht im Weg stehe? Es war mein Onkel, der darauf bestanden hat, dass ich mich in Lull ausruhe. Ich wollte dir nicht in die Quere kommen, ehrlich. Ich weiß … ich weiß, dass ich nicht immer besonders nett zu dir war.« Sie schniefte.

Unschlüssig, ob sie eine tränenreiche Entschuldigung auf offener Straße hören wollte, stand Arianwyn auf. »Ist doch jetzt egal, komm einfach mit in die Werkstatt.«

»In ein paar Tagen vielleicht? Wenn ich mich ein wenig erholt habe?«, fragte Gimma geziert und klang schon wieder etwas mehr wie sie selbst.

Arianwyn lächelte. »Ja, natürlich. Bis dann, Gimma.« Und mit diesen Worten lief sie die Straße hinunter, um nach dem betäubten Boggling zu sehen. Sie war noch nicht weit gekommen, als sie Gimma rufen hörte:

»Warte, ich helfe dir …«

Der Wassergeist

Knapp eine Woche später klopfte Gimma zum ersten Mal an die Tür der Hexenwerkstatt. Ihre Uniform saß tadellos und ihre Sternenbrosche funkelte im Morgenlicht. Als Arianwyn öffnete und sie hereinbat, unterdrückte Gimma ein Gähnen. Schweigend beäugten sie sich. Arianwyn war ein bisschen mulmig zumute. Nicht im Traum hätte sie gedacht, dass sie und Gimma Alverston einmal einen ganzen Tag lang zusammenarbeiten würden, und sie hoffte sehr auf einen guten Ausgang des Experiments.

Gimma warf Arianwyn ihr berühmtes Lächeln zu, gewinnend und charmant. Dann schaute sie sich in der Werkstatt um.

»Wenn man ein bisschen aufräumt und sauber macht, könnte es ein ganz akzeptabler Arbeitsplatz werden«, bemerkte sie, während sie mit ihrem behandschuhten Finger über ein Regalbrett fuhr. Mit gerümpfter Nase begutachtete sie ihre Fingerspitzen.

Arianwyn ging wieder zur Theke, wild entschlossen, sich nicht ärgern zu lassen. Sie öffnete das lederne Dokumentationsbuch und überprüfte die Liste der dringlichsten Aufgaben:

Verdächtiger Boggling in Belldons Lagerhalle gesichtet, Percy Lane. Nein, keine gute Idee. Gimma hatte garantiert keine Lust, gleich wieder mit einem Boggling konfrontiert zu werden.

Pisky-Nest in Schornstein, Drury Street Nummer 12. Nein, langweilig.

Drei Amulette für Bauer Devott fertigen (neuer Traktor). Arianwyn konnte sich nicht vorstellen, dass Gimma Lust hatte, den ganzen Tag in der Werkstatt zu stehen und Amulette zu basteln.

Und schließlich stand da noch in Miss Delafields kühner Handschrift, zweimal unterstrichen:

Ablaichen des Calvarias (Wassergeist) im Fluss Torr – schnellstmöglich! Nein, das roch geradezu nach Problemen.

»Und?« Gimma beugte sich über den Tresen und spähte in das Buch. »Womit können wir uns heute die Zeit vertreiben?«

Arianwyn stieß einen leisen Seufzer aus und drehte das Buch so, dass Gimma mit hineinsehen konnte. Den Eintrag über den Wassergeist deckte sie jedoch wohlweislich mit der Hand ab.

Gimma blickte auf und schien sich das, was sie gelesen hatte, durch den Kopf gehen zu lassen.

»Hm, klingt alles ziemlich stumpfsinnig, findest du nicht? Gibt's nichts Interessanteres?« Sie trat noch einen Schritt näher. »Oh, schau mal, was ist damit?« Sie deutete auf den Eintrag, der halb unter Arianwyns Hand verborgen war.

»Nein, ich denke, wir sollten lieber …«, begann Arianwyn, doch Gimma fiel ihr ins Wort.

»Na, du kennst dich sicher besser aus, aber vielleicht ist es ja ganz lustig, wenn wir beide … überleg doch mal, wie begeistert mein Onkel und Miss Delafield wären, wenn wir das Problem noch vor ihrem nächsten Besuch beseitigt hätten.«

Arianwyn musterte prüfend Gimmas Gesicht, suchte nach Anzeichen von Hohn und Niedertracht. Aber da war nichts. Vielleicht war Gimma ja wirklich etwas entspannter geworden? Vielleicht hatte sie es ohne Publikum nicht nötig, hinterhältig und gemein zu sein. Vielleicht war es hier anders als in Kingsport, wo sie Arianwyn auf offener Straße beschimpft und ihr Heftzwecken auf den Stuhl gelegt hatte.

Arianwyn musste an Grannys Worte denken: »Grausamkeit ist nur ein Zeichen von Schwäche, und du bist weder grausam noch schwach!«

Vielleicht war es an der Zeit, endlich einen Schlussstrich zu ziehen.

»Nun ja, ich denke, zu zweit wäre das Problem leichter zu lösen ...«, begann sie.

»Klar, natürlich, ich bin dabei! Was genau ist zu tun?«

Moment mal, wie konnte Gimma das nicht wissen? Erinnerte sie sich wirklich nicht an Calvaria? Sie hatten diese Spezies im letzten Schuljahr doch fast einen ganzen Monat lang studiert.

»Calvaria laichen nur alle paar Hundert Jahre und es gibt keine Aufzeichnungen darüber, dass im Torr jemals welche Nachwuchs bekommen haben. Wir müssen überprüfen, ob es wirklich geklappt hat und ob die Eier gut aufgehoben sind. Und dann sollten wir dafür sorgen, dass sich keine anderen Geister in der Nähe aufhalten, damit es beim Schlüpfen nicht zu Störungen kommt. Gut wäre auch, wenn wir mit der Geisterlaterne eine Aufnahme davon machen.«

»Klingt nicht allzu kompliziert, oder?« Gimma hüpfte vor Aufregung auf der Stelle und klatschte in die Hände.

»Okay, dann lass uns aufbrechen«, antwortete Arianwyn langsam. Und dann musste sie doch noch etwas loswerden: »Aber jammer nicht rum, wenn du dreckig oder nass wirst. Hast du Gummistiefel?«

Gimma grinste Arianwyn an, klatschte noch einmal in die Hände und quietschte laut auf vor Vergnügen.

Der Torr schlängelte sich träge am Rand des Großen Waldes entlang. Die Bäume spiegelten sich im glitzernden Wasser. Frühlingsblumen säumten als blaue oder gelbe Tupfen das Ufer.

Gimma schlenderte ein ganzes Stück hinter Arianwyn her und genoss die Aussicht. Ihre Gummistiefel waren quietschrot und sahen noch vollkommen ungetragen aus. »Die sind von Leighton & Dennison's auf der Queen's Parade in Kingsport. Warst du da schon mal?«, hatte sie Arianwyn gefragt.

Die hatte stumm den Kopf geschüttelt und auf ihre eigenen verdreckten, etwas zu großen Stiefel gestarrt. Sie hätte nicht einmal sagen können, ob sie überhaupt zum selben Paar gehörten.

»In deinem Buch heißt es, dass Wassergeister an Flussufern laichen, am ehesten im Schilf oder zwischen Wasserpflanzen ...«, las Gimma aus dem *Handbuch für Hexenlehrlinge* vor. »Oh, schau mal, da!«, kreischte sie und deutete nach vorne.

Ein Stück weiter war der Fluss doppelt so breit und das grasbewachsene Ufer ging in einen Streifen aus Kieselsteinen und kleinen runden Felsen über. Ein dicker Teppich aus Wasserpflanzen schloss sich an. Der ideale Laichplatz für Calvaria, dachte Arianwyn.

»Soll ich mal gucken?«, fragte Gimma, die vor Aufregung fast zu platzen schien.

»Gerne.« Arianwyn stellte die Geisterlaterne am Ufer ab und drückte die schmerzenden Schultern durch. Sie holte tief Luft, starrte in den blassblauen Himmel und dachte an die warme Jahreszeit, die nun bald kommen würde.

»O mein Gott! Arianwyn, guck mal! Komm her, schnell!« Gimma hüpfte am Ufer auf und ab und zeigte auf die Wasserpflanzen.

Neugierig überquerte Arianwyn den Kieselstreifen.

»Hier, guck!«, quiekte Gimma und deutete in die schwingende grüne Masse aus haarähnlichen Gräsern.

Arianwyn beugte sich vor und spähte ins Wasser. Winzige Fische und Insekten schossen umher. Lichtreflexe tanzten auf der Oberfläche. Aber von Calvaria-Laich war weit und breit nichts zu sehen.

Doch plötzlich funkelte es golden mitten im Pflanzenteppich, eine Sekunde nur, dann war alles wieder grün.

»Hast du's gesehen?«, rief Gimma.

»Pssst!« Arianwyn ließ ihren Blick über den Fluss schweifen. In der Mitte war das Wasser ziemlich tief und die Strömung stark. Und irgendetwas bewegte sich dort gegen den Strom. Kurz wurde ein gewundener Schwanz sichtbar, dann tauchte er wieder unter.

Arianwyn ging in die Hocke und spähte durch die wogenden Gräser.

Da, jetzt konnte sie erkennen, was Gimma meinte. Kein Zweifel! Es waren Hunderte. Wohlgeformte, winzige Calvaria-Eier, die sich an die Wasserpflanzen schmiegten. Sie glitzerten und funkelten wie kleine Unterwassersonnen. Noch nie in ihrem Leben hatte Arianwyn etwas so Schönes gesehen.

Ein Platschen in der Flussmitte riss die Mädchen aus ihrem Staunen. Sie blickten auf und sahen einen Calvaria pfeilschnell aus dem Wasser schießen. Sein Rumpf war sicher doppelt so groß wie ein Schulbus und mit feinen schwarzen Schuppen bedeckt, die vor Nässe glänzten. Auf seinem Rücken trug er eine Reihe Stacheln und regenbogenfarbene Flossen, die bei seinem eleganten, delfinartigen Sprung in der Luft flatterten. Er trompetete laut, wobei eine Wasserfontäne aus dem Blasloch oben im Schädel hervorschoss. Dann wirbelte er einmal um sich selbst herum, ließ die Sonnenstrahlen in seinen seidigen Schuppen aufleuchten und tauchte wieder ab.

»Ein Calvaria!«, quietschte Gimma aufgeregt.

»Ich hol die Laterne!« Arianwyn rannte zurück, zerrte das Gerät aus der Lederhülle und flitzte wieder zu den Wasserpflanzen. Dort blieb ihr vor Schreck fast das Herz stehen: Gimma stand knietief im Fluss und schaute ins Wasser.

»Gimma, komm sofort da raus! Der Calvaria! Was machst du denn?«

Aus den Augenwinkeln nahm sie eine Bewegung wahr, diesmal deutlich dichter am Pflanzenteppich. Eine Sekunde später wölbte sich die Wasseroberfläche und das Geisterwesen schoss auf sein Nest am Ufer zu. Die Stachelreihe auf seinem Rücken durchschnitt die Fluten.

»Von hier kann man besser sehen. Jetzt mach dir doch nicht

gleich in die Hose, Arianwyn. Du warst schon immer ein Schisser, aber jetzt ist es echt noch schlimmer geworden.« Gimma wedelte abschätzig mit der Hand.

Arianwyn holte tief Luft und überlegte kurz, ob sie nicht einfach gehen sollte. Aber genau in dem Moment schoss der Calvaria aus dem Wasser. Sein langer, schlangenartiger Körper schnellte durch die Luft und versprühte eisige Tropfen. Mit funkelnden Schuppen ragte er über Gimma auf, das rote Maul weit aufgerissen, die Regenbogenflossen aufgefächert.

Der Spalt

Sein Gebrüll schallte über den Fluss und weit in den Wald hinein. In ihrer panischen Angst stolperte Gimma und platschte rückwärts in die kalten Fluten.

Hastig stellte Arianwyn die Geisterlaterne ab und stürzte über Kieselsteine und Felsen zu ihr.

Der Calvaria tauchte erneut auf und wieder stieß er seinen wütenden, trompetenartigen Schrei aus, während sein langer geschmeidiger Körper vorschnellte. Gimma schrie wie am Spieß und Arianwyn kam schlitternd auf den Kieseln zum Stehen. Der Calvaria klatschte hinter Gimma ins seichte Wasser, direkt dort, wo er seine Eier abgelegt hatte. Dann war nur noch ein gurgelndes Geräusch zu hören, und bevor sie irgendetwas tun konnte, wurde Arianwyn von einer gewaltigen Flutwelle verschlungen. Ihre Füße verloren den Halt und sie spürte schmerzhaft die Steine im Rücken, als sie versuchte, wieder auf die Beine zu kommen. Sie hatte keine Ahnung, wo oben und unten war. In ihren Ohren rauschte das Wasser.

Gerade als Arianwyn dachte, sie würde ertrinken, wurden die Fluten irgendwie zurückgesogen und sie spürte kalte Luft auf ihrem nassen Gesicht. Japsend öffnete sie die Augen und blinzelte zaghaft durch ihre Haarsträhnen. Dann streifte sie haufenweise

Schlingpflanzen von ihrem Körper – vorsichtig darauf bedacht, bloß keine Calvaria-Eier zu zerquetschen.

Die Flutwelle hatte sie ein ganzes Stück weit aufs Ufer geworfen. Der Calvaria – vor lauter Wut gestrandet – tobte in einiger Entfernung und peitschte zornig mit dem Schwanz. Gimma war nirgends zu sehen.

»Gimma!«, rief Arianwyn panisch, rappelte sich hoch und rannte los. In ihren Gummistiefeln schwappte Wasser. Schlotternd vor Kälte und Angst watete sie in den Fluss. Sie wollte niemandem erklären müssen, dass sie die Lieblingsnichte des Bürgermeisters hatte ertrinken lassen. Verzweifelt tauchte sie ihre Arme ins Wasser und hoffte, eine Hand, ein Bein, Haare ... irgendetwas von Gimma in die Finger zu bekommen.

Fast im selben Moment spürte sie einen verzweifelten Klammergriff um ihr Handgelenk. Sie zog und zog, während nur ein paar Meter entfernt der Calvaria wütete. Nach einer gefühlten Ewigkeit tauchte Gimma auf, heftig prustend, das Haar und den Mantel voller Wasserpflanzen und Calvaria-Laich.

»Los, komm schnell!«, rief Arianwyn. »Wir müssen den Calvaria wieder in tieferes Wasser bringen!«

»Wie bitte?« In Gimmas Keuchen mischte sich wildes Gelächter. »Ich geh bestimmt nicht mehr in die Nähe von diesem Vieh!«

»Musst du aber! Los, komm!« Arianwyn zog Gimma näher an den Wassergeist heran, der sich immer noch im seichten Uferbereich wälzte. Kiesel knirschten unter seinem Körper, mit seinem gewaltigen Maul schnappte er nach den beiden Hexen.

»Alles gut, mein Großer, wir wollen dir nicht wehtun«, gurrte

Arianwyn und wandte sich an Gimma. »Bei drei schieben wir ihn ins tiefere Wasser, okay? Fertig? Pass auf die Stacheln auf. Also los: Eins, zwei ... DREI!«

Gemeinsam stemmten sich die Mädchen gegen die Flanke des tobenden Calvarias und tatsächlich schafften sie es, ihn halb zu drehen. Trotz des eisigen Wassers fühlte sich sein Körper erstaunlich warm an und die Stacheln, obwohl glatt und nass, waren überhaupt nicht glitschig. Mit vereinten Kräften schoben sie noch einmal und wieder drehte sich der Rumpf etwas, wobei er langsam ins tiefere Wasser glitt.

»Fast geschafft!«, rief Arianwyn und spürte, wie ihr immer mehr Wasser in die Stiefel schwappte. Der Calvaria schien sich etwas zu beruhigen, als wüsste er, was die Mädchen mit ihm vorhatten, und nach einem letzten kräftigen Schub war sein Körper schließlich in der richtigen Position, um sich in Richtung Flussmitte zu schlängeln. Binnen Sekunden war er untergetaucht und verschwunden.

»Puh, der ist weg ...«, seufzte Gimma. Doch gerade, als sie sich in Richtung Ufer wandten, schoss er erneut aus dem Wasser, ragte hoch neben ihnen auf, das Maul weit aufgerissen, die Regenbogenflossen aufgefächert und laut rasselnd.

»Menno, was denn jetzt noch?«, jammerte Gimma und warf sich das nasse Haar über die Schulter.

»Verhexter Mist, die Eier!«, schrie Arianwyn und fing in Windeseile an, die kleinen Miniatursonnen aus Gimmas Haarsträhnen und von ihrem Mantel zu zupfen.

»Aber mir ist kalt!«, maulte Gimma.

Arianwyn warf ihr einen strengen Blick zu und sammelte weiter Eier ein.

Der Calvaria sah aufmerksam zu, wobei er drohend mit den Flossen rasselte und zwischendurch immer wieder sein Missfallen heraustrompetete. Ab und zu stieß er auch seinen gewaltigen Kopf in ihre Richtung, woraufhin Gimma jedes Mal einen Riesensatz nach hinten machte.

Nachdem Arianwyn das letzte Ei von Gimmas Mantel geklaubt hatte, wateten die Mädchen zu dem Wasserpflanzenteppich und ließen die Eier zu den anderen ins Wasser gleiten. Gimma wandte sich schon zum Gehen, aber Arianwyn zischte: »Verbeuge dich vor dem Wassergeist!«

Wie konnte sie das nur vergessen, wunderte sich Arianwyn.

Langsam knieten sich die beiden Hexen ins Wasser und senkten ihre Köpfe zu Ehren des Großen Wassergeistes. Es folgte ein langer Moment der Stille, dann hörte man ein sanftes Platschen: Der Calvaria war wieder abgetaucht.

Mit einem tiefen Seufzer ließ sich Arianwyn auf einen großen runden Felsen plumpsen.

Der Fluss strömte ruhig dahin, die Eier ruhten sicher im seichten Wasser und der Calvaria hatte gezeigt, dass er sehr gut in der Lage war, sein Territorium und seine Brut zu verteidigen. Sie sah zu Gimma hinüber, die vor Kälte schlotterte und etwas bedrückt wirkte.

»Mir ist kalt. Können wir vielleicht ein Feuer machen?«, fragte sie.

»Nicht hier. Lass uns erst ein Stück gehen.« Arianwyn warf

einen letzten Blick auf den Fluss und legte dann ihren Arm aufmunternd um Gimmas bebende Schultern.

Ein paar Minuten später standen sie auf einer kleinen Lichtung am Rand des Großen Waldes. Seit sie das Flussufer verlassen hatten, war Gimma stumm geblieben. Ohne jeden Widerstand hatte sie sich von Arianwyn führen lassen und jetzt stand sie neben einer stattlichen Tanne und blickte gedankenverloren in die Ferne.

»Ich mach uns ein Feuer, okay? Geht ganz schnell.« Arianwyn räumte eine kleine Fläche auf dem Waldboden frei und zeichnete die Feuerglyphe Årdra in den Sand. Aber ihr war so kalt, dass sie es einfach nicht schaffte, sich auf die Energieströme zu konzentrieren. Mit zitternder Hand zeichnete sie die Glyphe ein zweites Mal.

»Ich glaube, seit unserem Schulausflug zum Pier in Horton, als es wie verrückt geschneit hat, habe ich nicht mehr so gefroren. Erinnerst du dich noch an Horton?« Arianwyn bemühte sich um einen munteren Tonfall. Doch Gimma lehnte schweigend an der Tanne und rührte sich nicht. Stand sie unter Schock?

Beim dritten Anlauf funktionierte die Feuerglyphe endlich und der Boden begann zu glühen. Arianwyn warf eine Handvoll trockener Blätter und Zweige auf die Glyphe. Aus dem Glühen wurde eine kleine Flamme, hauptsächlich aber viel wabernder Rauch.

»Komm, setz dich zu mir«, rief Arianwyn.

Wie in Trance lief Gimma über die Lichtung auf sie zu, kauerte sich an das klägliche Feuer und rieb sich die Hände. Dann streifte sie ihren nassen Mantel ab, der schwer auf den Boden klatschte und jede Menge Blätter und Staub aufwirbelte.

»Ich war nicht mit in Horton«, sagte Gimma leise. »Aber meine Tante und mein Onkel haben ein Haus dort und wir sind im Sommer oft hingefahren. Das Feuer könnte noch etwas Holz gebrauchen, meinst du nicht?«, fragte sie, rieb sich fröstelnd die Arme und rückte näher an das magische Glühen heran.

Arianwyn starrte sie einen Moment lang fassungslos an. »Ich soll gehen, oder?«

»Oh, das wäre toll. Du bist ein Schatz!« Gimma rang sich ein Lächeln ab und nieste theatralisch.

Arianwyns Stiefel quietschten, als sie die Lichtung verließ und zwischen den hohen Bäumen entlangspazierte. Über ihr zwitscherten die Vögel und durch das junge, zarte Frühlingslaub fielen Sonnenstrahlen. In regelmäßigen Abständen warf Arianwyn einen Blick über die Schulter zu Gimma, die immer noch wärmesuchend am Feuer kauerte.

»Reg dich nicht auf, so ist sie nun mal. Wahrscheinlich wollte sie einfach irgendwas Hilfreiches sagen«, murmelte Arianwyn zu sich selbst. »Sind ja nur noch ein paar Wochen, dann wird sie irgendwo anders eine Angeber-Stelle antreten und du hast sie nicht mehr an der Backe. Es sei denn, sie besucht mal wieder ihren Onkel.«

Arianwyn stapfte weiter durch den Wald.

Am Fuß einer großen Eiche entdeckte sie einen Haufen

Äste. Sie überprüfte, ob nicht irgendwelche Geister darin nisteten, spürte jedoch nicht den kleinsten Hauch von Magie. Also klemmte sie sich ein Bündel davon unter den Arm und machte sich auf den Rückweg. Als sie sich der Lichtung näherte, wehten ihr Rauchschwaden entgegen. Und dann hörte sie einen markerschütternden Schrei. Gimma!

»Wahrscheinlich hat sie einen Wurm oder eine Assel entdeckt«, murmelte Arianwyn und stapfte unbeirrt weiter.

Doch dann zerriss ein zweiter Schrei die Stille – diesmal noch lauter und deutlich panischer –, gefolgt von einem schrillen Pfiff aus Gimmas Hexenpfeife und zwei hellen Blitzen. Ein unverkennbarer Schwall Magie kam Arianwyn entgegen.

Sie ließ die Zweige fallen und rannte los, so schnell es ihre nassen, schweren Klamotten erlaubten.

»Gimma?«, schrie sie, aber die einzige Antwort waren gellende Schreie. Verdammt, sie hätte Gimma nicht allein lassen dürfen! Als Arianwyn die Lichtung erreichte, war diese erfüllt von dichtem grauem Qualm und dem Knistern magischer Energie.

»GIMMA!«

»Hier! Arianwyn! Hier bin ich!«, rief Gimma mit zitternder Stimme.

Doch es dauerte eine Weile, bis Arianwyn sie in dem ganzen Rauch erkennen konnte. An einen Baum gelehnt stand sie da, eine kleine Magiekugel in der zitternden Hand. Im blassen Licht des Kugelzaubers wirkte ihr Gesicht fast geisterhaft fahl.

»Irgendetwas … ist hier!«, stammelte sie und blickte sich hektisch um.

»Was?«, flüsterte Arianwyn und beschwor auch eine knisternde Energiekugel herauf. Diese schwebte kreisend über ihrer Handfläche in der Luft. Sie war deutlich größer als die von Gimma und leuchtend grün.

»Keine Ahnung. Es war klein und bösartig. Und es ist direkt auf mich zugeschossen. Aber diesmal lasse ich es nicht entkommen, ich hab schon zu viele Fehler gemacht.« Gimma wandte den Blick ab. Eine leichte Röte überzog ihre bleichen Wangen.

Plötzlich sauste etwas durch den Qualm. Gimma stieß einen seltsam jaulenden Laut aus, halb Angst, halb Wut, und schob sich vor Arianwyn.

»Hau ab«, krächzte sie – und genau in dem Moment trat Estar aus dem Rauch.

Er wedelte sich mit der Hand die Sicht frei und hüstelte in ein Taschentuch. Irgendwie sah er verträumt aus. Arianwyn stockte das Herz, ihr Hals war wie zugeschnürt. Für den Bruchteil einer Sekunde schien die Zeit stillzustehen.

Gimma hielt ihre Magiekugel in die Höhe, wurfbereit.

»Nein, Gimma, stopp! Der ist in Ordnung! Völlig ungefährlich!« Arianwyn packte Gimmas Handgelenk und schüttelte es, bis ihre schwache Kugel sich auflöste.

»Hey, was soll das?«, rief Gimma.

»Du darfst nicht … Ach, das verstehst du nicht. Er ist …« Vor lauter Angst bekam Arianwyn kaum Luft. Vorsichtig schaute sie Estar an. »Er ist mein Freund«, brachte sie schließlich heraus.

Gimma wich zurück und starrte Arianwyn entsetzt an. Außer

dem Knacken des winzigen Feuers in der riesigen Qualmwolke war kein Laut zu hören.

Estar sah sie beide aufmerksam an.

»Aber er ist ein Dämon oder eine andere schwarzmagische Kreatur.« Gimma sprach ganz langsam und überdeutlich, wie mit einem Kleinkind.

»Ist er nicht. Jedenfalls nicht komplett. Er ist eine Mischung.«

»Ähem, ein Feyling, wenn du nichts dagegen hast«, meldete sich Estar höflich zu Wort und deutete eine Verbeugung an.

»Ja, tut mir leid, ein Feyling.«

Gimmas Blick wanderte zwischen Estar und Arianwyn hin und her. Ihr Mund stand offen.

»O mein Gott!«, rief sie plötzlich. »Er hat dich verzaubert, stimmt's? Aber keine Angst, Arianwyn, ich werde ihn verbannen. Sofort! Zurück mit dir ins Schwarze Nichts, du … du … du Fey-*Ding*!«

Estar rollte mit den Augen.

Blitzschnell befreite Gimma ihren Arm aus Arianwyns Klammergriff und schubste sie rückwärts in ein kleines Gebüsch. Dann streckte sie ohne ein weiteres Wort die Hand aus und zeichnete die Verbannungsglyphe L'ier in die Luft. Diese zerschnitt den Rauch und mit ihm das gesamte Luftgefüge in zwei Teile. Aus einem gewaltigen Spalt in der Erde drangen Finsternis und eisige Kälte: das Schwarze Nichts.

Aber irgendetwas stimmte nicht. Der Spalt wuchs und war plötzlich doppelt so lang und breit, wie er hätte sein sollen. Außerdem war er in Bewegung, verrenkte und verbog sich, während er gleichzeitig größer und größer wurde.

»Verdammt, was hast du getan?«, schrie Arianwyn, packte Gimma erneut am Arm und zog sie nach hinten.

»Ich wollte dir nur helfen. Was stimmt denn nicht mit dem Zauber?«, kreischte Gimma. Tränen strömten ihr über die Wangen.

»Ich schätze, es liegt an dem Fluchfleck dort drüben.« Estar hatte sich zu ihnen gesellt und blickte Arianwyn an.

»Dann ist es ja kein Wunder, dass der Feuerzauber nicht richtig funktioniert hat«, bemerkte sie, während Gimma wie am Spieß schrie, weil Estar neben ihr stand.

»Am besten, du gehst jetzt«, flüsterte ihm Arianwyn zu.

»Aber ich …«

»Estar, bitte!«, seufzte Arianwyn.

Er hob fragend eine Augenbraue. Dann umfing der Rauch ihn plötzlich wie eine Decke und in der nächsten Sekunde war er verschwunden.

Selbst durch den Dunst konnte Arianwyn auf einmal die großen Fluchflecken erkennen, die an den Baumstämmen rund um die Lichtung wuchsen.

Wieso hatte sie die übersehen?

Der Spalt pulsierte immer noch, wurde größer und zog sich wieder zusammen. Eisige Luft stieg daraus auf, strömte in ihre nasse Kleidung und kribbelte auf Gesicht und Händen.

»Schnell, mach den Spalt wieder zu!«, befahl Arianwyn, aber Gimma starrte nur entsetzt in die Finsternis.

»Gimma?«

»Ich kann nicht«, flüsterte sie.

Arianwyn hätte gerne geholfen, aber es war nicht ganz einfach, den Zauberspruch einer anderen Hexe rückgängig zu machen. »Du hast ihn geöffnet, also musst du ihn auch wieder schließen.«

Schließlich trat Gimma einen Schritt vor und zeichnete die Verbannungsglyphe rückwärts in die Luft, um den Zauber außer Kraft zu setzen. Doch der Spalt schloss sich nicht. Stattdessen bebte er nur einmal kurz und pochte dann unvermindert weiter. Gimma fiel auf die Knie und schluchzte hemmungslos.

Als der Spalt erneut zitterte, meinte Arianwyn, ein paar größere Gestalten zu erkennen, die unten in der Dunkelheit hin und her zischten. Irgendetwas lauerte dort.

Die Zeit drängte. Sie mussten die Kluft schließen, bevor irgendetwas herauskommen konnte.

»Schleudere so viele Zaubersprüche hinein, wie du kannst. Einfach rein da. Aber triff um Himmels willen nicht die Fluchflecken, dann wird alles nur noch schlimmer!«

»Es tut mir so leid«, schniefte Gimma und wischte sich die Nase an ihrem Ärmel ab.

»Lass uns das jetzt einfach erledigen, okay?«, sagte Arianwyn und im nächsten Moment leuchtete die Lichtung hell auf, weil beide Hexen den Spalt mit Zaubersprüchen bombardierten.

Qualm, Dampf und gleißendes Licht von den vielen Explosionen umgaben sie. Man konnte kaum noch die Hand vor Augen sehen. Verkohltes Holz flog durch die Luft, als ein Zauberspruch abgelenkt wurde und gegen einen Baumstamm knallte.

»Ich glaube, wir sollten jetzt verschwinden«, brüllte Arianwyn.

»Aber was ist mit dem … Fey-Ding?«, schniefte Gimma.

»Keine Sorge, Estar kommt sehr gut allein zurecht.«

Sie zogen sich in den Schutz der Bäume zurück, von wo Arianwyn noch einmal nach dem Spalt Ausschau hielt. Aber sie sah nichts, der Qualm war zu dicht. Sie konnten nur hoffen, dass ihr Zauber-Bombardement gewirkt hatte.

Doch plötzlich blieb ihr fast das Herz stehen. Durch den Nebel ließ sich eine große, dunkle Silhouette erahnen, die sich extrem schnell bewegte. Wie schwarze Flüssigkeit. Sie tanzte geradezu durch die Dunstschwaden. Ein Trugbild? Oder etwas anderes? Etwas Böses?

»Warte, Gimma!«

»Was ist?«

Mit brennenden Augen blinzelte Arianwyn noch einmal zur Lichtung. Sie sah nur verschwommen, war sich aber ziemlich sicher, dass die dunkle Silhouette verschwunden war. Und vielleicht war ja auch nie etwas da gewesen.

Sie schaute Gimma an, die immer noch heulte.

Als diese den Blick bemerkte, wimmerte sie: »Versprich mir, dass du niemals jemandem ein Sterbenswörtchen davon erzählst, ja?«

Von allen Dingen auf unserer Welt existiert stets auch ein Gegenstück. Ein solches Gegenstück ist die schwarze Magie in ihren unterschiedlichen Ausprägungen. Fluchflecken, die normalerweise von bösen Geistern oder durch alte, verdorbene oder missglückte Zaubereien hervorgerufen werden, können für Menschen wie für Geisterwesen tödlich sein. In historischen Aufzeichnungen gibt es Einträge zu diversen Fluchfleckplagen.

Aus dem Handbuch für Hexenlehrlinge

Die Küche, ein Scherbenhaufen

Arianwyn fuhr aus dem Schlaf hoch, völlig in ihr Laken und ihre Bettdecke verwickelt. Mühsam setzte sie sich auf. Helles Tageslicht flutete von der Kettle Lane in den Raum.

Sie fröstelte und war gleichzeitig schweißgebadet. Der Schreck des Albtraums saß ihr noch in den Gliedern.

Ein Blick auf die kleine Uhr zeigte ihr, dass es bereits nach neun war. Auch die Geräusche, die von der Straße hereindrangen, deuteten darauf hin, dass sie ziemlich lange geschlafen hatte. Sie holte zitternd Luft, ließ sich zurück in die Kissen fallen und schloss die Augen. Nur ganz kurz.

BLITZ!

Die unbekannte Glyphe brannte ihr im Gedächtnis, ragte aus ihrem Albtraum in die Wirklichkeit hinein.

»Nein!«, schrie Arianwyn, als sie zu Boden stürzte. So schnell wie möglich krabbelte sie vom Bett weg, als würde es in Flammen stehen. Vorsichtig näherte sich ihr der Mondhase von seinem Platz neben dem Ofen. Er schnüffelte an ihren Knöcheln, nieste und verzog sich mit skeptischem Blick unter das Bett.

»Stimmt was nicht?«, fragte Arianwyn und streckte beruhigend die Hand nach ihm aus, doch er knurrte sie an und wich noch weiter zurück. Seine Krallen kratzten über den Boden. Arianwyn zuckte die Schultern. Als sie aufstand, drehte sich alles und ihr Kopf pochte schmerzhaft.

Sie hatte sich einfach zu schnell aufgerichtet, das war alles. Mit einem Glas Wasser würde es schon wieder gehen.

Gähnend tappte sie über die kühlen Dielen, nahm sich ein Glas vom Abtropfbrett und wollte gerade den Hahn aufdrehen, als es an ihrer Hand knisterte.

Mit Berührung des Metalls stoben Funken von ihren Fingerspitzen. Erschrocken tat sie einen Satz zurück, wobei ihr das Glas aus der Hand fiel und auf dem Boden zersplitterte.

»Verdammt!« Das Pochen in ihrem Kopf nahm zu und ihr Sichtfeld verdunkelte sich an den Rändern. Sie musste sich am Schrank festhalten, um nicht zu stürzen. Sofort begann der Schrank zu wackeln.

War das ein Erdbeben?

Sie ließ ihren Blick durch den Raum schweifen. Nein, die übrigen Möbel bewegten sich nicht, nur der Schrank tanzte – und zwar so wild, dass die Teller und Tassen darin schepperten.

Doch so plötzlich, wie der Spuk begonnen hatte, endete er auch wieder. Die Schranktüren flogen auf und das Geschirr verteilte sich klirrend auf dem Boden.

Im selben Moment bemerkte Arianwyn den schwarzen Rauch, der von ihrer ausgestreckten Hand aufstieg.

Sie hatte das verursacht!

Wieder schloss sie die Augen und erneut sah sie die Umrisse der rätselhaften Glyphe. Schwächer zwar und langsam verblassend, aber noch deutlich zu erkennen.

Am liebsten hätte sie sich sofort wieder in ihr Bett verkrochen, doch sie hatte Angst, die Augen zu schließen. Sie hatte sogar Angst, sich zu bewegen. Sie blickte sich um. Der Mondhase hockte immer noch knurrend unterm Bett.

Entsetzt ließ Arianwyn sich zu Boden sinken und umschlang die Knie mit ihren Armen. Hoffentlich war das hier bald vorbei. Sie fühlte sich krank und einsam und ihr war eiskalt. Völlig erschöpft starrte sie auf eine Stelle an der Wand, wo sich ein Stück Tapete gelöst hatte.

Sie war sich nicht sicher, wie lange sie so dagesessen hatte, als im Erdgeschoss plötzlich die Glöckchen des Türamuletts bimmelten.

»Wyn?«

Das war Salles Stimme.

»Wyn? Bist du da?«, rief sie ein bisschen lauter und dann hörte man sie unten mit eiligen Schritten umherlaufen.

War es hier sicher für ihre Freundin? Arianwyn blickte auf das Scherbenmeer in der Küche. Sie wollte nicht riskieren, dass Salle etwas passierte. Vielleicht würde sie wieder gehen, wenn Arianwyn sich nicht regte … Aber da kamen die Schritte schon die Treppe herauf.

»Wyn? Alles in Ordnung mit dir?«

Der Mondhase hoppelte unter dem Bett hervor und begrüßte Salle.

Arianwyn überlegte, sich im Bad zu verstecken, doch gerade als sie aufstehen wollte, erreichte Salle das Ende der Treppe. Keine zwei Sekunden später hatte ihre Freundin sie erspäht – wie sie im

Nachthemd zwischen Porzellanscherben hockte und verzweifelt versuchte ihre brennenden, geröteten Augen offen zu halten.

»Was ist denn hier passiert?«, keuchte Salle und schoss mit ausgestreckten Armen auf sie zu.

»Nein!«, schrie Arianwyn und wich auf allen vieren zurück. »Komm nicht näher. Mir geht's nicht gut. Ich bin krank.«

Salle blieb wie angewurzelt stehen, ihre Schuhe knirschten auf den Scherben. »Grippe?«, fragte sie und ihr Blick wanderte skeptisch zu dem offenen Schrank mit den Scherben davor.

Arianwyn nickte, aber sie merkte selbst, dass Salle ihr das nicht abkaufte.

»Komm, dann bring ich dich zurück ins Bett ...« Wieder streckte Salle die Arme aus, aber Arianwyn schlug sie weg. Als sich ihre Hände berührten, zuckte Salle zusammen, und auch Arianwyn spürte den Magiestoß, der durch ihre Handflächen schoss. Stechend und schmerzhaft. Funken flogen durch die Luft.

»Autsch!« Reflexhaft zog Salle ihre Hand zurück. »Wir waren elektrisch aufgeladen.« Sie lächelte, aber ihre Augen schauten die Freundin prüfend an. Wieder näherte sie sich, behutsamer diesmal, und dann legte sie tröstend den Arm um Arianwyn.

»Jetzt mummeln wir dich richtig schön ein, okay?«, sagte sie sanft.

Arianwyn nickte und ließ sich bereitwillig zum Bett führen.

Als Salle die Decke um sie herum feststopfte, sprang der Mondhase zögernd auf Arianwyns Kissen, mit wachsam aufgestellten Ohren und witternder Nase. Er schnüffelte an ihrer Hand und stellte sich kurz auf die Hinterbeine, als würde er überlegen. Dann gähnte er herzhaft, kratzte sich am Ohr und kuschelte sich an sie.

»Ich bring dir etwas Wasser«, bot Salle an.

Während sie eine heile Tasse suchte und füllte, atmete Arianwyn ein paarmal tief durch und rollte sich mit geschlossenen Augen zusammen. Sie genoss es, nichts zu sehen außer diesen merkwürdigen Farbflächen, die einem manchmal auf der Netzhaut brennen, wenn man die Augen ganz fest zukneift.

»Alles in Ordnung?«, fragte Salle, als sie die Tasse auf den Nachttisch stellte.

Arianwyn nickte. »Bin bloß müde.«

Salle ging zurück zum Küchenschrank und machte sich daran, das Chaos zu beseitigen. Sie summte beim Arbeiten, was Arianwyn irgendwie beruhigte.

Für einen Moment ließ die Angst sie wieder los.

Euphemia

Mittlerweile war es später Nachmittag und Arianwyn hatte mehrere Stunden im Bett verbracht. Nachdem Salle gegangen war, hatte sie sich sofort wieder unter ihrer Decke zusammengerollt, aber vor lauter Angst die Augen nicht geschlossen.

Der Mondhase kauerte neben ihr. Sie warf einen Blick auf die Uhr. Bald würde es dunkel werden und damit rückte die Schlafenszeit immer näher. Aber Schlafen bedeutete Träumen, und Träumen bedeutete, dass die Glyphe auftauchen konnte. Und davor hatte sie panische Angst. Sie überlegte, ob ihr irgendjemand helfen konnte, aber ihr fiel niemand ein – außer vielleicht … ja: Estar!

Sie wartete, bis es langsam dämmerte und die Geschäfte in der Kettle Lane schlossen, dann zog sie eine Strickjacke über und stahl sich aus dem Haus.

Den ganzen Tag über hatte sie an das Symbol denken müssen, das Estar in den Lehmboden des Hühnerstalls gekratzt hatte. Sie war sich jetzt sicher, dass es nicht einfach irgendein Zeichen war, sondern die Glyphe aus ihren Träumen. Estar war vielleicht das einzige Wesen weit und breit, das ihr etwas darüber erzählen konnte.

Mit gesenktem Kopf eilte Arianwyn durch die Kettle Lane und

über den Marktplatz. Jetzt bloß nicht weiter auffallen. Einige Abendspaziergänger grüßten sie trotzdem freundlich, aber Arianwyn lief einfach geschäftig weiter, so als sei sie zu einem Einsatz unterwegs – weshalb niemand wagte, sie aufzuhalten.

Als sie bei Kurtis Mühle ankam, waren auch dort Leute unterwegs: hauptsächlich Familien, die den Frühlingsabend nutzten, um über die Wiesen zu schlendern. Schnell huschte sie in den Schatten des baufälligen Gebäudes. Die Seitentür stand einen Spaltbreit offen, dahinter gähnte Dunkelheit.

»Estar …«, flüsterte Arianwyn und drückte die Tür auf. »Estar, bist du da drin?«

Doch alles, was sie hörte, war ein Luftzug, der durch die leere Mühle wehte. Sie trat ein und versuchte ihre Augen an die Dunkelheit zu gewöhnen. Was, wenn Estar endgültig verschwunden war?

Merkwürdige Umrisse zeichneten sich im Zwielicht ab, wurden schärfer, je besser sich ihre Augen zurechtfanden. Große Holzkisten standen im ganzen Raum verteilt. »Estar!«, zischte sie, etwas lauter diesmal, und starrte in die düsteren Ecken.

»Ja?«

Vor Schreck tat sie einen Satz nach vorn.

Wie aus dem Boden gewachsen stand Estar vor ihr und starrte sie aus seinen gelb leuchtenden Augen an.

»Oh, Estar, ich hab mir solche Sorgen gemacht. Ich dachte, dir wäre etwas Schreckliches passiert …«

»Ist es auch, erinnerst du dich nicht mehr? Wer war diese dämliche Kuh, die dich neulich in den Wald begleitet hat?«

Arianwyn seufzte. »Das war Gimma … und du hättest ihr keine Angst einjagen sollen.«

»Ich? Wer hat denn hier wohl wem Angst eingejagt? Mit diesem idiotischen Spalt hat sie den ganzen Wald durcheinandergebracht.«

»Ich dachte, wir hätten ihn geschlossen? Ist trotzdem etwas durchgekommen?«

»Wundern würde es mich nicht … aber egal, auf eine Kreatur mehr oder weniger kommt's im Großen Wald auch nicht mehr an, oder?«

Nackte Angst schnürte Arianwyn die Kehle zu. Auf einmal wollte sie Estar gar nichts mehr von der Glyphe erzählen. Was würde er von ihr denken? Außerdem, sie kannte ihn ja kaum. Ihre Hände waren schweißnass und sie spürte, wie ihr Puls raste.

»Schlecht geträumt?«, fragte er und auf seinem spitzen Gesicht zeichnete sich der Anflug eines Lächelns ab. Seine Augen glühten jetzt nicht mehr nur, sondern sprühten regelrecht Funken.

»Woher … woher weißt du das?« Arianwyn war schockiert und erleichtert zugleich.

»Ich spüre, wie der Albtraum noch um dich herumsirrt. Träume stellen uns nach, weißt du das nicht?« In seinem typischen Gang, halb schlurfend, halb hoppelnd, entfernte er sich in den hinteren Teil der Mühle. Vor einem Kistenstapel blieb er stehen, kletterte hinauf und nahm Platz – hoheitsvoll wie auf einem Thron.

»Also, gibt es irgendetwas, das du mich fragen möchtest, junge Hexe?« An seiner langen blauen Nase entlang blickte er Arianwyn direkt in die Augen.

Eine ganze Weile standen sie so da und starrten sich an.

»Dieses Muster, das du da im Hühnerstall auf den Boden gezeichnet hast – das war ein magisches Zeichen, oder? Ein mächtiges?«

»Vielleicht ...« Estar schüttelte den Kopf. »Aber ganz ehrlich: Damit möchte ich nichts zu tun haben. Ich hab versprochen, nicht darüber zu reden.«

Arianwyn spürte, wie ihre Augen feucht wurden. Estar war ihre einzige Hoffnung, die Glyphe zu verstehen. Und jetzt weigerte er sich, ihr zu helfen? Sie ballte die Fäuste und kaute frustriert auf ihrer Unterlippe herum.

»Aber ich brauche deine Hilfe! Bitte! Ich hab Angst. Irgendetwas ist mit diesem Zeichen. Es ist anziehend und abstoßend zugleich. Ich sehe es schon mein ganzes Leben lang – und sobald es auftaucht, passiert etwas Schreckliches. Jedes Mal. Meine Mutter ist gestorben, ich bin durch meine Hexenprüfung gefallen und heute Morgen ...«

»... hast du fast deine Küche in die Luft gejagt?« Estar beugte sich vor.

Sie nickte. Heiße Tränen liefen ihr über die Wangen, ein dicker Kloß im Hals hinderte sie am Weiterreden.

Estar strich sich nachdenklich über sein spitzes Kinn, die Lippen geschürzt. »Hm«, seufzte er. »Deine Vorgängerin, Euphemia hieß sie, die hat sich auch für diese sonderbaren Zeichen interessiert, die ihr Hexen benutzt, um die Magie unter Kontrolle zu bekommen.«

»Du meinst, die Glyphen?«

»Ja … Gly-phen!« Estar ließ das Wort langsam über seine Zunge rollen. »In meinen Augen eine ziemlich plumpe und schwerfällige Art, die magischen Kräfte zu kontrollieren, aber na gut …«, fügte er leise hinzu. »Sie hat mich gebeten, ihr ein Glyphen-Buch aus der Dämonenbibliothek in Erraldur auszuleihen.«

»Was hat sie darin gesucht?«

»Och, dies und das. Es war im Übrigen nicht einfach. Hat mir einen Haufen Probleme beschert. Ich hab's auch nicht geschafft, das komplette Buch aufzutreiben, sondern nur eine Seite. Und zwar genau die Seite, auf der diese bestimmte Glyphe abgebildet ist.«

»Und wo ist das Buch jetzt?«, fragte Arianwyn wie elektrisiert. Wenn sie es lesen könnte, wäre sie vielleicht schlauer.

Aber Estar schüttelte den Kopf. »Verschwunden. Ich bin extra noch mal hin und habe versucht es aufzustöbern, aber irgendwie scheint es sich uns ganz bewusst zu entziehen. Mir war übrigens gar nicht klar, dass ich die menschliche Welt so lange verlassen hatte. Wo ist Euphemia jetzt?« Aus seiner Stimme klang ein Fünkchen Hoffnung.

»Keine Ahnung«, antwortete Arianwyn traurig. »Niemand scheint das zu wissen.«

»Arme Euphemia. Sie war so nett, so lustig und tapfer. Ein bisschen wie du, Arianwyn Gribble. Sie hat mir erzählt, dass jeder, der die Glyphe kennt, uns helfen würde und vertrauenswürdig ist.« Seine gelben Augen huschten wieder zu Arianwyn. »Deshalb hab ich sie auf den Boden des Hühnerstalls gezeichnet. Um Hilfe zu bekommen.«

»Das verstehe ich nicht.« Arianwyn wanderte unruhig auf und ab, den Blick in die finsteren Ecken gerichtet. »Das Zeichen ist doch dunkel und gefährlich. Wie kann es da eine Hilfe sein?«

Estar streckte den Arm aus und griff nach Arianwyns Hand. »Darüber weiß ich nichts. Und überhaupt: Selbst wenn die Glyphe dunkel wäre – *du* bist es garantiert nicht, Arianwyn Gribble.«

Sie spürte, wie ihre Wangen erröteten.

»Wenn ich nur wüsste, was aus dieser einen Seite geworden ist …«, grübelte Estar.

Einen Moment schwiegen sie und beobachteten durch das Fenster, wie sich immer mehr Purpurtöne in die Dämmerung mischten.

Da sah Arianwyn plötzlich, in einer spontanen Eingebung, den kleinen Koffer vor sich, den Salle beim Aufräumen ihrer Wohnung ganz hinten in den Kleiderschrank gestellt hatte. Alle Sachen von Arianwyns Vorgängerin hatte sie dort hineingestopft: die Kleider aus dem Schrank, die Fotos und die alten Zettel. War es möglich, dass die Antwort auf Arianwyns drängendste Frage in diesem Koffer schlummerte? Und zwar schon die ganze Zeit?

Die unbekannte Glyphe

Arianwyn drehte das »Geschlossen«-Schild an der Werkstatttür um und zog die Rollläden bis auf einen kleinen Spalt herunter. Dann knipste sie das Licht aus, sodass es im Raum nahezu dunkel war. Der Mondhase hoppelte hektisch zwischen ihren Füßen herum, er spürte ihre Aufregung.

Schließlich ließ sie Estar durch das hohe Fenster herein, das auf den Hinterhof hinausging. Sofort flitzte der Mondhase zu dem Feyling und wuselte ihm entzückt um die Füße.

»Warte hier!« Arianwyn sprang die Wendeltreppe hoch zu ihrer Wohnung. Sie riss die Schranktüren auf und schob ihre Klamotten und die Ersatzuniform beiseite. Dort, ganz hinten in der Ecke, stand der Koffer. Sie zog ihn heraus und öffnete den Schnappverschluss an der Vorderseite. Ungeduldig wühlte sie durch den Inhalt, bis sie die Sammlung von Zetteln in Händen hielt. Zusammen mit dem Foto trug sie den ganzen Wust hinunter in die abgedunkelte Werkstatt.

Auf dem polierten Holztresen breitete sie die Unterlagen aus. Estar streckte seine kleine blaue Hand nach dem Foto aus und berührte es sanft, doch als er bemerkte, dass Arianwyn ihn beobachtete, schob er es schnell beiseite und tat so, als würde er ihr helfen die Zettel zu sortieren.

»Aha!«, rief er nach einer Weile. »Das hier ist es, glaube ich.«

Er zog ein zusammengerolltes, vergilbtes Blatt Papier hervor, das uralt aussah und ausgerollt ungefähr die Größe von Arianwyns Handfläche hatte.

»Da steht ja gar nichts drauf!«, rief sie.

»Was?« Estar blickte auf das Papier. »Aber Euphemia hat doch was darauf gesehen …«

Er ließ das Blatt fallen und es flatterte zu Boden, direkt neben Arianwyns Füße. Der Mondhase schnupperte daran und stieß ein tiefes Knurren aus, das den ganzen Raum erfüllte. Seine langen Ohren lagen flach am Körper, das Rückenfell war gesträubt.

»Was ist denn in dich gefahren?« Arianwyn scheuchte den Hasen weg.

Dann bückte sie sich und hob das Blatt auf. In dem Moment, als ihre Fingerspitzen das Papier berührten, zeichnete sich ein Symbol in der Mitte ab.

»Oh!« Ihr entfuhr ein Keuchen. »Estar, schau mal!«

Das Zeichen schien durch das Papier hindurchzubluten, kräftig und dunkel. »Ich glaube, das ist eine Glyphe. Ich glaube, es ist *die* Glyphe.«

Estar rührte sich nicht. Er beäugte Arianwyn aufmerksam.

Die wiederum konnte ihre Augen nicht von dem Blatt Papier wenden. Sie hatte sich die Glyphe nicht eingebildet! Sie existierte wirklich! Fest hielt sie die Papierrolle umklammert. Endlich ein Beweis!

»Weißt du sonst noch irgendetwas darüber?«, fragte sie schließlich.

Nach längerem Schweigen sagte Estar: »Ich kann das Zeichen nicht lesen. Niemand meiner Gattung könnte das. Und ihr Hexen scheint es schon vor langer, langer Zeit verlernt zu haben. Jedenfalls die meisten von euch.« Er zwinkerte ihr zu.

»Euphemia ... konnte sie es auch sehen?«

»Vielleicht nicht ganz so deutlich wie du.«

Noch einmal betrachtete Arianwyn die Buchseite eingehend, obwohl das eigentlich überflüssig war – sie hätte die Glyphe im Schlaf zeichnen können. Und plötzlich kam ihr eine Idee ...

Doch im selben Moment wurde der Mondhase zu ihren Füßen erneut unruhig, er schnappte und sprang an ihr hoch, knurrte und jaulte um Aufmerksamkeit. Sie nahm ihn auf den Arm und trug ihn zu dem kleinen Abstellraum im hinteren Teil der Werkstatt. Sie wollte sich jetzt nicht ablenken lassen. Hastig schloss sie die Tür und kehrte zum Tresen zurück. Doch, ja, sie konnte es tun – jetzt, wo sie die Buchseite endlich in ihren Händen hielt. Und nein, es gab keinen Grund, sich Sorgen zu machen ... also, wahrscheinlich nicht.

Trotzdem zitterten ihre Hände, als sie sich bereit machte, die Glyphe – nicht zu groß – vor sich in die Luft zu zeichnen.

»Was machst du da?« Estar war bis zum Fenster zurückgewichen.

»Ich muss das Rätsel lösen. Ich will endlich wissen, was diese Glyphe bedeutet, was sie macht. Ich werde sie heraufbeschwören.«

»Ob das klug ist?« Er klang unsicher. »Ich meine, könnte das nicht gefährlich werden? Du hast selbst gesagt, dass sie in deinem Leben Vorbote für düstere Ereignisse war. Was, wenn sie zur schwarzen Magie gehört?«

Arianwyn zögerte. Aber andererseits: War die Glyphe nicht jahrelang ungebeten aufgetaucht? Jetzt hatte sie die Möglichkeit, den Zauber heraufzubeschwören und seine Kraft zu kontrollieren. »Es gibt für mich nur diesen einen Weg, es herauszufinden.« Ihre zuversichtlichen Worte passten so gar nicht zu ihrer Angst, doch letztlich war es die Neugierde, die das Rennen machte.

Sie tauschten einen intensiven Blick, dann sagte Arianwyn: »Du bleibst bei mir, oder?«

Estar seufzte und hockte sich auf den Boden. »Natürlich.«

Arianwyn atmete noch einmal tief durch, dann zeichnete sie das Symbol in die Dunkelheit. Ein paar Sekunden hing die Glyphe in der Luft.

Sie war düster.

Schwarz.

Und anders als die vier Hauptglyphen strahlte sie nicht vor Wärme. Sie war so kalt wie Stein oder Eis.

Aber nichts passierte.

Instinktiv streckte Arianwyn ihre Hand nach der Glyphe aus. Die schimmerte kurz auf und trieb dann seitlich weg, wie der Rauch einer erloschenen Kerze.

Lange Abendschatten legten sich über den Fußboden, von der Kettle Lane drangen gedämpfte Laute herein, ansonsten war es völlig still. Estar saß reglos auf dem Boden, sein langer Schatten erstreckte sich über die Holzdielen.

Suchend drehte sich Arianwyn um. Nein, alles war wie ein paar Sekunden zuvor. Nichts hatte sich verändert. Nichts war passiert. »Ich schätze, die Glyphe schläft oder ist tot.« Sie seufzte. »Oder hat keine Kraft mehr.« Doch als sie nach der Buchseite griff, die noch immer auf dem Tresen lag, schossen die auf den Dielen ruhenden Schatten plötzlich auf sie zu. Ruckartig. Wie Dolche im Dunkeln.

Arianwyn zog ihre Hand zurück und stand reglos da. Erschüttert starrte sie auf den Boden. Die Schatten waren einfach Schatten. Da hatte sich nichts bewegt ... oder doch? »Hast du das gesehen?«, fragte sie.

Estar schüttelte den Kopf. »Alles in Ordnung mit dir?«

»Vielleicht sollte ich mich besser ins Bett legen und mal eine Nacht gut schlafen«, murmelte Arianwyn und griff erneut nach der Seite.

Wieder bewegten sich die Schatten. Sprangen umher. Zuckten. Wenn auch nur für eine Sekunde.

Diesmal gab es keinen Zweifel! Nicht den geringsten.

»O mein Gott!« Estar sprang auf und verzog sich hinter den Tresen. »Jetzt hab ich's auch gesehen!«

Arianwyn drehte ihre Hand, krümmte die Finger. Probierte die Macht der Glyphe aus. Die Schatten rückten näher an sie heran, wobei sie gleichzeitig dunkler wurden. Und sie wandelten sich. Sie waberten jetzt wie Nebel über den Boden, wie schwarze Trugbilder. Im Raum war es plötzlich kalt. So kalt, dass Arianwyn ihren

Atem in der Luft sehen konnte und ihre Finger steif wurden und schmerzten.

Aus der Abstellkammer drangen wilde Kratzgeräusche. Der Mondhase versuchte sich zu befreien.

Arianwyn hörte eine dünne Stimme, schrill und grausam. »Nutzlos!«, höhnte die Stimme. »Du bist so was von nutzlos!«

Arianwyn schnellte herum, dachte im ersten Moment, es wäre Estar, obwohl sie tief in ihrem Inneren wusste, dass er so etwas nicht sagen würde.

Nein, es waren die Schatten, die mit ihr sprachen!

Was zum Teufel hatte sie getan?

Sie streckte ihre Arme vor und machte eine Abwehrbewegung, um die schwarzen, sich windenden Schatten zurückzudrängen. Damit sie wieder zu normalen Schatten wurden.

Doch stattdessen wirbelte die Dunkelheit zu ihren Füßen nur noch stärker herum. Panik stieg in ihr auf. Die Finsternis wurde immer tiefer, um sie herum schien schwarzes Wasser zu strudeln. »Stopp!«, rief Arianwyn, als würde sie über ein tosendes Meer hinwegrufen, aber es blieb schauderhaft still. Nur das Kratzen des Mondhasen in der Abstellkammer war zu hören.

»Mach, dass es aufhört, Arianwyn, bitte setz dem ein Ende!«

Sie blickte zu Estar, der bis zur Wand zurückgewichen war, so weit von der Finsternis entfernt wie möglich. Doch die rückte unerbittlich näher.

»Idiotin!«, ertönte erneut die gruselige Stimme, lauter diesmal und direkt neben ihrem Ohr.

Ja, sie war eine Idiotin. Wie blöd musste man sein, diese Glyphe heraufzubeschwören, wenn man nicht wusste, was sie bedeutete! Sie war völlig fixiert darauf gewesen, eine Antwort auf ihre Frage zu erhalten, und hatte alles andere ausgeblendet.

Ein hinterhältiges, gackerndes Lachen drang an ihr Ohr und ließ sie von Kopf bis Fuß erschaudern. Sie spürte, wie die Finsternis an ihr emporkroch, ihre Beine waren bereits unter den wallenden Schatten verschwunden.

Die Finsternis verschlang sie!

Plötzlich fühlte sie sich unsagbar einsam und traurig. Sie musste an ihre Mutter denken, an die Schreie ihrer Großmutter, als sie über die Straße gerannt war – zu dem leblosen Körper ihrer Tochter. Und an den Gesichtsausdruck ihres Vaters. An die vielen Tränen.

Die Kraft der Glyphe zerrte an ihr wie eine mächtige Gezeitenströmung und Arianwyn wusste, dass sie schnellstens dagegen ankämpfen musste. Wie dumm war sie gewesen! Sie hatte es tatsächlich mit schwarzer Magie zu tun.

Aber die Traurigkeit ließ sich nicht so einfach abschütteln, sie lastete auf ihr wie ein zentnerschweres Gewicht, machte jeden Atemzug und jede Bewegung unglaublich anstrengend.

Was hatte sie nur getan? Das war der helle Wahnsinn. Lebensgefährlich. Wie naiv war es, zu glauben, dass sie die Glyphe kontrollieren könnte?

Und wenn sie auf Estar hereingefallen war? Wenn er sie manipuliert hatte, damit sie diese furchtbare Finsternis herbeirief? Wieso hatte sie geglaubt, ihm trauen zu können? Sie musste daran denken, wie er als dunkle Silhouette plötzlich im Wald aufgetaucht war. Wie hatte es so weit kommen können? War sie tatsächlich so blöd gewesen? Wieder einmal? Dunkelheit, eisige Kälte und Einsamkeit umgaben sie, nahmen der Hexenwerkstatt alles Vertraute.

Sie hörte das fieberhafte Scharren und die verzweifelten Schreie des Mondhasen. Sie wusste, dass sie ihn freilassen sollte …

Dabei wäre sie selbst so gerne vor den anschwellenden Schatten geflohen. Verdammt, wo war bloß das ganze Licht geblieben?

Mit letzter Kraft raffte sich Arianwyn zu ein paar entschlossenen Boxhieben in die Luft auf. Augenblicklich zogen sich die Schatten zusammen und lösten sich in kleine Strudel auf.

Die Werkstatt sah wieder aus wie immer. Das letzte Dämmerlicht drang von der Kettle Lane in den Raum. Arianwyn spürte Hoffnung in sich aufkeimen.

Da rüttelte es plötzlich an der Tür. Sie fuhr herum und sah Miss Delafield unter dem Rollladen hindurchspähen, das Gesicht vor Schreck verzerrt. Neben ihr stand Gimma.

»Versteck dich!«, zischte Arianwyn Estar zu.

Schwestern

»Es ist nicht so, wie Sie glauben«, beeilte sich Arianwyn zu sagen, als die Bezirksaufseherin mit flatterndem Mantelrevers hereinstampfte. Gimma trippelte zaghaft hinterher.

Miss Delafield nahm ihre Fahrerbrille aus dem Haar und schleuderte sie zusammen mit ihren Handschuhen auf den Tresen – direkt neben den Papierstapel und das Foto der Vorgängerhexe. Kurz weiteten sich ihre Augen, dann wandte sie rasch den Blick ab. Arianwyn beobachtete, wie die Buchseite mit der jetzt wieder unsichtbaren Glyphe vom Tresen geweht wurde und zu Boden schwebte.

»Was zum Teufel haben Sie gemacht?«, bellte die Bezirksaufseherin. Ihre Wangen waren hitzig rot, ihr Blick durchdringend.

Arianwyn wusste nicht, was sie darauf antworten sollte, und guckte verlegen zu Boden.

»Schauen Sie mich an, junge Dame!«, donnerte Miss Delafield so laut, dass die Glasgefäße auf den Regalbrettern klirrten.

Arianwyn hob den Kopf und blickte Miss Delafield direkt in die Augen. Sie brauchte eine gute Ausrede. Aber welche Geschichte könnte erklären, was gerade passiert war – und was Miss Delafield offensichtlich durchs Fenster gesehen hatte?

»Nun?«, hakte Miss Delafield nach. »Ich warte auf eine Erklärung, Miss Gribble.«

Arianwyn seufzte. Dann nahm sie sich Papier und Bleistift und zeichnete die unbekannte Glyphe.

»Kennen Sie die?« Sie hielt den Zettel hoch.

Miss Delafield riss ihr das Blatt aus der Hand und betrachtete die Zeichnung eingehend. Nach einer gefühlten Ewigkeit faltete sie den Zettel schließlich zusammen und zerriss ihn entschieden. Die Schnipsel reichte sie Gimma: »Schmeißen Sie das ins Feuer, meine Liebe, ja?«

Gimma trottete zu dem kleinen Ofen.

»Wo haben Sie diese Glyphe gesehen?«, wandte sich Miss Delafield an Arianwyn. Ihre Stimme klang jetzt weicher, ihr Ärger war Besorgnis gewichen.

»Ich sehe sie schon jahrelang«, antwortete Arianwyn. »Schon seit …« Doch die Erinnerung an ihre Mutter überwältigte sie und ihre Stimme versagte. Sie hörte, wie Gimma die Ofentür schloss.

Miss Delafield stand regungslos da, nur ihre Augen flackerten unruhig und ihr Gesicht war ganz verzerrt vor Konzentration.

»Gibt es denn tatsächlich mehr Glyphen als die allgemein bekannten?«, fragte Arianwyn. Sie konnte kaum an sich halten, sie wollte endlich eine Antwort auf diese quälende Frage.

Aber Miss Delafield durchquerte nur langsam den Raum. An der gegenüberliegenden Wand lehnte sie ihren Kopf gegen eines der Regalbretter.

»Miss Delafield …« Als Arianwyn zu ihr trat, schnellte die Bezirksaufseherin herum, packte ihre Schultern und schüttelte sie.

»Versprechen Sie mir, dass Sie nie, nie, nie wieder eine solche Glyphe heraufbeschwören! Versprechen Sie mir das!« Ihr Gesicht war tränenüberströmt. Sie weinte!

»Was ist denn damit?«, fragte Arianwyn leise und legte ihrer Vorgesetzten den Arm um die Schultern.

»Sie sind gefährlich, meine Liebe. Voller dunkler, furchterregender Magie. Sie übersteigen unser Wissen und unsere Fähigkeiten.«

»*Sie*? Also gibt es mehrere ...« Arianwyn blickte zu Gimma hinüber, die mit gespitzten Ohren und weit aufgerissenen Augen vor dem Ofen stand.

Miss Delafield nickte und tupfte sich die Augen mit dem Handrücken ab. »Es gibt Gerüchte, dass früher mehr Glyphen existierten und dass die Hexen der Vier Königreiche aus irgendeinem Grund aufgehört haben, sie zu benutzen. Aber wir wissen nichts über diese Glyphen. Wir wissen weder, was ihre Funktion war, noch ob sie mit bösen Geistern in Verbindung standen. Also bitte: Versprechen Sie mir, niemals mehr eine solche Glyphe zu beschwören. Ich würde es nicht ertragen, wenn Sie ...« Ihre Stimme brach und die Tränen flossen weiter. Dann eilte sie unvermittelt zurück zum Tresen und schnappte sich das alte Foto.

Arianwyn folgte ihr und führte sie dann sanft zum Sessel vor dem Ofen. Sie holte drei Teetassen und setzte Wasser in dem alten Kupferkessel auf. Gimma stand immer noch schweigend da, wie erstarrt durch Miss Delafields Gefühlsausbruch. Plötzlich fiel Arianwyn der eingesperrte Mondhase ein und sie öffnete rasch die Tür zur Abstellkammer. Angespannt hockte der Hase unter einem Haufen Pappschachteln. Als Arianwyn die Kammer betrat, knurrte er leise, dann hetzte er an ihr vorbei und drückte sich an Miss Delafields Bein.

»Hallo, mein Kleiner«, schniefte diese und tätschelte ihm die Ohren.

Arianwyn kochte Tee und reichte ihren Gästen eine Tasse. Nach einer Weile begann Miss Delafield zu erzählen, leise und etwas zerstreut, als wäre sie mit den Gedanken ganz woanders, in einer völlig anderen Zeit. Dabei streichelte sie das Foto in ihrer Hand.

»Ich habe Sie angelogen, Arianwyn. Es tut mir leid. Sie haben mich gefragt, ob ich Ihre Vorgängerin hier in Lull kenne, und ich habe verneint. Dabei kannte ich sie. Ich kannte sie sogar sehr gut.«

Irgendetwas in Arianwyns Kopf machte klick. Das Foto. Die wunderhübsche Hexe mit den hochgesteckten goldenen Locken und das schlaksige junge Mädchen mit den dicken Zöpfen, das bewundernd an ihrer Seite stand. Arianwyn wurde kalt.

»Sie war meine … Schwester.« Miss Delafields Stimme zitterte. »Sie hieß Euphemia, aber wir haben sie immer nur Effie genannt.« Langsam schlürfte sie ihren Tee und warf Arianwyn einen vorsichtigen Blick über den Tassenrand zu. »Sie war wie Sie, Arianwyn. Von klein auf hatte sie Visionen von Glyphen, die nur in uralten Legenden existieren. Als sie schließlich eine junge Hexe war, versuchte sie die geheimnisvollen Zeichen heraufzubeschwören … was sie fast um den Verstand brachte … Am Ende hat die Kraft dieser Glyphen sie verzehrt … und sie ist gestorben.«

Arianwyn warf Gimma einen Blick zu, die sich verstohlen eine Träne aus dem Augenwinkel wischte.

Miss Delafield schniefte, zog ein riesiges, mit Blumen und Vögeln besticktes Taschentuch aus ihrem Beutel und schnäuzte sich lautstark.

Arianwyn blieb ans Regal gelehnt stehen und versuchte Miss Delafields Worte zu verarbeiten.

»Wenn wir beide – also Ihre Schwester und ich – andere Glyphen gesehen haben, dann gibt es vielleicht noch mehr Menschen, die ...«

»Das ist wohl kaum ein Thema, über das man mit anderen Leuten sprechen sollte, meine Liebe. Glauben Sie mir, die würden Sie auf der Stelle wegsperren. Deshalb hab ich mich ja auch nie getraut, irgendjemandem zu sagen, dass die arme Effie meine Schwester war. Ich habe mich geschämt und hatte Angst, dass die Leute denken könnten, ich wäre genauso ...«

Kurz fragte sich Arianwyn, ob sie Estar erwähnen sollte. Aber dann entschied sie, dass es nicht der richtige Zeitpunkt für eine solche Enthüllung war.

Miss Delafield stürzte ihren restlichen Tee hinunter und tupfte sich die Tränen von den Wangen. »Bitte erzählen Sie niemandem von dieser Angelegenheit, Sie beide nicht!« Sie warf Gimma einen warnenden Blick zu. »Und Sie werden dieses Ding NIE wieder heraufbeschwören, verstanden? Habe ich mich klar ausgedrückt?«

Arianwyn nickte stumm, obwohl sie ihr gerne noch mehr Fragen gestellt hätte. Auch Gimma nickte.

Schweigend erhob sich Miss Delafield aus dem Sessel, reichte Arianwyn die Tasse – und damit war das Thema erledigt.

»Wir sind eigentlich gekommen, um für den Festzug zu proben, aber ich schlage vor, dass wir die Übungsstunde auf einen anderen Abend verschieben.«

»Natürlich, Miss Delafield«, antwortete Arianwyn. Auf einmal schien der düstere Vorfall vergessen zu sein.

Oder vielleicht auch nicht. Denn als Gimma auf die Kettle Lane hinaustrat, zog Miss Delafield Arianwyn noch einmal zu sich heran und umarmte sie fest. Direkt auf den Eingangsstufen. »Sie dürfen das nicht mehr tun, versprochen? Ich sage das nur zu Ihrem Besten!« Ihre Stimme klang weich, fast flehend.

Arianwyn nickte.

Einen Moment standen sie schweigend auf der Türschwelle und Miss Delafield schaute Arianwyn mit einem ähnlich intensiven Blick an, wie es Estar kurz zuvor getan hatte. Ein bisschen wie eine Maus eine Katze, als hätte sie plötzlich Angst vor ihr.

Die Bezirksaufseherin wandte sich als Erste ab.

»Na gut, meine Liebe, dann sehen wir uns in ein paar Tagen. Gute Nacht!«

Arianwyn wartete in der offenen Tür, bis das Motorengeräusch verklungen war. Und als hoch oben am Himmel die ersten Sterne leuchteten und vom Großen Wald die Rufe der Eulen herüberklangen, stand sie immer noch dort.

Singende Schatten

»Willst du dem Mondhasen nicht endlich einen Namen geben?«, fragte Gimma. Die beiden jungen Hexen machten gerade Pause von der Festzugprobe und saßen mit Salle und Miss Delafield vor dem Ofen. »Wie wär's mit Lancelot oder Umberto?«

Salle lachte schnaubend und blickte Gimma an: »Hallo, geht's noch? Das sind doch keine Mädchennamen!«

»Ist es denn ein Mädchen?«, fragte Arianwyn.

»Quatsch, das ist ein Junge, ganz bestimmt«, sagte Gimma und betrachtete den Hasen genauer.

»Weder noch«, verkündete Miss Delafield strahlend.

»Was?« Salle konnte ihr Entsetzen kaum verbergen. Alle drei starrten den Mondhasen an, der sich eifrig die Pfoten leckte.

»Es ist wie bei einer Schnecke oder einem Wurm«, erklärte Miss Delafield.

»Oh!«

»Hm«, machte Salle. »Also, ich finde, Gimma hat recht: Wenn der Hase hierbleibt, muss er einen Namen bekommen.«

»Aber welchen?«, grübelte Arianwyn. »Ich kenne keine beliebten Schnecken- oder Wurmnamen.«

»Warum nennst du ihn nicht einfach … Bob?«, schlug Salle vor. Sie hatte noch nicht zu Ende gesprochen, da stellte sich der Mondhase auf die Hinterläufe und kräuselte die Nase. »Oh, ich glaube, Bob mag seinen neuen Namen, stimmt's, Bob?«

»Wir können ihn doch nicht Bob nennen!«, kicherte Arianwyn.

»Wir nennen ihn Bob, bis du einen besseren Vorschlag machst«, sagte Salle.

»Okay, meine Damen, wenn Sie fertig sind mit dem Thema, können wir vielleicht weitermachen?« Miss Delafield war bereits auf den Beinen. Arianwyn und Gimma standen ebenfalls auf, während Salle sitzen blieb und Bob die Ohren kraulte.

Sie hatten die Probe kaum wieder aufgenommen, als erneut alles aus dem Ruder lief: Gimma drehte sich zu schnell und an der falschen Stelle, sodass sie – ungefähr zum zwanzigsten Mal an diesem Abend – in Arianwyn hineinstolperte. Salle rutschte vor Lachen fast vom Stuhl.

»Das darf doch nicht wahr sein! Ein Tintenfisch auf Rollschuhen hat eine bessere Körperbeherrschung als Sie, Miss Alverston!«, schimpfte Miss Delafield. »Ich dachte, Sie wären so gut?«

Arianwyn warf Gimma einen Seitenblick zu. Sie selbst war genauso überrascht, dass Gimma die Tanzerei nicht hinbekam. Was lief da falsch? Gimma hatte ihre Arme und Beine absolut nicht unter Kontrolle und Miss Delafield schien mit ihrer Geduld ziemlich am Ende.

»Sorry, tut mir leid, Arianwyn«, murmelte Gimma.

»So anspruchsvoll ist das doch nun wirklich nicht! Links rechts, links rechts. Drehen! Links rechts, links rechts. Pause und grüßen!«, rief Miss Delafield und schwenkte ihr Cocktailglas im Takt.

»Als Neulinge werden Sie beide den Umzug nächste Woche anführen. Da können Sie sich nicht einfach im falschen Moment drehen und die ganze Reihe durcheinanderbringen«, seufzte sie in Gimmas Richtung. »Sollen wir es noch einmal probieren? Und eins und zwei und drei …«

Arianwyn und Gimma begannen im schönsten Gleichschritt, doch schon nach wenigen Sekunden, im Moment der Drehung, stieß Gimma wieder mit Arianwyn zusammen. Diesmal blieben sie beide kichernd auf dem Boden liegen. Bob, neugierig geworden, hoppelte herbei, fuhr Arianwyn mit seiner rauen rosa Zunge übers Gesicht und verzog sich dann wieder in seine Ecke.

»Verdammt und zugenäht!«, schimpfte Miss Delafield und vergrub ihr Gesicht in den Händen. »Was mache ich bloß mit Ihnen beiden?« Aber dann musste auch sie kichern.

Ein hektisches Türklopfen ließ sie alle vier hochschrecken. »Hallo … hallo? Miss Gribble, sind Sie da?«

Es war schon spät. Normalerweise suchte nach Einbruch der Dunkelheit niemand mehr die Hexenwerkstatt auf. Sofort hatte Arianwyn einen Kloß im Hals. Sie klopfte sich den Staub von der Uniform, eilte zur Tür und schob den Riegel zurück. Auf der Schwelle standen Mr Turvy und der Bürgermeister, Letzterer in Schlafanzug und Morgenmantel unter einem riesigen Regencape. Immerhin hatte er sich die Zeit genommen, über das Regencape noch seine purpurfarbene Seidenschärpe zu binden.

»Äh, Miss Gribble, ist meine Gimma noch bei Ihnen? Wissen Sie, es ist schon sehr spät. Ah, guten Abend, Miss Delafield.«

Mr Belcher und Mr Turvy traten ein. Mr Turvy war blass und

fummelte nervös an dem reparierten Amulett herum, das um seinen Hals baumelte. Das silberne Medaillon funkelte, als das Licht darauf fiel.

»Nun, Mr Turvy«, brummte der Bürgermeister, »dann erzählen sie Miss Gribble doch bitte, weshalb Sie hier sind. Es soll nämlich Leute geben, die irgendwann auch mal ins Bett wollen.«

»Hm, ja«, murmelte Mr Turvy und trat ein paar zögernde Schritte auf Arianwyn zu. Dann flüsterte er etwas lauter: »Da ist was im Wald!«

Arianwyns verdutzter Blick wanderte von Mr Turvy zum Bürgermeister, dann zu Miss Delafield und zurück zu dem alten Mann. War das eine Art Test? Oder ein Scherz?

»Natürlich, Mr Turvy, es gibt viele Geister im Wald. Haben Sie einen gesehen?«

Mr Turvy seufzte und dann rasselte er plötzlich wütend mit seinem Amulett. »Nein, nein, nein. Etwas anderes. Etwas ganz anderes.«

»Aber sicher.« Der Bürgermeister tätschelte Mr Turvy beruhigend die Schulter. Dann zischte er: »Ich glaube, er bringt da etwas durcheinander. Wahrscheinlich hat er nur einen Dachs oder so gesehen und sich erschrocken. Aber er bestand darauf, zu Ihnen zu kommen.« Mr Belcher legte seinen Arm um den alten Mann und versuchte ihn wegzuführen. »Vielleicht ist er auch ein bisschen …« Er tippte sich an den Kopf und verdrehte leicht die Augen. »Immer allein, niemand, der ihm Gesellschaft leistet. Mr Turvy, Sie sollten öfter in die Stadt kommen und einem unserer vielen Vereine beitreten.«

Aber Mr Turvy schüttelte den Arm des Bürgermeisters unwirsch und überraschend energisch ab und eilte zu Arianwyn zurück. »Im Wald geht irgendetwas Grauenhaftes, Dunkles um!«, flüsterte er und nahm ihre Hand, während seine Augen wild flackerten. »Irgendetwas furchtbar Wütendes und Gefährliches. Und es gibt singende Schatten.«

»Was meinen Sie damit?«, fragte Arianwyn. »Im Großen Wald leben viele Geister, das war schon immer so.« Doch in ihrem tiefsten Innern regte sich Angst und kroch ihr als eiskalter Schauder über den Rücken.

»Aber nichts in *der* Art.« Mr Turvys Stimme bebte. Er sah aus, als säße ihm der Leibhaftige im Nacken. »Es war riesig und dunkel. Und irgendwie verdreht, auf seltsame Art verbogen. Und es bewegte sich schnell. Wie Wasser.«

Arianwyn wurde eiskalt. Ihre Angst ballte sich zu einem harten Klumpen. Sie widerstand dem Drang, Gimma anzuschauen, und suchte stattdessen Miss Delafields Blick. »Sollen wir hingehen und nachsehen?«, fragte sie und hoffte inständig, dass Miss Delafield Nein sagen würde.

»Ich denke, das ist zu diesem Zeitpunkt noch nicht nötig, schon gar nicht um diese Uhrzeit.« Miss Delafield erhob sich, die Hände in die Hüften gestemmt. »Aber wir sollten alle wissen lassen, dass sie sich nicht zu tief in den Wald hineinbegeben dürfen, zumindest so lange nicht, bis wir nähere Untersuchungen vorgenommen haben. Könnten Sie das übernehmen, Mr Belcher?«

»Ich werde mich gleich morgen früh darum kümmern«, versicherte dieser und kritzelte hektisch in seinem kleinen schwarzen Notizbuch herum.

»Nach dem Festzug in Flaxsham werden wir der Sache nachgehen. Apropos: Ich denke, wir sollten schnellstens weiterproben. Meine Herren, wenn Sie nichts dagegen haben …?«

»Oh, nein, natürlich nicht, meine Damen. Ich lasse Sie wieder an die Arbeit gehen. Gimma, Liebes, wir sehen uns später, ja?« Der Bürgermeister winkte zum Abschied und trat auf die Straße, dicht gefolgt von Mr Turvy, der Arianwyn noch einen angsterfüllten Blick zuwarf.

»Mädels, ich hole nur rasch etwas aus dem Auto«, rief Miss Delafield und verschwand ebenfalls nach draußen.

Schnell zog Arianwyn Gimma zu sich heran. »Glaubst du, das kommt von dem Spalt?«, flüsterte sie. Ihr Herz raste plötzlich.

»Quatsch!« Gimma schüttelte sie ab. »Sei nicht albern, Wyn, da war nichts.«

»Wie bitte?«, keuchte Arianwyn.

»Ein winziger Spalt, kaum zu sehen.«

»Aber …«

»Was ›aber‹?«, zischte Gimma und vergewisserte sich mit einem Schulterblick, dass Miss Delafield noch draußen beschäftigt war.

»Ich glaube, irgendwas ist hindurchgeschlüpft, Gimma. Durch den Spalt. Aus dem Schwarzen Nichts.«

»Hä? Was denn bitte?« Gimma klang aufrichtig erstaunt.

Arianwyn konnte es nicht glauben. War Gimma wirklich so blind? Oder so blöd?

»Na, zum Beispiel ein böser Geist. Ich hatte nämlich das Gefühl, auf der Lichtung etwas gesehen zu haben. Genau so, wie Mr Turvy es beschrieben hat.«

Gimma packte Arianwyn grob am Arm. »Gar nichts hast du gesehen, kapiert? Was redest du da für wirres Zeug!« Ihr Schraubstockgriff verstärkte sich. Arianwyn jaulte auf und blickte sie entgeistert an. Gimmas Augen waren stahlhart und sprühten Funken.

»Alles klar bei euch, Mädels?«, rief Miss Delafield von der Tür aus.

»Alles bestens«, antwortete Gimma betont heiter.

Arianwyn betrachtete den roten Abdruck auf ihrem Arm. Daraus würde sicher ein fetter Bluterguss werden.

Die ganze Nacht wälzte Arianwyn sich schlaflos im Bett. Mr Turvys Worte und Gimmas merkwürdiges Verhalten ließen sie nicht los. Der Angstklumpen in ihrem Bauch wurde immer größer und fester. Wenn sie zwischendurch doch mal kurz wegdämmerte, dann träumte sie von dunklen Schatten zwischen riesigen Bäumen und gesichtslosen Monstern, die ihr auflauerten. Und über allem schwebte die Glyphe, eiskalt und bedrohlich.

Sobald es dämmerte, verließ sie ihre Werkstatt und lief zum Blauen Ochsen. Sie war erleichtert, Tante Grace im Eingang stehen zu sehen.

»Arianwyn«, rief sie gut gelaunt, während der Bäckerlehrling ihr einen Korb mit Broten reichte. »Geht's dir gut?«

»Dürfte ich wohl mal kurz telefonieren?«, fragte Arianwyn.

»Natürlich, Liebes, du weißt ja, wo das Telefon ist.«

Arianwyn hüpfte über den frisch gewischten, noch feucht glänzenden Boden und schlüpfte in den kleinen Flur zwischen Tresen und Küche. Sie nahm den Hörer ab und wählte die Nummer des Buchladens.

»Hallo?« Ihre Großmutter klang so, als hätte sie es eilig.

Beim Klang der vertrauten Stimme kam das monatelang unterdrückte Heimweh mit einem Schlag hoch. »Granny!«, rief Arianwyn und ihre Augen füllten sich mit Tränen.

»Arianwyn?«

»Ja.« Ihre Stimme zitterte.

»Was ist passiert? So früh am Morgen?«

»Ich …« Konnte sie Granny von Gimma und dem Spalt erzählen? Konnte man sich auf das verlassen, was Mr Turvy erzählt hatte? Sie war sich plötzlich nicht mehr sicher.

»Ich hab dich bloß vermisst, das ist alles.«

»Wirklich?« Ihre Großmutter schien nicht ganz überzeugt. »Komm schon, was ist los?«

»Nichts. Ein alter Mann, der am Rand des Großen Waldes wohnt, hat dort etwas Merkwürdiges gesehen und ich hab mich davon ein bisschen verrückt machen lassen.« Sie schluckte. Jetzt hatte sie ihre Stimme wieder einigermaßen unter Kontrolle.

»Was *genau* hat er gesehen?« Granny klang alarmiert.

»Ehrlich, das war nichts Wichtiges. Nur ein alter, einsamer Mann.«

Es war still in der Leitung. Nur das Atmen am anderen Ende war zu hören. Dann sagte Granny eindringlich: »Halt dich vom

Wald fern, Arianwyn, hörst du? Bis die Sache geklärt ist. Versprochen?«

»Ja, natürlich.«

Wieder folgte ein langes Schweigen. In der Leitung knackte es.

»Granny? Bist du noch da?«

»Ja, bin ich. Willst du, dass ich komme? Du musst es nur sagen …« Sie klang jetzt abgelenkt, als wäre sie nicht mehr ganz bei der Sache.

»Hört sich an, als hättest du zu tun. Ich leg jetzt mal besser auf.« Arianwyn spürte, wie sich ihr Hals zuschnürte und ihr Blick verschwamm.

»Ich hab dich lieb!«, verabschiedete sich ihre Großmutter betont fröhlich, aber dahinter verbarg sich Sorge, das spürte Arianwyn.

»Ich hab dich auch lieb. Tschüss!«, konnte sie gerade noch sagen, da klickte es schon in der Leitung. Granny hatte aufgelegt.

»Alles in Ordnung, Wyn?« Am Ende des kleinen Flurs, neben der Küchentür, stand Salle.

»Ja, alles gut«, log Arianwyn.

»Fährst du heute in den Wald und schaust nach dieser Kreatur, die Mr Turvy gesehen hat? Soll ich dich begleiten?«

Aber Arianwyn hatte keine Lust, darüber zu sprechen, sie war noch ganz durcheinander von ihrem Telefonat. Unwirsch fuhr sie ihrer Freundin über den Mund: »O Mann, Salle, kannst du nicht endlich damit aufhören? Das ist doch nur dummes Geschwätz! Der alte Mann wird langsam senil.«

Salle trat ein paar Schritte auf sie zu und wollte etwas sagen, doch Arianwyn kam ihr zuvor. Sie konnte ihre Freundin einfach nicht mit in den Schlamassel hineinziehen: »Ich muss los«, sagte sie, drehte sich um und steuerte auf den Ausgang zu. Sie beachtete weder Tante Grace, die auf dem Weg zum Tresen war, noch Onkel Mat, der die Fenster putzte. Sie lief, so schnell sie konnte, über den Marktplatz, eilte die Kettle Lane entlang und verschwand in ihrer Werkstatt.

Sie fühlte sich ziemlich einsam.

Wie jede magische Kraft »verdirbt« auch die in Amuletten eingefangene Energie mit der Zeit. Meistens lässt dann lediglich die Wirksamkeit des Amuletts nach. In seltenen Fällen kann sich die Magie jedoch in ihr Gegenteil verkehren: Sie wird schwarz und böse und kann alle möglichen Probleme hervorrufen. Um dies zu verhindern, sollten Amulette regelmäßig überprüft werden.

Aus dem Handbuch für Hexenlehrlinge

Die Hexen-Parade

Als Arianwyn, Gimma und Salle auf dem Marktplatz von Flaxsham erschienen, wurden sie von der Menschenmenge fast erdrückt.

»Wo seid ihr mit Miss Delafield verabredet?«, schrie Salle über den Lärm hinweg.

»Wo sollen wir Miss Delafield treffen, Wyn?«, fragte Gimma, als hätte Salle nicht gerade dieselbe Frage gestellt. Hinter ihrem Rücken zog Salle eine Grimasse.

Arianwyn war frustriert. Gimma schien unfähig – oder unwillig – mit Salle auszukommen.

»In der Nähe des Amtsgerichts. Weißt du, wo das ist, Salle?«, fragte Arianwyn.

Salle funkelte Gimma böse an, dann sagte sie: »Gleich dort drüben!« Sie deutete auf ein großes ockerfarbenes Gebäude mit hohen Fenstern. Girlanden in den Farben von Hylund und der Vier Königreiche schmückten die Balkone.

Arianwyn, Gimma und Salle wurden hin und her geschubst, als Hexen, Polizisten, Kadetten und reihenweise Schulkinder an ihnen vorbeizogen. Überall herrschte Gedränge.

»Wahnsinn!«, quietschte Gimma aufgeregt.

»MÄDELS!«, dröhnte eine Stimme über den Lärm hinweg.

Arianwyn blickte sich suchend um.

»Hier, Mädels!«

Ein hellroter Farbfleck erschien in Arianwyns Blickfeld. Miss Delafield überragte die komplette Menschenmenge im näheren Umkreis. Sie winkte ihnen hektisch zu. »Na los, Ladys, auf geht's!«

Die drei drängten sich durch die wuselige Menge bis zur Bezirksaufseherin. Sie stand in einem abgesperrten Bereich, umringt von Hexen jeden Alters, allesamt in marineblauer Uniform und mit einem funkelnden Silberstern am Revers. Arianwyn kam sich ziemlich blöd vor mit ihrer schnöden Mondbrosche. Insgesamt mussten es an die fünfzig Hexen sein und ständig kamen noch welche hinzu.

»Ah, da sind Sie ja endlich! Guten Morgen, Salle! Nun, dieses Jahr führen wir den Umzug an.« Miss Delafield schien vor Stolz fast zu platzen und ihre Wangen waren farblich kaum noch von ihren Haaren zu unterscheiden. »Offenbar ist ein Filmteam aus Kingsport vor Ort und berichtet für die Hauptnachrichten.«

»Wahnsinn!«, kreischte Gimma noch einmal und hüpfte gespannt auf und ab. Ein paar ältere Hexen warfen ihr befremdete Blicke zu.

»Ich muss gucken, wie meine Haare liegen«, haspelte sie. »Wisst ihr, ob es hier irgendwo eine Toilette gibt?« Schon kramte sie in ihrem kleinen Perlentäschchen nach Kamm und Spiegel.

Arianwyn war verblüfft, wie viel unnötiges Zeug in das kleine Etui passte. »Bist du verrückt? Der Umzug startet jeden Moment. Du kannst jetzt nicht verschwinden.«

Aber Gimma hörte überhaupt nicht zu. »Los, komm mit. Na, mach schon, schnell.«

»Noch fünf Minuten!«, bellte Miss Delafield in ihr Megafon.

»Ich bin rechtzeitig wieder da!« Und schon war Gimma in der Menge verschwunden.

»Das darf doch nicht wahr sein!«, zischte Arianwyn.

»Ich muss los«, sagte Salle widerstrebend. »Sonst komm ich zu spät zum Vorsprechen. Ich hab Glück, dass Mr Baxter mich überhaupt noch mal eingeladen hat.« Sie war blass und überprüfte immer wieder, ob sie noch alle Knöpfe an ihrem Mantel hatte.

»Du wirst das toll machen, da bin ich mir absolut sicher!«, sagte Arianwyn, die fast genauso aufgeregt war wie ihre Freundin. »Viel Glück!«, wünschte sie und umarmte Salle noch einmal fest.

Die schluckte und lächelte dann. »Danke, Wyn. Wir treffen uns hier um eins, okay?«, sagte sie und drehte sich um.

»Salle, warte!«, rief Arianwyn und kramte in ihrer Manteltasche. »Hier, nimm das. Als Glücksbringer.« Sie legte ein kleines Amulett in Salles kalte, zitternde Hand.

»Oh, Wyn, für mich?« Salle starrte das zierliche Glasbehältnis an, das ein paar blassgrüne Thymianblätter, dunkle Muskatsamen und einen kleinen polierten blutroten Stein enthielt.

»Es ist ein uraltes Rezept für Glücksamulette. Ich hab's in meinem Handbuch gefunden.«

»Oh, wie lieb! Danke schön!« Salle umarmte sie schnell und verschwand dann endgültig.

Zufrieden seufzend wandte sich Arianwyn wieder den wartenden Hexen zu. Miss Delafield wurde vollkommen von ihren Organisationsaufgaben beansprucht.

»Nein, nein, NEIN!«, klagte sie. »Ich hab es Ihnen doch schon tausendmal gesagt, Mrs Barnaby: Sie stellen sich bitte rechts von Madam Moorcroft auf.«

Zwei Hexen tauschten schlurfend ihre Plätze.

»Entschuldige bitte, bist du nicht Arianwyn Gribble?«, fragte eine leise Stimme.

Arianwyn drehte sich um. Vor ihr stand ein Mädchen, ungefähr in ihrem Alter, und lächelte sie an. Sie sah schick aus in ihrer Uniform. Der Stern funkelte an ihrem dunklen Mantelkragen und sie schien sich pudelwohl zu fühlen.

»Kennen wir uns?«, fragte Arianwyn.

Das Mädchen errötete. »Ich bin Polly Walden, wir hatten am selben Tag unsere Abschlussprüfung in Kingsport.« Sie warf ihre langen dunklen Haare über die Schulter und lächelte etwas schief: »Ich bin … ich *war* eine Freundin von Gimma Alverston.«

Da fiel der Groschen. Mit lautem Getöse.

Polly Walden hatte zu Gimmas Gang gehört. Arianwyn zuckte leicht zusammen und verschränkte die Arme schützend vor der Brust.

»Ich habe dich gerade mit Gimma gesehen. Ich wusste nicht, dass ihr …«

»… dass wir befreundet sind?«, fragte Arianwyn scharf. War es etwa so unvorstellbar, dass sie beide Freundinnen sein könnten?

Das Mädchen nickte und wurde noch röter. »Sorry, ich dachte, Gimmas Einsatzort wäre Kingsport. Davon hat sie jedenfalls andauernd geredet, bla, bla, bla.« Sie wedelte vielsagend mit ihrer Hand.

»Gimma ist zu Besuch in Lull, meinem Einsatzort«, entgegnete Arianwyn kurz angebunden.

»Na, dann weiterhin viel Glück«, grinste das Mädchen. »Und noch ein kleiner Tipp: Lass Gimma bloß nichts Magisches machen, wenn dir dein Leben lieb ist. Sie ist ein absolut hoffnungsloser Fall.«

»Wie bitte?« Arianwyn trat einen Schritt näher, weil sie glaubte sich verhört zu haben.

Polly fasste sie bei der Hand und flüsterte ihr ins Ohr: »Wenn es ums Hexen geht, ist Gimma eine Null. Ein Totalausfall. Absolut nicht zu gebrauchen.«

»Aber ...«

»Sie hat ihren silbernen Stern nur bekommen, weil ihre Eltern gut vernetzt sind und weil wir alle ihr durch die praktischen und theoretischen Prüfungen geholfen haben. Ohne Hilfe kriegt sie nicht mal 'ne simple Energiekugel zustande.«

Arianwyn sah Gimma vor sich, wie sie im Haus des jungen Paars versucht hatte den Boggling mit einem Besen zu vertreiben. Und sie erinnerte sich an den Tag im Wald, als Gimma die Verbannungsglyphe außer Kontrolle geraten war und ihre Energiekugel nicht mal mit halber Kraft geleuchtet hatte.

»Na, ich geh dann mal an meinen Platz zurück«, sagte Polly. »Aber ich dachte, das solltest du wissen.«

Als sie sich auf die Zehenspitzen stellte, konnte Arianwyn sehen, wie sich Gimma zurück durch die Schar der Wartenden schlängelte. Sie hätte Polly gerne noch ein paar Fragen gestellt, doch die war schon verschwunden.

»Alles okay, Wyn?«, fragte Gimma, als sie sich an ihren alten Platz zurückgekämpft hatte. Sie strahlte, wie immer.

Arianwyn sah sie prüfend an. Sie hatte keine Ahnung, wie sie sich fühlen sollte. Wütend? Oder verletzt? War das Ganze noch so ein mieses Spielchen von Gimma? Wie schon all die Jahre? Hatte sie Arianwyn nur benutzt, um ihre eigenen Schwächen zu verbergen – in der Hoffnung, dass es niemand merkte? Wie hatte Arianwyn so blind sein können?

»Was ist los?«, fragte Gimma. »Mit wem hast du da eben gesprochen?«

Arianwyn sah sie offen an. »Mit Polly Walden.« Sie ließ die Worte ein paar Sekunden in der Luft hängen und beobachtete, wie Gimmas Lächeln gefror.

»Aha, und was erzählt sie so?« Gimmas munterer Tonfall klang bemüht. »Ich hab Polly seit Monaten nicht gesehen.«

»Ich denke, das weißt du«, erwiderte Arianwyn traurig.

Die Hexenschar trat unruhig von einem Fuß auf den anderen. Sie alle konnten es nicht mehr erwarten, endlich auf den Marktplatz zu marschieren. Die Kapelle stimmte ein schmissiges Lied an. Gimma starrte Arianwyn an, den Mund halb geöffnet, als wollte sie etwas sagen. Doch genau in dem Moment schallte Miss Delafields Stimme über den Platz.

»Okay, meine Damen, lassen Sie uns versuchen, kein ganz großes Chaos zu veranstalten, ja? Auf mein Zeichen, bitte, Miss Gribble, Miss Alverston. Eins, zwei und los!«

Die lange Reihe der Hexen setzte sich langsam in Bewegung, quer über den Marktplatz. An den Seiten des Platzes drängten sich jubelnde, Fähnchen schwenkende Zuschauer. Eine Zeit lang liefen sie schweigend nebeneinanderher. Arianwyn guckte stur geradeaus, ließ die vielen lächelnden Gesichter und die flatternden Wimpel auf sich wirken.

»Arianwyn«, zischte Gimma, doch Arianwyn ignorierte sie und beschleunigte leicht das Schritttempo.

»Warum bist du auf einmal so?«, fragte Gimma, kam jedoch ins Stolpern, verpasste eine Drehung und stieß mit der Hexe hinter ihr zusammen. Sie musste ein paar Riesenschritte machen, um Arianwyn einzuholen.

Die hielt ihre Augen starr auf Miss Delafield gerichtet und marschierte unbeirrt weiter. »Du hast mich angelogen!«, zischte sie schließlich. »Du hast mir weisgemacht, du könntest mit Magie umgehen. Aber das kannst du nicht, sagt Polly.«

»Und du glaubst ihr? Na, schönen Dank!«, blaffte Gimma.

»Stimmt es denn nicht?« Arianwyn verlangsamte ihren Schritt nur für den Bruchteil einer Sekunde, doch trotzdem kam die ganze Formation hinter ihr stolpernd zum Stehen. Madam Moorcroft direkt hinter Arianwyn trat ihr in die Hacken. »Oh, sorry«, murmelte sie.

Miss Delafield schoss einen strengen Blick über ihre Schulter. Schnell stolperte Arianwyn vorwärts, Gimma im Schlepptau.

»Ich *kann* hexen. Ich bin ja nicht blöd, Arianwyn!«, haspelte Gimma.

»Du solltest mal mit jemandem reden, am besten mit Miss Delafield.«

»Warum? Damit sie das hier als weiteres Scheitern verbucht?

Träum weiter.« Gimma ließ ihren Blick über die johlende Zuschauermenge schweifen. Die Musikkapelle legte sich mächtig ins Zeug.

»Gimma, ich will dir doch nur helfen. Ich kann gut verstehen, wie das für dich ist«, sagte Arianwyn nach einer Weile.

»Nichts verstehst du!«, zischte Gimma. »Überhaupt nichts. Du bist doch die perfekte Arianwyn, die immer alles richtig macht.«

Arianwyn musste laut lachen. »Jetzt sei nicht albern. Bei mir läuft ständig alles schief und das weißt du genau.« Sie tippte vielsagend auf die Mondbrosche an ihrem Kragen.

»Trotzdem ist es bei dir anders, denn am Ende klappt es doch immer irgendwie …« Gimmas Stimme versagte und über ihr Gesicht kullerten dicke Tränen, die sie genervt wegwischte.

Sie hatten sich wieder gedreht und liefen nun auf die entgegengesetzte Ecke des Platzes zu.

»Nein, nicht immer.« Arianwyn griff nach Gimmas Hand. »Ich verstehe dich wirklich. Aber wenn du deine Stelle in Kingsport verloren hast, weil …«

»Mädels, was zum Teufel ist dahinten los?« Miss Delafield machte einen langen Hals und sah sie beide wütend an, ohne selbst aus dem Takt zu kommen, als sie am Amtsgericht vorbeidefilierten. Eine Schulkindergruppe jubelte ihnen zu. »Achtung! Meine Güte!«

Ein paar Meter marschierten sie schweigend. Dann zischte Gimma zwischen den Zähnen hindurch: »Ich hab meine Stelle in Kingsport *nicht* verloren! Ich nehme einfach nur eine Auszeit, das ist alles.« Die Tränen liefen immer noch. Sie zog ein Taschentuch hervor und wandte sich ab.

Erneut brach die Ordnung der Formation auseinander. Miss Delafield stöhnte laut auf und fuchtelte verzweifelt mit den Armen.

Arianwyn streckte tröstend ihre Hand nach Gimma aus, doch die hatte bereits auf dem Absatz kehrtgemacht und war schluchzend davongestürzt.

Einen Moment zögerte Arianwyn. Sollte sie Gimma einfach gehen lassen? Jetzt gerade stolperte sie frontal in eine andere Hexe hinein.

»Pass doch auf, wo du hinrennst!«

Arianwyn seufzte. Nein, so kopflos und verzweifelt konnte sie Gimma nicht alleine lassen.

»Gimma!«, rief sie und lief ihr hinterher. Doch nach ein paar Schritten merkte sie, dass es keinen Zweck hatte. Gimma war bereits in der Menge verschwunden.

Arianwyn suchte in allen umliegenden Gassen und Hinterhöfen, aber Gimma war wie vom Erdboden verschluckt.

Sie warf einen Blick auf die Uhr. Es war fast eins. Die Suche dauerte jetzt schon länger als eine Stunde.

Sie ging den gleichen Weg zurück und spähte diesmal auch in die Geschäfte. Aber wie sollte sie Gimma zwischen all den uniformierten Hexen entdecken, die in der Stadt unterwegs waren?

Als Arianwyn die Uhr am Amtsgericht zweimal schlagen hörte, fiel ihr siedend heiß ein, dass sie Salle vergessen hatte.

Verdammt, sie würde eine Stunde zu spät kommen. Sie sprintete zum Marktplatz zurück und ging im Geiste die Entschuldigungen durch, die sie vorbringen könnte. An der Ecke bei Hetheringtons Kaufhaus sah sie einen roten Mantel aufblitzen: Salle, die gerade im Kaufhaus verschwand!

Arianwyn folgte ihr durch die Drehtür.

»Salle, warte! Es tut mir leid, dass ich nicht da war. Ich musste Gimma suchen«, rief sie ihr hinterher und griff nach dem Arm ihrer Freundin, als sie sie endlich erreicht hatte.

Salle drehte sich um, ihr Gesicht war knallrot, die Augen sprühten vor Zorn.

»Was ist denn los? Was ist passiert?«, fragte Arianwyn.

»Das interessiert dich doch sowieso nicht!«, blaffte Salle und bog, bei einem Ständer mit bunten Schals angekommen, in einen anderen Gang ab.

Wie vom Donner gerührt blieb Arianwyn stehen. »Salle, bitte, ich kann nichts dafür. Gimma ist einfach weggelaufen. Es tut mir leid!«

»Oh, und du musstest deiner neuen besten Freundin natürlich gleich hinterherrennen, nicht wahr? Da kann man die Verabredung mit der alten Freundin schon mal vergessen …«

Der Hieb saß und nahm Arianwyn allen Wind aus den Segeln. Zaghaft streckte sie die Hand nach Salle aus, aber die wandte sich brüsk ab und verschwand in einem anderen, sehr viel belebteren Gang.

»Salle!« Arianwyn drängte sich durch die Kundenschar, um ihre Freundin einzuholen, und fand Salle schließlich auf einem kleinen

Hocker sitzend. Sie tupfte sich das Gesicht mit einem Taschentuch ab.

»Ehrlich, es tut mir so leid. Willst du mir nicht erzählen, was passiert ist?«, fragte Arianwyn.

Salle funkelte sie an. »Das Vorsprechen ist gründlich schiefgegangen. Und danach hatte ich nur einen Wunsch: dich zu sehen, damit du mich aufmunterst. Aber du warst nicht da.«

»Gimma …«, begann Arianwyn.

»Ach, spar's dir!«, schnitt ihr Salle das Wort ab und sprang auf. »Wir müssen zurück zum Bus, sonst dreht Mr Thorn durch.«

»Dann los«, sagte Arianwyn und wollte nach der Hand ihrer Freundin greifen.

»Danke, ich kann alleine gehen.«

Die Worte trafen Arianwyn mitten ins Herz.

Eine Weile sah sie Salle nach, die schon in Richtung Ausgang drängte, dann machte sie sich selbst auf den Weg zum Treffpunkt, wo Mr Thorn sie schon am Morgen abgesetzt hatte.

Als sie um die Ecke bog, stand Salle neben dem Bus, die Arme eng um den Oberkörper geschlungen. Auch Gimma war schon da, was Arianwyn ziemlich erleichterte. Mit versteinertem Gesicht saß sie im Bus und starrte ins Leere, während Mr Thorn vergeblich versuchte, sie in ein Gespräch zu verwickeln.

Salle und Arianwyn stiegen ein und setzten sich schweigend – auf möglichst weit auseinanderliegende Plätze.

Unerwarteter Besuch

Ein paar Tage später stand Arianwyn in der Schlange vor dem Postamt und wartete darauf, dass der Schalter öffnete. Es war einer der ersten milden Sommertage. Der Himmel war strahlend blau, der Wind lau und das ganze Städtchen schien gut gelaunt zu sein.

Nur Arianwyn nicht.

Sie blätterte durch den Briefstapel in ihrer Hand: eine Bestellung an die Adresse der ZHB, ein Brief an ihren Vater und einer an Granny, in dem sie vom Festzug erzählte. Ihre Großmutter würde sich bestimmt darüber freuen. Den Streit mit Salle hatte sie nicht erwähnt. Auch nicht, dass sie ihre Freundin seit der Rückfahrt nicht mehr gesehen hatte und sehr vermisste.

Endlich wurde die Tür des Postamts geöffnet und Mrs Attinger, die Leiterin, rief den Wartenden ein beschwingtes »Guten Morgen« zu.

Arianwyn kramte nach ihrem Portemonnaie, um das Geld für die Briefmarken herauszuholen. Aber die Geldbörse war nicht da. Fluchend und hektisch in der Tasche wühlend machte sie kehrt – und rannte geradewegs in Salle hinein.

»Aua! Passen Sie doch auf, wo Sie … oh, du bist es«, sagte Salle. Ihre Stimme klang plötzlich eisig.

Einen Moment standen sie sich schweigend gegenüber, beide knallrot. Dann wandte Salle den Blick ab. Arianwyn spürte, wie ihr ganzer Kopf heiß wurde, so unbehaglich fühlte sie sich. Es kam ihr vor, als würden alle Umstehenden sie anstarren.

»Ich … das mit neulich tut mir leid, Salle. Gimma war so durch den Wind und ich hatte ein schlechtes Gewissen. Ich *musste* sie einfach suchen gehen.«

»Ehrlich, das ist mir so was von egal«, zischte Salle, drehte sich auf dem Absatz um und stolzierte davon.

»Warte!«, rief Arianwyn und rannte hinterher. »Bitte, lass es mich erklären!« Mit den Fingerspitzen bekam sie einen Zipfel von Salles Strickjacke zu fassen.

»Lass mich los!«

»Salle! Gib mir doch wenigstens die Chance, es zu erklären.«

»Damit du kein schlechtes Gewissen mehr zu haben brauchst?« Störrisch verschränkte Salle die Arme vor der Brust. »Ich hab gedacht, du wärst meine Freundin, aber Gimma muss nur mit den Fingern schnipsen, und schon kommst du angesprungen.«

»Stimmt doch gar nicht!«, antwortete Arianwyn, aber innerlich musste sie zugeben, dass sie in letzter Zeit, zumindest seit der Sache mit dem Spalt … »Okay, Salle, vielleicht hast du nicht ganz unrecht. Aber bei dem Festumzug habe ich ein Mädchen getroffen, das Gimma und ich aus Kingsport kennen, und sie hat mir etwas über Gimma erzählt.« Arianwyn senkte die Stimme. »Etwas, das mich sehr beunruhigt …«

Salle trat einen Schritt näher. Die Neugierde schien die Oberhand zu gewinnen. »Was?«

Sie entfernten sich ein paar Schritte von den Leuten, die darauf warteten, dass die Geschäfte öffneten, und dann erzählte Arianwyn ihrer Freundin, was Polly gesagt und wie sie selbst begonnen hatte, an Gimmas Fähigkeiten zu zweifeln.

»Seitdem hab ich Gimma nicht mehr gesehen«, schloss sie.

»O Gott, das musst du melden«, meinte Salle. »Das musst du Miss Delafield erzählen.«

Doch Arianwyn schüttelte den Kopf. »Dafür hat Miss Delafield gerade keine Zeit. Die hat genug damit zu tun, der Geschichte von Mr Turvy nachzugehen. Was auch immer er da im Wald gesehen hat …«

»Hat sie denn schon was gefunden?«

»Nur ein paar neue Fluchflecken, aber keine bösen Geister. Zum Glück.« Als sie an den Spalt dachte, der möglicherweise noch im Wald klaffte, wurde ihr ganz schlecht.

»Dann solltest du es vielleicht … dem Bürgermeister erzählen«, grinste Salle.

»Kann mir nichts Angenehmeres vorstellen.« Arianwyn musste auch lachen, aber sie wurde sofort wieder ernst. »Das geht nicht, Gimma vertraut mir.«

»Na, also ich glaube, *sie* hätte kein Problem damit, dich zu verpfeifen, wenn sie dein Geheimnis kennen würde«, schnaubte Salle.

»Mein Geheimnis? Was soll das denn heißen?« Arianwyn spürte, wie ihr die Hitze wieder in die Wangen stieg. »Ich hab keine Geheimnisse«, blaffte sie.

»Ich weiß!« Salle musste lachen. »Mir tut das von neulich übrigens auch leid. Ich war einfach sauer wegen des Vorsprechens, aber das hätte ich nicht an dir auslassen dürfen.«

Und dann umarmten sie sich, heilfroh, dass der Streit endlich beigelegt war.

Das Röhren eines Motors, begleitet von lautem Gehupe, ließ sie auseinanderfahren. Beryl, der Bus von Lull, erschien in der Kurve. Arianwyn und Salle sprangen hastig aus dem Weg und winkten Mr Thorn zu, der nur knapp über das Lenkrad gucken konnte. Er hob kurz die Hand zum Gruß, dann musste er wieder hupen.

Der Bus war ziemlich voll. Wahrscheinlich alles Touristen aus Flaxsham, die einen Ausflug in den Großen Wald machen wollen, dachte Arianwyn. Ein junger Mann, der ihr irgendwie bekannt vorkam, winkte und gestikulierte ihr stürmisch zu.

Er sah ein bisschen aus wie … aber nein, das konnte nicht sein … Doch: Das war Colin!

»Colin!« Arianwyn winkte aufgeregt zurück. Er strahlte sie durch die Scheibe an und machte begeisterte Daumen-hoch-Zeichen.

»Wer ist das?«, fragte Salle. Doch statt einer Antwort schnappte Arianwyn sie am Arm und rannte mit ihr hinter dem Bus her zum Marktplatz.

»Na los, Salle, gib Gas.« Sie rempelten jede Menge Passanten an, erreichten den Platz aber trotzdem erst, als die Fahrgäste bereits ausstiegen. Rund um den Bus herrschte ein unglaubliches Gewusel: Gepäck wurde ausgeladen, Familien begrüßt, Freunde umarmt.

Colin stand umringt von Taschen, Kisten und Koffern da. Er streckte seine Glieder, offensichtlich erleichtert, dass die holprige Fahrt ein Ende hatte.

»Colin!«, rief Arianwyn und schoss quer über den Platz auf ihn zu.

»Miss Gribble!«, rief er zurück und winkte ihr mit breitem Grinsen zu.

Arianwyn umschiffte ein letztes Passagiergrüppchen und einen Gepäckhaufen, dann ergriff sie Colins ausgestreckte Hand und schüttelte sie. Salle war inzwischen auch da, hielt sich jedoch etwas im Hintergrund.

»Wie schön, Sie wiederzusehen!« Colin lächelte. »Sollen wir vielleicht Du sagen?«

»Ja, gerne! Ich freue mich auch sehr, Sie… äh … dich zu sehen. Aber was zum Teufel machst du hier?«

»Oh, äh …« Sein Lächeln verschwand. »Hast du das Telegramm nicht bekommen?«

Arianwyn schüttelte den Kopf.

»Nun ja, ich … äh … bin hier, um die Nachprüfung mit dir durchzuführen.«

Arianwyn fühlte sich, als hätte jemand einen Kübel Eiswasser über ihr ausgeschüttet. Die Nachprüfung hatte sie komplett verdrängt. Irgendwie hatte sie gehofft, auch ohne Test ewig so weitermachen zu können wie in den letzten Monaten.

»Miss Delafield hat uns schon vor Monaten einen Antrag auf Nachprüfung geschickt, aber wir hatten so viel zu tun, dass erst jetzt jemand von uns vorbeikommen konnte.«

»Und das ist nicht Miss Newam?«, fragte Arianwyn mit gerunzelter Stirn.

Colin lachte, dann straffte er die Schultern, schob die Brust heraus und rückte seine Jacke gerade. »Nein, *ich* werde die Nachprüfung vornehmen. Ich habe inzwischen die nötige Qualifikation dafür erworben.«

»Oh, das ist ja großartig!« Ohne weiter nachzudenken, trat Arianwyn einen Schritt vor und umarmte Colin. Das machte die Aussicht auf die Nachprüfung etwas erträglicher – wenn auch nur ein bisschen.

»Ähem«, hüstelte Salle hinter ihnen.

Schnell löste sich Arianwyn von Colin. Beide wurden rot.

Colin warf einen fragenden Blick in Salles Richtung. Die grinste von einem Ohr zum anderen.

»Oh, tut mir leid, das ist meine Freundin Salle Bowen«, stellte Arianwyn vor. »Ihre Tante und ihr Onkel betreiben das Gasthaus hier im Ort. Wahrscheinlich wohnst du dort.« Sie deutete in Richtung Blauer Ochse.

Salle schüttelte Colin die Hand und zwinkerte Arianwyn zu. »Du hast ja ein bisschen mehr als nur Handgepäck dabei. Brauchst du Hilfe beim Tragen?«

»Oh, das gehört nicht alles mir. Das da brauche ich für die Prüfung.« Er zeigte auf eine große glänzende Holztruhe mit Messinggriffen. »Und das meiste Gepäck gehört deiner Großmutter.«

»Wie bitte?«, keuchte Arianwyn.

Wie durch Zauberhand teilte sich in diesem Moment die Menschenmenge rund um Beryl, und Arianwyn hatte freien Blick auf die Tür des Blauen Ochsen – wo Granny stand und munter mit Tante Grace und Bürgermeister Belcher plauderte.

»Deine Großmutter reist in offizieller Funktion für den Ältestenrat und mir ist die Aufgabe übertragen worden, sie zu begleiten«, fuhr Colin fort.

»Oh, wow, deine Oma sieht ja toll aus, Wyn!«, flüsterte Salle.

Und tatsächlich wirkte Granny sehr beeindruckend auf die Entfernung: groß und mit silbernem Haar, das ihr über die Schultern wallte. Als sie ihre Enkelin erblickte, verzog sich ihr Gesicht zu einem breiten Lächeln.

Arianwyn sprintete los, quer über den Marktplatz, und flog ihrer Großmutter in die Arme. »Unglaublich! Was machst du denn hier?«

»Ich dachte, es wäre mal an der Zeit, meine Enkelin zu besuchen. Komm, lass dich anschauen.«

Ohne Arianwyns Hände loszulassen, trat sie einen Schritt zurück und musterte sie von Kopf bis Fuß. »Ich wusste, dass die ZHB jemanden schicken würde, um …« Sie stockte und schwieg unbehaglich.

»Um mich noch einmal zu prüfen?«, beendete Arianwyn den Satz.

»Ja«, sagte Granny vorsichtig. »Aber keine Sorge, ich werde mich da raushalten.« Wieder erschien ein Lächeln auf ihrem Gesicht und ihre Augen funkelten in der Sonne.

Arianwyn sah sie prüfend an. Hatte Collin nicht gerade gesagt, dass sie in offizieller Funktion für die ZHB unterwegs war? Ob er da was falsch verstanden hatte?

»Wie lange werden Sie bleiben?« Salle war ihr mit Colin gefolgt und brach jetzt das Schweigen.

»Also, die Nachprüfung findet Donnerstagmorgen statt, wenn das in Ordnung ist«, meldete sich Colin zu Wort.

Arianwyn wirbelte herum und starrte ihn fassungslos an. Heute war Freitag. »So schnell?« Ihre Stimme zitterte leicht.

Colin nickte. »Und dann müssen wir auch schon wieder zurück nach Kingsport, nicht wahr, Madam Stronelli?«

Die Enttäuschung war den Umstehenden anzumerken. »Aber ein paar Tage länger werden Sie doch sicher bleiben, oder?«, fragte Tante Grace.

»Ja, ich bestehe darauf. Sie sind meine Ehrengäste!«, tönte der Bürgermeister.

Granny schien einen Moment zu überlegen, die Lippen geschürzt, den Blick auf ihre Enkelin gerichtet. »Ja, natürlich, wir könnten bis zum Wochenende bleiben. Keine Sorge, Colin, ich regle das mit Miss Newam.«

»Und die Nachprüfung muss unbedingt im Rathaus stattfinden, ich werde das arrangieren«, schwadronierte Mr Belcher. »Wir werden jede Menge Zuschauer einladen. Oh, das wird genauso schön wie in Kingsport – prunkvoll und mit allem Drum und Dran!«

Arianwyn fühlte sich, als würde eine kalte Hand nach ihren Eingeweiden greifen und sie zusammenquetschen. Sie konnte sich schon kaum vorstellen die Nachprüfung im Beisein ihrer Großmutter abzulegen – und jetzt sollte die ganze Stadt zuschauen? Da war ja fast vorprogrammiert, dass sie erneut durchfiel. Dass wieder etwas schiefging, genau wie beim letzten Mal. Flehend blickte sie ihre Großmutter an.

»Das ist ein sehr nettes Angebot, wirklich *sehr* nett, Mr Belcher, aber ich denke, wir sollten erst mal mit Miss Delafield sprechen.« Granny lächelte den Bürgermeister zuckersüß an, der ganz aufgeregt davondüste.

»Bitte, Granny, ich will nicht …«

»Jetzt mach dich nicht verrückt, alles wird gut!«

Arianwyn schwieg, aber die Nervosität blieb. Ihr Blick wanderte erst zu Salle, dann zu Colin.

»Ich bring mal das Gepäck ins Hotel.« Colin lächelte. »Wir sehen uns noch vor der Nachprüfung, oder?«

»Oh, Wyn wohnt praktisch im Blauen Ochsen. Eigentlich ist sie von morgens bis abends hier, stimmt's, Wyn?« Salle zwinkerte ihr wenig dezent zu. »Ich helfe mit den Koffern, Colin.« Und damit verschwanden die beiden angeregt plaudernd im Gasthaus.

»Können wir einen kleinen Spaziergang machen und du erzählst mir, wie es hier so für dich läuft?«, fragte Granny.

Arianwyn deutete quer über den Marktplatz und sie entfernten sich vom Blauen Ochsen und den neugierigen Blicken der Passanten.

»Gut siehst du aus«, lächelte Granny. »Sehr gut sogar. Und von Miss Delafield habe ich gehört, dass du ausgezeichnete Arbeit leistest …«

Arianwyn konnte nicht eine Sekunde länger an sich halten: »Wo bist du gewesen?«, fragte sie, lauter als beabsichtigt.

»Wie bitte?« Granny wirkte ehrlich erstaunt.

»Wenn ich im Buchladen angerufen habe, warst du entweder verreist oder total abgelenkt. Und gerade mal drei Postkarten hab ich von dir bekommen. Keine Briefe, keine Anrufe, keine Besuche, nichts.«

»Na ja, jetzt bin ich doch hier ...« Sie verstummte.

»Tja, jetzt ist es zu spät!«, hätte Arianwyn gern geantwortet. Jetzt hatte sie bereits ein Riesenchaos angerichtet.

»Ich hab einfach die Gelegenheit genutzt und für die ZHB ein paar kleine Forschungsreisen unternommen. Das ist alles.« Ihre Großmutter betrachtete die Häuser rund um den Marktplatz. »Es ist wirklich hübsch hier.«

»Granny!«, rief Arianwyn. Sie hielt es nicht länger aus.

»Jetzt komm, lass uns nicht streiten. Du bist doch immer noch meine kleine Arianwyn, oder nicht?«

Aber da war sich Arianwyn plötzlich nicht mehr so sicher. Sie warf ihrer Großmutter einen skeptischen Blick zu. So viel hatte sich in den letzten Monaten getan. Und hatte sie selbst sich nicht vielleicht am meisten verändert?

»Ich bin nicht mehr dieselbe wie noch im letzten Winter, verstehst du?«, sagte sie sanft und fast flüsternd.

»Ich glaube, das habe ich schon gemerkt«, antwortete Granny. »Und ich bin so gespannt, wie du dich in der Nachprüfung schlagen wirst. Das Ergebnis spielt keine Rolle für mich, versteh das nicht falsch. Aber ich weiß, dass Miss Delafield sehr daran gelegen ist, dass es mit deiner Nachprüfung endlich vorangeht. Hat das mit einem gewissen Mondhasen zu tun?« Sie kicherte. »Ach, mein kleines Mädchen.«

Arianwyn blieb wie vom Donner gerührt stehen. Sie war kein kleines Mädchen mehr. Sie war eine Hexe. Schon seit sechs Monaten kümmerte sie sich alleine und eigenverantwortlich um die Bewohner von Lull – und um sich selbst. Ganz ohne die Hilfe ihrer Großmutter. Die Dinge hatten sich geändert. Gut möglich, dass sie Fehler gemacht hatte, aber vieles war auch gut gelaufen. Sie hatte den Menschen hier geholfen. Glaubte Granny etwa, die Zeit wäre spurlos an ihr vorübergegangen? Ihre Wangen wurden heiß vor Ärger.

»Ich denke, ich sollte mich mal wieder an die Arbeit machen«, sagte sie etwas steif, um ihre Verstimmung zu überspielen.

Granny wirkte leicht überrumpelt. »Aber ... äh ... natürlich, bitte lass dich von mir nicht abhalten.«

Arianwyn nickte.

»Ich hoffe, wir sehen uns nachher? Ich bin so gespannt auf deine Hexenwerkstatt«, fügte Granny hinzu.

»Komm vorbei, wann immer du willst«, sagte Arianwyn. Es klang kühler, als sie beabsichtigt hatte.

»Ja, gerne, bei Gelegenheit«, antwortete ihre Großmutter zurückhaltend.

Arianwyn nickte ihr zu und überquerte den Marktplatz, ohne sich noch einmal umzudrehen.

Höchste Zeit, mit der Vorbereitung auf die Nachprüfung zu beginnen.

Nach ihrer Ausbildung dient eine Hexe ungefähr zwanzig Jahre lang der Allgemeinheit. Dann wird sie in den Rang einer »Älteren Hexe« erhoben und darf ab diesem Zeitpunkt ihrerseits Lehrlinge ausbilden. So sind alle Hexen aktiv an der Weitergabe von Wissen und Fähigkeiten beteiligt. Mindestens fünfzehn Ältere Hexen bilden den sogenannten Ältestenrat, das Regierungsorgan der Hexen von Hylund. Den Ratsvorsitz führt die Präsidentin.

Aus dem Handbuch für Hexenlehrlinge

Die Nachprüfung

Die Woche verging extrem langsam und ohne größere Zwischenfälle. Arianwyn musste die Werkstatt nur für ein paar wenige Aufträge verlassen und hatte reichlich Zeit, sich wegen der Nachprüfung verrückt zu machen. Der Bürgermeister schien ganz besessen von dem Ereignis und sprach über nichts anderes mehr. Die Vorstellung, bald eine »richtige« Hexe in Lull zu haben, katapultierte ihn auf Wolke sieben. Arianwyn dagegen bekam Bauchschmerzen, sobald sie nur an den großen Tag dachte.

Ihre Großmutter verbrachte letztlich gar nicht so viel Zeit mit ihr, wie sie erwartet hatte. Einmal war sie zum Mittagessen vorbeigekommen und an ein paar Abenden hatten sie zusammen im Blauen Ochsen gegessen. Ansonsten fuhr Granny offenbar lieber mit Miss Delafield auf Besichtigungstour nach Flaxsham oder blieb auf ihrem Zimmer. »Ich muss noch einen Haufen Papiere durcharbeiten«, sagte sie jedes Mal, wenn Arianwyn sie darauf ansprach.

Es gab so viele Dinge, die Arianwyn ihr gerne erzählt hätte, aber sie konnte einfach nicht.

Zwei Tage vor der Nachprüfung prasselte abends ein Steinchenregen gegen das Fenster ihrer Wohnung. Als Arianwyn hinausspähte, sah sie zwei dunkle Gestalten in der Kettle Lane stehen.

»Wer ist da?«, rief sie.

»Psst, ich bin's. Und Colin. Lass uns rein. Schnell.« Das war Salles Stimme.

»Ich wollte eigentlich gerade ins Bett«, murrte Arianwyn.

»Jetzt mach schon, Wyn, lass uns rein! Beeil dich!«

Sie eilte die Treppe hinunter, Bob, den Mondhasen, im Schlepptau. Um ihn herum knisterte es nur so vor magischer Energie. Er wirkte extrem wachsam.

Als sie die Tür öffnete, drängten sich Salle und Colin an ihr vorbei, beide waren in schwarze Samtumhänge gehüllt, die Kapuzen tief ins Gesicht gezogen. Sofort schloss Salle die Jalousien und knipste die Lampen aus, alle bis auf eine – etwas theatralisch, wie Arianwyn fand. Die Werkstatt war jetzt in ein geheimnisvolles Zwielicht getaucht.

»Was zum Teufel habt ihr vor?« Arianwyn musste lachen, sie hielt das Ganze für eine Art Spiel. Aber dann fiel ihr auf, dass Colin die glänzende Holzkiste dabeihatte, in der sich das Messgerät befand. Bob war fasziniert von dem neuen Besucher und wieselte ihm um die Füße, während er jede Menge aufgeregter Laute von sich gab.

»Hallo, mein Freund«, begrüßte ihn Colin.

»Wir haben uns etwas überlegt, damit du deine Nachprüfung nicht vor der ganzen Stadt ablegen musst: Colin prüft dich einfach jetzt.« Salle setzte ihre schwarze Kapuze ab und grinste.

»Bekommen wir dann keinen Ärger?«, fragte Arianwyn. »Und zählt das Ergebnis überhaupt?«

»Ja, ich bin jetzt berechtigt, die Prüfung abzunehmen. Das Ergebnis gilt, auch wenn es nicht vor Publikum zustande gekommen ist.« Colin hievte die Kiste auf den Tresen und legte den Umhang ab. »Puh, ich hätte mich mit dem verdammten Ding fast stranguliert.«

»Wieso habt ihr die überhaupt angezogen?«, fragte Arianwyn.

»Um unerkannt hierherzukommen.« Mit großer Geste begann Salle sich aus ihrem Umhang zu schälen.

Hektisches Türklopfen unterbrach sie. »Arianwyn, bist du da?«

Die drei erstarrten. Das war eindeutig Gimmas Stimme! Salle, die noch halb in ihrem Umhang steckte, sah aus, als würde sie jeden Moment vornüberkippen.

»Ich hab doch gesehen, dass Salle und Colin gerade geklopft haben, jetzt komm schon, mach auf.«

»Was macht die denn hier?«, flüsterte Salle und starrte Colin an.

»Echt tolle Tarnung, eure Umhänge!«, bemerkte Arianwyn. Wenn Gimma die beiden tatsächlich erkannt hatte, dann würde sie sich ganz sicher nicht abwimmeln lassen.

Arianwyn hatte den Riegel kaum zurückgeschoben, da stand Gimma auch schon im Raum und strahlte in die Runde.

»Was habt ihr denn vor?« Dann fiel ihr Blick auf das Messgerät. »Oh«, gurrte sie, »nicht euer Ernst, oder? Ihr wollt Wyns Nachprüfung heimlich durchziehen? Gibt das keine Schwierigkeiten?«

»Komm bloß nicht auf die Idee, irgendjemandem davon zu erzählen.« In Salles Stimme lag ein drohender Unterton. Schützend stellte sie sich vor Arianwyn.

»Oh, entspann dich, Salle«, erwiderte Gimma. »Wyn und ich teilen einige Geheimnisse miteinander. Ihre Geschichten sind bei mir gut aufgehoben und meine bei ihr, stimmt's, Wyn?«

Arianwyn spürte, wie sie rot wurde, und wandte sich ab.

»Sollen wir loslegen?« Colins Blick wanderte zwischen dem Messgerät und Arianwyn hin und her. Bei dem Gedanken an die vielen Zuschauer, die zu der offiziellen Prüfung kommen würden, und an das Risiko, sich ein zweites Mal öffentlich zu blamieren, schauderte Arianwyn. Sie sah erst Gimma, dann Salle an und sagte schließlich: »Okay, fangen wir an.«

Vorsichtig nahm Colin die Schutzabdeckung vom Messgerät, wickelte das Kabel ab und suchte eine Steckdose.

Arianwyn zitterte am ganzen Körper. Sie ließ sich auf einen Stuhl fallen und beobachtete, wie Colin ein zweites cremefarbenes Kabel abwickelte, das an dem Metallstab mit der glänzenden Kugel befestigt war. Sorgfältig überprüfte er das Kabel auf Schäden. Dann faltete er das Plakat auseinander, auf dem die vier wichtigsten Glyphen verzeichnet waren:

 Briå

 Aluna

 Erte

 Årdra

»Be … reit?«, fragte er stockend. Sein Finger schwebte zitternd über dem Anschaltknopf.

Arianwyn nickte.

Als Colin seinen Arm nach ihr ausstreckte, bebte der Metallstab.

»Denk dran: Du musst dich konzentrieren«, sagte er sanft.

Sie schloss die Augen. Direkt vor dem Fenster spürte sie einen breiten Strom Magie. Ihre Haut prickelte.

»Bitte, bitte, lass es diesmal klappen«, murmelte sie kaum hörbar.

Ihr Herz fing an zu rasen. Panik erfasste sie, als die kühle Metallkugel ihre Haut berührte.

Was für eine blöde Idee! Das wird nichts, nie und nimmer. Ihre Gedanken überschlugen sich. Sie riss die Augen wieder auf.

»Konzentrier dich!«, flüsterte Colin. »Bleib ruhig, alles ist in Ordnung.«

Sie holte ein paarmal tief Luft, um sich zu beruhigen, aber der Raum kam ihr plötzlich viel zu klein vor. Am liebsten wäre sie davongelaufen.

Da spürte sie ein erstes Aufflackern der magischen Energie in ihrem Körper.

Sie richtete ihre ganze Aufmerksamkeit auf das Plakat, aber genau wie sie befürchtet hatte, begannen die Glyphen zu verschwimmen, miteinander zu verschmelzen. Wieder schloss sie die Augen – und plötzlich sah sie die unbekannte Glyphe! Sofort streckte sich ihr Geist nach dem Symbol aus und versuchte es festzuhalten. Der Energiestrom veränderte sich. Sie hörte das elektrische Sirren der angeschalteten Glühbirne und wusste, dass diese flackerte – genau wie die Lampen damals in den Büros der Zivilen Hexenkunstbehörde.

»Arianwyn!« Salles Stimme war eine behutsame Warnung.

Die unbekannte Glyphe hing vor ihr in der Luft – mächtig und verlockend.

Sie spürte, wie Bob gegen ihr Bein stupste. Gleichzeitig stieß er ein tiefes, drohendes Knurren aus.

Lass die Finger von der Glyphe, ermahnte sie sich selbst und versuchte ihre ganze Aufmerksamkeit wieder auf das Plakat zu richten. Doch der eiskalte Klammergriff des unbekannten Zeichens ließ sie nicht los. Als würde es direkt hinter ihren Augenlidern auf sie lauern.

Nach einer gefühlten Ewigkeit rutschte Colin auf seinem Stuhl herum. »Ich hab die Aufzeichnung!«, sagte er leise.

Arianwyn öffnete die Augen.

Ihr Blick fiel direkt auf das Messgerät. Diesmal stieg kein Rauch von dem Kasten auf. Mit gekräuselter Stirn saß Colin da und studierte den schmalen Papierstreifen, der sich aus dem Gerät kringelte. Salle zappelte unruhig um ihn herum, während Gimma aus einiger Entfernung unbeeindruckt zuschaute. Der Mondhase hatte sich auf Arianwyns Füßen zusammengerollt.

Nur das Ticken der Uhr und das Sirren des Messgeräts waren zu hören.

»Und?«, fragten Salle und Arianwyn wie aus einem Mund.

»Gebt mir noch eine Minute.« Mit einer wedelnden Handbewegung widmete sich Colin wieder dem Papierstreifen.

Arianwyn holte tief Luft. Sie hatte Durst und fühlte sich leicht benommen, wie bei einer schlimmen Erkältung. Ganz klar: Sie hätte nicht nach der Glyphe greifen dürfen.

Langsam erhob sich Colin von seinem Stuhl. Er war blass und starrte Arianwyn verstört an.

»Was? Was ist?«

»Die Aufzeichnung ist … merkwürdig. So etwas hab ich noch nie gesehen.«

»Bin ich wieder durchgefallen?« Arianwyn sackte in sich zusammen.

»Nein. Nein, das ist es nicht. Aber ich blicke da trotzdem nicht durch. Ich muss in meinen Unterlagen nachschauen. Vielleicht muss ich sogar jemanden von der ZHB fragen. Morgen früh.«

Arianwyn wusste immer noch nicht, wie ihr geschah. Ihr Blick war verschwommen und sie hörte alles nur ganz dumpf, wie unter Wasser.

»Bist du sicher, dass es dir gut geht?«, fragte Colin. »Du bist kreidebleich. Vielleicht solltest du hochgehen und dich kurz hinlegen?«

In der Luft um Arianwyns Fingerspitzen knisterte es. Kleine Funken sprühten in alle Richtungen.

O nein, nicht schon wieder, dachte sie.

»Soll ich dich nach oben begleiten?« Salle streckte schon den Arm aus, um ihrer Freundin vom Stuhl hochzuhelfen. »Autsch! Du bist elektrisch aufgeladen.« Die Mädchen starrten einander an. Beide mussten an das letzte Mal denken, als ihnen das passiert war.

»Sorry«, entschuldigte sich Arianwyn, »ich bin echt müde. Am besten geh ich jetzt wirklich ins Bett.«

»Und wir machen uns auch besser aus dem Staub, bevor jemand merkt, dass wir hier waren.« Colin lächelte Arianwyn an.

Aber die hatte nicht die Kraft zurückzulächeln. Sie spürte immer noch ein starkes Energiefeld um sich herum und war dankbar, dass außer dem elektrischen Schlag, den sie Salle verpasst hatte, nichts passiert war. Gimma hatte sich die ganze Zeit nicht gerührt und das Geschehen wie im Theater verfolgt. Arianwyn hätte nicht sagen können, ob es ihr Angst eingejagt hatte oder sie vollkommen kaltließ. Schließlich warf Gimma ihr blondes Haar lässig über die Schulter, drehte sich um und trat auf die Straße.

Als die drei Besucher gegangen waren, verriegelte Arianwyn die Tür und stieg die Treppe hinauf. Sie setzte sich auf die Bettkante und starrte an die Wand.

Es war, als würde sich alles immer weiter zuspitzen. Sie fühlte sich verloren. Verlorener als je zuvor. Sie hatte keinen blassen Schimmer, was um sie herum passierte. Sie hatte einen Riesenfehler begangen – oder sogar gleich mehrere! – und sie wusste nicht, wie all die merkwürdigen Dinge zusammenhingen: die unbekannte Glyphe, der Spalt im Wald und die dunkle, merkwürdig fließende Kreatur. Auch wenn Miss Delafield noch keine weiteren Spuren gefunden hatte, war sich Arianwyn sicher, dass dieses Wesen existierte.

Herrje, es war alles ihre Schuld. Und jetzt hatte sie zu allem Überfluss die Prüfung ein zweites Mal vergeigt. Zwar hatte sich

Colin noch nicht eindeutig geäußert, aber sie machte sich keine großen Hoffnungen.

Wie zum Teufel sollte sie das ganze Chaos jemals wieder in Ordnung bringen?

Reinen Tisch machen

Arianwyn blickte in den Spiegel. Unter ihren Augen zeichneten sich dunkle Ringe ab, weil sie die ganze Nacht vor lauter Grübeln nicht geschlafen hatte.

Die Nachprüfung hatte ihr den Rest gegeben.

Sie spritzte sich kaltes Wasser ins Gesicht und riskierte noch einen Blick. Zumindest wusste sie jetzt, was zu tun war. Sie musste zu Bürgermeister Belcher gehen und ihm alles erzählen: dass seine Nichte einen Spalt im Wald geöffnet und es nicht geschafft hatte, ihn zu schließen, weshalb jetzt wahrscheinlich ein Dämon dort herumstreunte. Dass sie am Vorabend heimlich und unerlaubterweise die Nachprüfung abgelegt hatte. Und dass sie in regelmäßigen Abständen eine unbekannte Glyphe sah, die sie immer wieder in Schwierigkeiten brachte.

Und nach diesem Geständnis würde sie kündigen.

Wie immer grüßten die Leute und winkten ihr zu, als sie die Kettle Lane entlangging und dann den mit Wimpeln und Fähnchen geschmückten Marktplatz in Richtung Rathaus überquerte.

»Morgen, Miss Gribble!«

»Hallo, Miss!«

»Hi, Arianwyn.«

Sie lächelte kurz nach rechts und links, ließ sich aber nicht weiter aufhalten.

Miss Prynce saß an ihrem Schreibtisch, den großen schwarzen Telefonhörer zwischen Ohr und Schulter geklemmt.

»O ja, ich weiß! Und haben Sie ihren Hut gesehen? Unglaublich! Oh, Miss Gribble, Sie sind ja früh dran. Der Bürgermeister ist gerade beschäftigt. Hallo, Miss Gribble? Haben Sie gehört, was ich gesagt habe?«

Aber Arianwyn ignorierte sie. Sie lief schon die Treppe zum Büro des Bürgermeisters hinauf, zwei Stufen auf einmal nehmend. Unten in der Halle hörte sie das Klack-klack von Miss Prynce' Absätzen, die ihr folgten.

Die Tür zum Büro war einen Spaltbreit geöffnet und Arianwyn trat ein, ohne anzuklopfen.

»Miss Gribble, was zum Teufel ...?« Mr Belcher sprang von seinem Stuhl auf und verschob hektisch einen Stapel Papiere auf seinem Schreibtisch – der vergebliche Versuch, einen Teller mit Sahnetörtchen zu verbergen. Errötend wischte er sich ein paar Krümel aus seinem Bärtchen.

Im selben Moment trabte Miss Prynce in den Raum, schnappte theatralisch nach Luft und drückte sich eine Hand gegen die Brust.

»Herr Bürgermeister«, japste sie. »Es tut mir unendlich leid! Ich habe Miss Gribble gesagt, dass Sie nicht gestört werden wollen, aber sie ist einfach an mir vorbeigestürmt. Unmöglich, sie aufzuhalten!«

Mr Belcher betrachtete Arianwyn aufmerksam und ein Anflug von Besorgnis zeigte sich auf seinem Gesicht.

»Ist schon in Ordnung, Miss Prynce. Ich bin mir sicher, dass Miss Gribble es ohne einen triftigen Grund nicht gewagt hätte, einfach so hereinzuplatzen.« Er blickte Arianwyn fragend an.

»Aber Herr Bürgermeister, das verstößt gegen die Regeln!« Miss Prynce, sonst immer so heiter und gelassen, hatte hektische rote Flecken auf den Wangen.

Der Bürgermeister hob eine Hand. »Danke, das wäre dann alles, Miss Prynce.«

»Aber …«

»*Danke schön*, Miss Prynce.«

Arianwyn hörte, wie die Tür ins Schloss fiel und die hohen Absätze der Sekretärin die Treppe hinunterklackerten, deutlich langsamer diesmal.

»Nun, Miss Gribble, wie kann ich Ihnen helfen?«

Bis zu diesem Moment hatte Arianwyn eine große Ruhe verspürt und war sich ihrer Sache sicher gewesen, aber mit einem Schlag war das alles verschwunden. Ihre Beine zitterten, ihr Hals war wie ausgedörrt und ihre Zunge schien auf die doppelte Größe angeschwollen zu sein.

Der Bürgermeister wartete. Immer noch stehend verschränkte er die Hände vor seinem in Samt gehüllten Bauch. »Nun, ich höre …«

»Mr Belcher, ich bin hier, um Sie zu fragen … nein, um Ihnen zu berichten …«

»Ja?« Neugierig beäugte er Arianwyn.

»Also, die Sache ist die, ich habe mir ziemlich viele Gedanken gemacht und ich denke … nein, ich *weiß*, dass es das Beste wäre, wenn ich …«

»BÜRGERMEISTER BELCHER! WO IST DER HERR BÜRGERMEISTER?«

Das Geschrei ließ Arianwyn vor Schreck zusammenfahren. Instinktiv klammerte sie sich an der Schreibtischkante fest.

Vom Marktplatz drangen die Geräusche eines Tumults herauf, Angstschreie ebenso wie Wutgeheul. Und mittendrin das etwas leisere Schluchzen einer Frau.

»Um Himmels willen, was ist denn jetzt schon wieder los?« Mr Belcher eilte zu den gläsernen Balkontüren.

»Da ist er!«, rief eine Stimme, als der Bürgermeister in Sicht kam.

Arianwyn, die nicht an Mr Belcher vorbeischauen konnte, trat näher, um wenigstens zu hören, was vor sich ging.

»Was ist denn dort unten los?«, rief der Bürgermeister.

»Es ist mein Junge … Euer Ehren. Er ist … verletzt!« Die Frau konnte vor lauter Schluchzen kaum sprechen, ihre Stimme war schrill vor Angst.

»Wie verletzt?«, hakte der Bürgermeister nach.

»Er wurde angegriffen«, meldete sich eine zweite, deutlich lautere Stimme wütend zu Wort.

»Angegriffen? Von wem?«, rief der Bürgermeister.

»Nicht von *wem*, Euer Ehren – sondern von *was*!«

Arianwyn spürte, wie es ihr kalt über den Rücken lief. Kurz entschlossen drängte sie sich am Bürgermeister vorbei auf den

Balkon. Unten auf dem Platz hatte sich eine Gruppe von Kindern und Erwachsenen versammelt. Zwei Frauen trugen den reglosen Körper eines blassen kleinen Jungen. Sein Hemd war zerfetzt und auf seiner Brust prangte ein großer dunkler Fleck. Der bittere Geruch von schwarzer Magie hing in der Luft. Irgendetwas an dem Jungen kam Arianwyn bekannt vor. Sie sah genauer hin.

»Er ist in der Nähe des Großen Waldes angegriffen worden, von einem Dämon, einem furchtbaren schwarzen Wesen, das aussah wie ein lebendiger Schatten.« Die Frau hielt inne und knetete ihre dreckige Schürze zwischen den Fingern. Arianwyn begegnete ihrem Blick und stellte entsetzt fest, dass es sich um Mrs Myddleton handelte – und um ihren Sohn Cyril.

Ihr wurde eiskalt. Sie musste an Mr Turvys Warnung denken, damals in der Hexenwerkstatt: »Es gibt singende Schatten!« Ihr gefror das Blut in den Adern und sie suchte Halt am Balkongeländer. Entgeistert starrte sie über die Dächer von Lull. Sie schaffte es einfach nicht, den Blick noch einmal auf den Marktplatz zu senken.

Schwarz wie die Nacht

Was hatte sie nur getan? Oder besser gesagt: Was hatte *Gimma* getan? Warum waren sie damals nicht im Wald geblieben und hatten sich vergewissert, dass der Spalt wirklich geschlossen war?

Arianwyn taumelte rückwärts vom Balkon, das Herz hämmerte ihr dumpf in der Brust. Ihr war speiübel.

Sie musste dem Bürgermeister von dem Spalt erzählen, jetzt sofort! Aber gerade als sie den Mund öffnen wollte, hallte das Getrampel der aufgebrachten Menschenmenge im Treppenhaus wider, untermalt von den spitzen Schreien der Sekretärin. Mr Belcher folgte Arianwyn zurück in sein Büro, wo sie sich stumm anstarrten. Arianwyn kaute auf ihrer Lippe, der Bürgermeister nestelte an seiner Krawatte. Er war jetzt auch blass.

Und dann war der Raum plötzlich voller schreiender und heulender Menschen. Arianwyn hielt sich im Hintergrund und sah zu, wie Cyril vorsichtig auf das kleine Sofa neben dem Kamin gelegt wurde.

Miss Prynce entfuhr ein Keuchen.

Dann traten die Frauen und Kinder vom Sofa zurück und gaben den Blick auf Cyril frei, dessen Haut grau und schweißnass war.

»Miss Gribble?« Die tiefe, ernste Stimme des Bürgermeisters bebte, als er in Richtung Sofa deutete.

Zögernd trat Arianwyn vor, ging neben dem Jungen in die Hocke und ergriff seine Hand. Der Körper war eiskalt – aber er lebte noch. Der beißende Geruch schwarzer Magie stach ihr in die Nase, so penetrant, dass sie fast würgen musste.

»Der Wald ... Monster!«, stieß Cyril zwischen rasselnden Atemzügen hervor.

Arianwyn spürte sämtliche Blicke auf sich gerichtet. Ihr Vieraugengespräch mit dem Bürgermeister konnte sie erst einmal abhaken. Das hier war wichtiger.

»Alles wird gut, Cyril, du wirst sehen«, murmelte sie und legte ihm beruhigend die Hand auf die Stirn. »Kannst du mir sagen, wie ... dieses Wesen aussah?«

Die Augen des Jungen weiteten sich vor Schreck und er wälzte sich hin und her, als wollte er seine Erinnerungen vertreiben.

»Schhhhh, bleib ganz ruhig liegen, sonst tust du dir noch weh.« Arianwyn legte ihm eine Hand auf den Arm und drückte ihn zurück aufs Sofa. Er war zu schwach, um sich zu wehren.

»Ich denke, Sie sollten sofort meine Großmutter und Miss Delafield rufen.« Arianwyn blickte Miss Prynce an, die stumm nickte und im Eilschritt den Raum verließ.

»Und den Arzt ebenfalls«, rief ihr Arianwyn hinterher. Ihre Stimme überschlug sich fast vor Panik.

»Hab ihn bei den Obstgärten gefunden«, sagte Mrs Myddleton. »Er hat Fußball gespielt und dann ... hörten wir ihn auf einmal schreien.«

Tränen der Wut und Verzweiflung traten Arianwyn in die Augen: Das hier war wegen ihr und Gimma passiert!

»Es tut so weh, Miss Hexe …« Tränen liefen Cyril übers Gesicht.

»Du bist sehr tapfer, kleiner Mann, wahnsinnig tapfer.« Der Bürgermeister hatte sich neben Arianwyn gestellt.

Plötzlich wurde Cyrils Körper von einem Hustenanfall geschüttelt. Sein Speichel war schwarz, sein Atem roch faulig.

»Haben Sie das Wesen auch gesehen, Mrs Myddleton?«, fragte Arianwyn.

»Es war riesig.« Mrs Myddleton war inzwischen fast ebenso bleich wie ihr Sohn. »Größer als alle Geister, die ich je gesehen habe. Und schwarz wie die Nacht. Mit langen Tentakeln. Keine normalen Arme! Es hatte auch kein Gesicht, der Mund war ein riesiges klaffendes Loch. Sah aus wie mein schlimmster Albtraum.«

In diesem Moment drehte sich Cyril ein wenig, berührte die Wunde an seiner Brust und schrie auf vor Schmerz.

»Miss Gribble, unternehmen Sie zumindest etwas gegen die Schmerzen des Jungen!«, zischte der Bürgermeister Arianwyn ins Ohr.

»Aber es gibt nichts, was ich tun könnte«, entgegnete sie. Dabei hätte sie Cyril so gerne geholfen – und so gerne verhindert, dass noch mehr Menschen wegen ihrer Fehler leiden mussten. Sie sah Mrs Myddleton an, die noch immer wütend ihre Schürze knetete. Einen Versuch war es wert …

Sie wühlte in ihrer Tasche und zog ein Amulett hervor.

»Ohne zu wissen, welches Wesen ihn angegriffen hat, ist es sehr gefährlich, einen Zauber anzuwenden. Aber ein Amulett …

kann vielleicht auch ein wenig helfen.« Sie merkte selbst, wie hoffnungslos es klang.

»Tun Sie, was immer Sie können, Miss.« Mrs Myddleton rang sich ein schwaches Lächeln ab und stellte sich neben ihren Sohn, die Hand auf das Sofa gestützt.

Vorsichtig legte Arianwyn dem Jungen das Amulett um den Hals.

»Onkel? Onkel?« Gimmas Stimme draußen im Flur riss Arianwyn aus ihrer Konzentration. Sekunden später platzte sie in den Raum hinein. »Onkel, was ist passiert? Mrs Oliva war gerade ...« Als sie den Menschenauflauf sah, blieb sie wie angewurzelt stehen.

Schnell trat der Bürgermeister zu ihr. »Gimma, Liebes, in der Nähe des Großen Waldes hat es einen schlimmen Überfall gegeben. Der Sohn von Mrs Myddleton wurde dabei verletzt.«

Nur ganz kurz flackerte Gimmas Blick zu Arianwyn.

»Mr Turvy hatte scheinbar doch recht: Irgendeine schreckliche Kreatur treibt dort ihr Unwesen.« Der Bürgermeister schluckte. »Miss Delafield muss sie bei ihrer Suche übersehen haben.«

Langsam und schweigend näherte sich Gimma dem Sofa. Als sie Cyrils kleinen Körper mit der dunklen, faulenden Wunde sah, entfuhr ihr ein Keuchen und sie presste die Hand auf ihren Mund. Dann sah sie schnell wieder weg.

»Miss Gribble hat ihm ein Amulett umgelegt. Sie sagt, mehr könne man nicht tun. Was meinst du?«

Gimmas Gesicht war angstverzerrt. Man sah ihr an, dass sie fieberhaft nach einer passenden Antwort suchte.

»Ich bin mir sicher, dass Arianwyn das Bestmögliche getan hat, Onkel. Aber vielleicht sollten wir zwei Hexen uns noch mal kurz beraten? Draußen auf dem Flur?«

Ohne eine Antwort abzuwarten, schlüpfte sie an Mrs Myddleton vorbei zur Tür hinaus. Arianwyn folgte zögernd.

»Gott, Wyn, das ist wegen des Spalts, oder? Irgendetwas ist durchgekommen, stimmt's?« Gimmas Stimme bebte.

Arianwyn nickte stumm.

»Ich werde solchen Ärger kriegen! Hast du was gesagt?«

»Nein!«, rief Arianwyn empört. Sie packte Gimma am Arm und zog sie von der Tür weg. »Natürlich nicht! Es ist ja eigentlich auch nicht meine Aufgabe, etwas zu sagen. Ich war schließlich nicht diejenige, die den Spalt herbeigezaubert hat.«

Gimma entwand sich ihrem Griff und blickte zu Boden. Sie kaute auf ihrer Lippe und knetete nervös an ihren Fingern herum. »Vielleicht könntest du einfach …«

Aber Arianwyn reichte es. »Nein!«, zischte sie. »Der arme Cyril ist verletzt, Gimma. Er stirbt vielleicht. Du musst ihnen erzählen, was passiert ist. Jetzt sofort.«

Schweigen legte sich über den Flur.

»Du hast recht«, sagte Gimma nach einer Weile mit dünner Stimme. »Es wird Zeit, dass ich den Tatsachen ins Auge blicke. Danke, Arianwyn.« Sie griff nach Arianwyns Hand. »Ohne dich an meiner Seite schaffe ich das aber nicht. Du bist so eine gute Freundin. Eigentlich habe ich dich gar nicht verdient.«

Arianwyn spürte, wie ihre Wangen warm wurden. Und dann folgte sie Gimma zurück ins Büro des Bürgermeisters.

»Nun denn, meine Damen, was ist der Plan?«, fragte Mr Belcher betont liebenswürdig.

Gimma lächelte Arianwyn matt an, dann stellte sie sich neben ihren Onkel. »Ich hab dir etwas Wichtiges über das Monster zu sagen. Ich hätte schon längst mit dir reden sollen. Und auch wenn das für mich jetzt ziemlich unangenehm wird, es wäre unverantwortlich, es dir noch länger zu verschweigen.« Eine dicke Träne rollte über ihre blasse Wange. Arianwyn war ganz schlecht vor Sorge.

»Himmel, meine Süße, jetzt wein doch nicht.«

»Danke, Onkel, aber ich will einfach nicht länger lügen.« Gimma holte tief Luft und sah flehend zu Arianwyn.

»Alles gut, du schaffst das«, formte diese mit dem Mund.

Gimma nickte unmerklich.

Von draußen drang das Geräusch eiliger Schritte herein und kurz darauf betraten Granny, Miss Delafield und Miss Prynce den Raum. Nachdem sie einen besorgten Blick auf den verletzten Jungen geworfen hatten, wandten sie sich dem Bürgermeister und den zwei jungen Hexen zu.

Gimma räusperte sich und nahm den Faden wieder auf: »Arianwyn hat im Großen Wald einen Spalt geöffnet und das Monster durchgelassen.«

Was für ein Chaos

Es dauerte eine Weile, bis Arianwyn den Sinn der Worte wirklich verstand, obwohl sie Gimma laut und deutlich gehört hatte. Und dann merkte sie plötzlich, dass die Blicke aller Anwesenden auf sie gerichtet waren.

Miss Delafield hielt sich die Hand vor den Mund. Die Augen ihrer Großmutter waren weit aufgerissen.

»Stimmt das, Miss Gribble?«, krächzte Miss Delafield.

»Was?«, murmelte Arianwyn, die es immer noch nicht ganz fassen konnte.

»Haben Sie einen Spalt geöffnet, der das hier angerichtet hat?« Miss Delafield trat vor und deutete auf Cyril Myddleton.

»NEIN! Habe ich nicht«, sagte Arianwyn schließlich und blickte die Bezirksaufseherin flehentlich an. »Gimma hat alles total verdreht.«

»Dann erzählen Sie uns doch mal Ihre Version, Miss Gribble.« Der Bürgermeister stellte sich schützend vor Gimma und funkelte Arianwyn wütend an.

Die dachte zurück an den Calvaria, an Gimmas missglückten, qualmenden Feuerzauber, an ihre Reaktion auf Estar – und an den Spalt. »Es war Gimma, die den Spalt geöffnet hat. Aber dann ist irgendetwas mit ihrem Zauber schiefgegangen und wir konnten den Spalt nicht mehr schließen.« Ihre Stimme zitterte, ihre Wangen brannten und sie hatte das Gefühl, ihr Kopf würde gleich zerspringen.

Alle Augen wanderten jetzt zu Gimma.

»Wie kannst du so schamlos lügen, Arianwyn?«, schnappte diese. »Du weißt genau, dass *du* den Spalt geöffnet hast. Und als *ich* ihn schließen wollte, war es bereits zu spät.«

Irgendwie schaffte es Gimma, eine Maske der Sorge und Bestürzung über ihr makelloses Gesicht zu legen. Salle, die so gerne Schauspielerin werden wollte, hätte einiges von ihr lernen können.

Und plötzlich redeten alle durcheinander.

»ES REICHT!«, dröhnte Miss Delafield irgendwann und mit einem Schlag war es ruhig. »Miss Gribble, bitte erklären Sie uns doch kurz, warum sich der Spalt Ihrer Meinung nach geöffnet hat.«

Arianwyn holte tief Luft. »Wir sind durch den Großen Wald gelaufen, nachdem wir die Calvaria-Eier überprüft hatten. Und da wir am Flussufer ziemlich nass geworden sind, wollten wir uns an einem Lagerfeuer trocknen und wärmen. Also habe ich mich auf die Suche nach Brennholz gemacht …« Sie hielt inne und überlegte, wie sie Estar aus der Sache raushalten konnte. »Gimma muss sich vor irgendwas im Wald erschreckt und einen Spalt herbeigezaubert haben.« Arianwyns Wangen glühten. Sie wich Gimmas Blick aus. Doch dann sah sie aus den Augenwinkeln, wie sich ihr Mund zu einem listigen Lächeln verzog.

»Miss Alverston, möchten Sie noch etwas hinzufügen?«, fragte Miss Delafield.

Die Anwesenden wandten sich erneut Gimma zu und sofort knipste sie ihr verschlagenes Grinsen aus.

»Ja, es war nämlich so, dass eigentlich Arianwyn den Spalt geöffnet hat, um sich wichtigzumachen. Reine Angeberei, das Ganze. Und ein merkwürdiges blaues Wesen, klein und mit komischen Beinen, hat ihr dabei geholfen …«

»Der DÄMON!«, kreischte der Bürgermeister. »Ich wusste, dass Sie mich angelogen haben! Das Biest wurde gar nicht verbannt!«

»Und gestern Abend hat Arianwyn mit Colins Hilfe heimlich ihre Nachprüfung abgelegt, was sie, glaube ich, auch noch nicht erwähnt hat«, fügte Gimma schadenfroh hinzu.

Arianwyn schloss die Augen. Sie wäre am liebsten im Boden versunken. Von allen Seiten hörte sie empörtes Luftschnappen. Gimma schien das Publikum voll im Griff zu haben. »Und wenn sie in den zwei Punkten schon nicht ganz ehrlich war«, fuhr sie fort, »wieso sollte sie dann bei dem Spalt die Wahrheit sagen?«

Das Schlimmste war, dass Arianwyn nicht wusste, wie sie ihrer Großmutter in die Augen schauen sollte. Es war genau wie bei ihrer Abschlussprüfung: Das Misstrauen der anderen überrollte sie und verband sich mit ihrer Demütigung zu einem niederschmetternden Gefühl der Scham.

»Okay, die Sache mit Estar war gelogen«, platzte es aus ihr heraus. »Aber nur, weil Sie mir nicht glauben wollten: Ich wusste ganz genau, dass er nicht gefährlich ist. Er ist nämlich überhaupt kein Dämon, sondern ein Feyling. Das hat sogar die Geisterlaterne erkannt. Und von der Nachprüfung habe ich nichts erzählt, weil ich wahrscheinlich wieder durchgefallen bin. Aber ich schwöre: Den Spalt habe ich nicht geöffnet.«

Aus dem Augenwinkel beobachtete Arianwyn, wie sich Granny auf einen Stuhl fallen ließ und aus dem Fenster in die Ferne blickte, weit über den Marktplatz hinaus.

»Miss Delafield?«, fragte Arianwyn flehentlich. »Sie glauben mir doch, oder?«

Der Bürgermeister schnaubte. Gimma verschränkte ihre Arme vor der Brust und lehnte sich lässig gegen den Schreibtisch – zufrieden mit sich und der Welt, als hätte sie gerade einen schwierigen Job mit Bravour erledigt.

Miss Delafield kam auf Arianwyn zugerauscht und zischte, sodass nur sie es hören konnte: »Sie haben gelogen, als Sie sagten, Sie hätten einen verdächtigen Dämon verbannt. Sie haben an einer illegalen Prüfung teilgenommen. Haben Sie etwa auch die Glyphe erneut heraufbeschworen? Ist das, was wir jetzt hier erleben, womöglich die Folge davon?« Traurig schüttelte sie den Kopf.

Es gab nichts, was Arianwyn hätte erwidern können. Keiner glaubte ihr, alle glaubten Gimma.

»Es tut mir leid«, hauchte sie, aber die Worte wurden von der Stille im Raum verschluckt.

»Es kann Ihnen gar nicht genug leidtun, meine Liebe.« Miss Delafield ging an Arianwyn vorbei und stellte sich neben Gimma und den Bürgermeister.

Arianwyn spürte, wie ihr letztes Fünkchen Hoffnung schwand.

»Nun, Miss Delafield, was unternehmen wir?« Der Bürgermeister machte eine Kopfbewegung in Arianwyns Richtung.

»Oberste Priorität hat jetzt erst mal das Wesen im Großen Wald, was auch immer es ist. Es muss jedenfalls ziemlich clever sein, wenn es sich bei der Suche neulich vor mir verbergen konnte. Und dann sollten wir natürlich schnellstmöglich den Spalt schließen«, sagte Miss Delafield scharf. »Um Miss Gribble kümmern wir uns später.«

Gimma, die zwischen ihrem Onkel und Miss Delafield stand, konnte sich ein Grinsen nicht verkneifen. Arianwyn wandte sich ab, um nicht die Beherrschung zu verlieren. Sie war kurz davor, Gimma an die Gurgel zu gehen.

Da trat überraschenderweise Mrs Myddleton vor und lächelte ihr zu. »Danke für alles, was Sie getan haben, Miss Gribble«, sagte sie leise.

Es war ein winziger Trost, immerhin. Aber besser fühlte sich Arianwyn dadurch trotzdem nicht.

»Also gut, Abmarsch in den Wald.« Miss Delafield rollte einmal kurz mit den Schultern und hängte sich den Riemen ihrer Riesentasche quer über die Brust. Der Bürgermeister kehrte an seinen Schreibtisch zurück und Gimma ließ sich auf einen Stuhl plumpsen, um in einer Zeitschrift zu blättern. Miss Delafield blitzte die beiden böse an.

»Was ist?«, fragte Gimma.

»Na, was wohl? Sie werden mich natürlich begleiten und mir helfen«, sagte Miss Delafield.

»Äh, ja, natürlich!« Gimma errötete, warf ihrem Onkel einen verstohlenen Blick zu und legte widerstrebend die Zeitschrift aus der Hand.

»Sie auch, Mr Belcher!«

»Aber sollte ich nicht vielleicht besser … hierbleiben und auf Miss Gribble aufpassen?«

»Keine Sorge, die ist nicht gefährlich, nur ein bisschen dumm. Außerdem wird ihre Großmutter schon dafür sorgen, dass sie nicht verschwindet.«

Murrend erhob sich der Bürgermeister.

»Wo wurde die Verbannungsglyphe heraufbeschworen?«, fragte Miss Delafield Gimma, während sie den großen Stadtplan von Lull studierte, auf dem auch ein kleiner Zipfel des Großen Waldes abgebildet war.

»Ich weiß nicht, wo wir waren.« Gimma betrachtete die Karte. »In der Nähe des Flusses, glaube ich.«

»Arianwyn?« Miss Delafield tippte auf die Karte.

Arianwyn ließ ihren Blick über die Karte schweifen und folgte dem gewundenen Verlauf des Torr mit ihrem Finger. Da war die Lichtung, nicht weit entfernt vom alten Cottage der Woodsmiths. Ihr Finger blieb eine Weile in der Schwebe.

»Nun?«, schnaubte Mr Belcher.

»Dort.« Arianwyn tippte auf eine Lichtung, die an der Flussbiegung lag, wo der Calvaria gelaicht hatte.

»Okay, brechen wir auf!« Miss Delafield war schon mit Riesenschritten auf dem Weg zur Tür und Gimma hatte Mühe hinterherzukommen. Auf der Schwelle drehte sich die Bezirksaufseherin noch einmal zu Arianwyn um. »Sie warten hier. Wir sprechen uns, wenn ich zurück bin.«

Ein absolutes Ausnahmetalent

Granny stand auf und ging nachdenklich im Büro des Bürgermeisters hin und her. Dabei summte sie vor sich hin und kaute auf ihrer Unterlippe herum. Arianwyn saß da und schaute zu. Sie war wütend. Und enttäuscht. Enttäuscht, dass ihre Großmutter nicht mal versucht hatte, sie in Schutz zu nehmen.

Plötzlich blieb die alte Dame stehen, die Hände in die Hüften gestemmt, und starrte ihre Enkelin an. Es schien, als wollte sie etwas sagen, doch hastige Schritte auf dem Flur hielten sie davon ab. Kurz darauf stürmten Salle, Colin und Bob herein.

Als sie die Anspannung im Raum bemerkten, blieben sie abrupt stehen. Nur der Mondhase wuselte weiter über die weichen Teppiche und dunklen Dielen, um Arianwyn zu begrüßen. Sie nahm ihn auf den Arm und presste ihr Gesicht an die feinen, glatten schneeweißen Schuppen. Ein kleiner Seufzer entfuhr ihrer Kehle.

»Was ist los?«, fragte Salle. »Wir haben Miss Delafield, Gimma und den Bürgermeister gerade in Richtung Großer Wald aufbrechen sehen.«

Arianwyn wandte ihnen den Rücken zu und wischte sich die Tränen aus den Augen. Sie hörte, wie ihre Großmutter Salle und Colin die Lage erklärte, flüsternd und mit leicht brüchiger Stimme.

Als sie fertig war, platzte es aus Arianwyn heraus: »Ich hab den Spalt nicht geöffnet, ich schwör's! Warum glaubt mir denn keiner?«

Mit deutlich festerer Stimme antwortete Granny: »Ich weiß, dass du niemals lügen würdest – außer, um jemand anderen oder etwas, das dir am Herzen liegt, zu schützen. Aber nicht, um deine eigene Haut zu retten. Du bist immer um das Wohl anderer bedacht. Dabei konnte selbst ein Blinder sehen, dass dieses Mädchen, diese Gimma, deinen Schutz gar nicht nötig hatte ...«

»Gimma will verhindern, dass ihre Fehler ans Licht kommen. Sie hat was zu verbergen«, warf Salle ein.

»Und was ist jetzt der Plan?«, fragte Colin und schaute vorsichtig von Arianwyn zu ihrer Großmutter.

Arianwyn wandte den Blick ab. »Es gibt keinen Plan. Ich bin raus, mich geht das alles nichts mehr an.« Sie setzte den Mondhasen ab, der ihr sofort wieder um die Füße wuselte.

»Was? Das ist nicht dein Ernst!«, rief Colin.

»Doch. Überlasst die Angelegenheit Miss Delafield, die wird das schon regeln. Ich wollte eh kündigen.«

»Kündigen?« Salle und Granny schnappten gleichzeitig nach Luft.

»Ich hab alles falsch gemacht. Und ich hab Angst, Salle. Vor der Macht dieser Glyphe. Und vor diesem unheimlichen Wesen. Ich möchte nicht noch mehr Schaden anrichten.«

»Aber du kannst doch jetzt nicht einfach alles hinschmeißen«, sagte Salle hitzig und knallte ihre Faust auf den Schreibtisch. In ihren Augen standen Tränen. Alle Blicke waren jetzt auf sie gerichtet. Bob verkroch sich Schutz suchend unter dem Sofa.

»Das verstehst du nicht, Salle. Ich habe die ganze Stadt in Gefahr gebracht.«

»Du hast recht, ich verstehe es nicht. Meine Freundin Arianwyn Gribble würde niemals einfach so das Handtuch werfen. Sie ist absolut tough, hat vor nichts Angst, ist wahnsinnig hilfsbereit und trifft immer die richtige Entscheidung.«

»Das bin ich nicht, Salle. Ich hab alles falsch gemacht.«

»Jeder macht mal einen Fehler, Wyn. Und dann versucht man es wiedergutzumachen.« Aufmunternd sah sie Arianwyn an.

»Ich … ich kann das nicht. Ich hab keine Ahnung, wie ich das schaffen soll.«

Salle ließ ihren Blick von einem zum anderen schweifen. Sie war so aufgewühlt, dass sie nervös herumzappelte. »Na gut, wie du willst. Ich werde jedenfalls nicht hier rumstehen und Däumchen drehen.« Mit diesen Worten stürmte sie aus dem Raum.

»Salle, warte!«, rief Arianwyn, aber das Einzige, was ihr aus dem Flur entgegenschallte, war das Echo ihrer eigenen Stimme.

Dann herrschte Schweigen.

Colin stand wie eine Salzsäule neben der Tür. Nur hin und wieder warf er Arianwyn und ihrer Großmutter einen verstohlenen Blick zu. Letztere hatte wieder angefangen, wie ein Tiger im Käfig auf und ab zu laufen. Arianwyn sank in den Stuhl des Bürgermeisters und starrte gedankenverloren den Papierwust auf dem Schreibtisch und die halb gegessenen Sahnetörtchen an.

Ihr war übel und sie kam sich vor wie ein kleines Kind, dumm und hilflos.

Nach einer Weile hockte sich Granny neben sie, griff nach ihrer Hand und sagte sanft: »Du weißt, dass es für eine Hexe das Schwierigste überhaupt ist, den Zauber einer anderen Hexe rückgängig zu machen, oder? Du hattest nicht die geringste Chance, den Spalt zu schließen.«

Eine ganze Weile hingen die Worte in der Luft.

»Und warum hast du das vorhin nicht gesagt?« Arianwyn zog ihre Hand langsam weg.

Granny blickte sie gelassen an. »Weil ich mich zum Teil mitverantwortlich fühle. Ich hielt es für eine gute Lösung, dich hierherzuschicken. In Lull sollten simple Aufgaben auf dich warten – Aufgaben, bei denen eine junge Hexe etwas lernen, ihre Kenntnisse erweitern und sich auf ihre Nachprüfung vorbereiten kann.«

»Oh, hör bloß mit dieser Prüfung auf! Noch so eine Katastrophe!«, knurrte Arianwyn und verbarg ihr Gesicht in den Händen.

»Ach Mensch! Die Auswertung! Die hätte ich ja fast vergessen!«, platzte Colin heraus und schoss zum Schreibtisch des Bürgermeisters, wo er eine Weile in seinen Hosentaschen herumfummelte.

Schließlich zog er den Papierstreifen des Messgeräts hervor und hielt ihn Granny hin.

Die warf einen prüfenden Blick darauf und starrte Arianwyn dann entgeistert an. »Ist das dein Messwert …?«

»Ja!«, rief Colin, sichtlich stolz. »Es ist ihrer.«

Wie in Zeitlupe richtete sich Granny neben dem Bürgermeisterstuhl auf. Der Papierstreifen zitterte in ihrer Hand.

»Und Sie sind sicher, dass das Ergebnis korrekt ist?«, fragte sie.

Colin nickte und grinste breit. »Ich hab es heute Morgen von der ZHB prüfen lassen. Sie waren zwar nicht ganz glücklich darüber, dass die Messung außerplanmäßig vorgenommen wurde, aber …«

Arianwyn kam es vor, als hätten Colin und Granny ein Geheimnis, von dem sie nichts wusste. Unbehaglich wanderte ihr Blick zwischen beiden hin und her.

»Aber das heißt ja …« Granny konnte vor lauter Strahlen nicht weiterreden. »Das heißt ja, dass du beim ersten Mal unmöglich durchgefallen sein kannst.«

»Genau. Deine Werte waren so unfassbar hoch, dass unser Gerät dabei kaputtgegangen ist. Wir hatten die Einstellungen einfach nicht richtig angepasst.«

Arianwyn hörte zwar zu, verstand aber trotzdem nur die Hälfte.

»Ich wusste schon immer, dass du ein erstaunlicher Mensch bist, Arianwyn Gribble! Ein absolutes Ausnahmetalent!« Colin lächelte und eine sanfte Röte überzog seine Wangen.

»Mit einem so hohen Messwert müsstest du eigentlich *alles* zaubern können!« Granny lachte und dann vollführte sie mitten auf dem Teppich des Bürgermeisterbüros einen kleinen Freudentanz.

Doch ihre Freude währte nicht lange.

Von draußen drang ein heulendes Geräusch herein, wie von

einer Sirene oder einem wilden Tier oder einer Mischung aus beidem.

Arianwyn rannte zu der offenen Balkontür und spähte über das Häusermeer und die Stadtmauer hinweg zum Horizont, wo sich die Ausläufer des Großen Waldes abzeichneten. Hoch über den Bäumen schwebte etwas gleißend Helles, ähnlich einer Fackel oder einem Feuerwerkskörper. Nur dass es deutlich heller war, fast so wie die Sonne, und von einem tiefen, blutigen Rot. Und als es sich in den wolkigen Sommerhimmel hinaufwölbte, wurde das Heulen lauter, so laut, dass Arianwyn sich die Ohren zuhalten musste.

»Da ist jemand in Schwierigkeiten! Das ist das Warnsignal einer alten Zauberformel!«, rief Granny.

»Miss Delafield und die anderen«, vermutete Colin.

Arianwyn blieb wie angewurzelt stehen, starr vor Angst.

»Salle«, murmelte sie, stürzte aus dem Raum und raste die Treppe hinunter.

Der Nachtmahr

Das Auflodern der alten Zauberformel zog bereits eine Menge Aufmerksamkeit auf sich.

Als Arianwyn aus dem Rathaus trat, blickten etliche Bürger mit besorgten Mienen zum Himmel, liefen unruhig auf und ab und tauschten Vermutungen aus. Arianwyn bahnte sich einen Weg durch die Menge und steuerte auf die Wood Lane zu. Nach einer Weile blickte sie sich um und stellte erleichtert fest, dass Granny ihr folgte. Obwohl sie nach wie vor keinen Plan hatte, fühlte sie sich in ihrer Gegenwart sicherer. Colin hingegen war zurückgeblieben, um die Zivile Hexenkunstbehörde zu verständigen und Hilfe aus Flaxsham anzufordern.

Zum Osttor hin wurde das Gedränge immer dichter. Die Leute hatten die Köpfe in den Nacken gelegt und beobachteten, wie das Warnsignal langsam verglühte. »Könnten Sie bitte aus dem Weg gehen? Ich muss hier durch!«, rief Arianwyn immer wieder, aber die Menge machte ihr nur langsam Platz. Arianwyn bekam kaum Luft vor Sorge und ihre Beine waren bleischwer, obwohl sie versuchte, nicht über das nachzudenken, was sie im Wald erwartete.

Unbeirrt eilte sie weiter auf das Osttor zu. Durch den Torbogen leuchteten ihr die grünen Wiesen und der Wald entgegen, trieben sie voran.

»Aus dem Weg!«, brüllte sie. Für Höflichkeit war jetzt keine Zeit mehr. Endlich traten die letzten Leute beiseite und Arianwyn hatte freien Blick auf die Landschaft hinter dem Tor.

Irgendwo im dichten Grün des Waldes explodierten große Energiemengen und selbst auf die Entfernung stach ihr der widerliche Gestank schwarzer Magie in die Nase.

Granny stand neben ihr und presste sich ein Taschentuch vor den Mund.

»Das ist nicht gut«, flüsterte sie. »Gar nicht gut.«

»Wir müssen die Leute in Sicherheit bringen. Können wir nicht einen Schutzzauber über das Osttor legen?«, fragte Arianwyn.

»Ja, aber ein Zauber dieser Größenordnung muss permanent aufrechterhalten werden. Eine von uns beiden müsste also hierbleiben«, entgegnete Granny.

»Ich gehe in den Wald und helfe den anderen, du bleibst hier. Die Stadt zu schützen ist jetzt das Wichtigste«, sagte Arianwyn schnell, obwohl sie nicht wusste, ob sie sich ohne ihre Großmutter überhaupt in den Wald trauen würde.

»Du schaffst das!« Granny streichelte ihr über die Wange, als könnte sie Gedanken lesen. »Du wirst das alles ganz wunderbar hinkriegen!« Dann hob sie die Hände und wandte sich den Leuten zu, die am Osttor warteten.

»Bis wir herausgefunden haben, was hier los ist, müssen wir Sie bitten innerhalb der Stadtmauern zu bleiben.« Granny sprach laut und energisch. »Wir haben Sorge, dass im Großen Wald ein böser Dämon unterwegs ist. Er könnte eine Gefahr für Lull und seine Bewohner darstellen. Deshalb noch einmal die Bitte: Verlassen Sie die Stadt *nicht* durch dieses Tor!«

Dann wandte sie sich an ihre Enkelin: »Hilfst du mir, den Zauber aufzubauen, Arianwyn?«

Die warf einen skeptischen Blick über ihre Schulter in Richtung Wald, wo die magischen Explosionen immer heftiger wurden.

»Es dauert nicht lange, nur ein, zwei Minuten«, versicherte Granny und breitete ihre Jacke auf dem Boden aus. Dann überlegte sie kurz, bevor sie die Hände hob und rasch ein paar Glyphen in die Luft skizzierte – funkelnde Energieblitze, die Arianwyn in gewissem Abstand nachzeichnete.

Die Menschenmenge verstummte. Ein paar bekannte Gesichter waren darunter – und alle sahen erschrocken aus. Trotzdem lächelten sie Arianwyn aufmunternd zu und das machte sie gleich etwas zuversichtlicher.

Nur der Wind auf den Feldern und das leise Summen ihrer Großmutter waren jetzt noch zu hören.

»Warum summst du immer, wenn du zauberst und dich konzentrierst?«, fragte Arianwyn.

Granny warf ihr einen kurzen Blick zu und für einen Moment fürchtete Arianwyn, sie hätte sie verärgert. Aber dann begann ihre Großmutter zu kichern, ein helles, fröhliches Glucksen, das von der nervtötenden Stille aufgesaugt wurde wie Wasser von einem Schwamm.

»Alte Gewohnheiten sind zäh. Früher, als Lehrlingshexe, war ich extrem nervös beim Zaubern. Ich habe mir vor Angst fast in die Hose gemacht und irgendwann zu summen begonnen, um mich abzulenken und mir Mut zu machen«, erklärte sie. Wie zum Beweis trällerte sie gleich ein Liedchen:

»Hab keine Angst, meines Herzens Wonne,
Wolken ziehen auf und verdecken die Sonne,
aber tief in uns erstrahlt das wahre Licht,
erfüllt uns in dunkler Zeit mit Zuversicht.«

»*Du* hattest früher Angst?« Ungläubig starrte Arianwyn ihre Großmutter an, versuchte das kleine Mädchen in ihr zu sehen, das sie einmal gewesen war.

Granny nickte. »Auch heute habe ich manchmal noch Angst. Furcht ist ein natürlicher Begleiter des Menschen, das ist nichts, wofür man sich schämen muss, Arianwyn.« Sie begann wieder zu singen, während sie weitere Glyphen in die Luft malte.

Sanftes rosafarbenes Zauberlicht wallte auf das Stadttor zu und Granny half ihm mit kreisenden Handbewegungen, die Richtung zu halten. Nach einer Weile zischte und knisterte es und die Magie verschloss die Toröffnung.

»Zack! Nicht schlecht für eine alte Hexe, was?« Granny grinste.

Arianwyn strahlte. Noch nie war sie so stolz auf ihre Oma gewesen.

Doch kaum wandte sie sich wieder dem Großen Wald zu, stieg die nackte Angst in ihr auf.

»Du schaffst das!«, sprach Granny ihr Mut zu.

Arianwyn lächelte. Aber sobald sie durch das Tor trat und die darin sirrende Zauberkraft spürte, wurden ihre Knie weich. Alle Umstehenden schauten ihr nach. Deshalb marschierte sie schnell und ohne sich noch einmal umzudrehen, über die Wiesen und Felder in Richtung Wald.

Die langen Gräser wogten in der leichten Sommerbrise. Hier und da stachen Mohnblumen und Gänseblümchen als rote und weiße Tupfen hervor, aber all das nahm Arianwyn nur verschwommen wahr. Als ein weiteres Leuchtgeschoss heulend über den Baumwipfeln aufstieg, fing sie an zu rennen. Im Laufen beschwor sie eine kleine Energiekugel herauf, die Sekunden später in ihrer Handfläche tanzte.

Sie war erst wenige Meter in den Wald vorgedrungen, als direkt vor ihr die Baumkronen zu schwanken anfingen – wie von einem Sturm gepeitscht. Konnte das der Wind sein? Nein, der reichte ja gerade mal, um das Wiesengras leicht zu bewegen.

Zwischen den Baumstämmen zeichneten sich diffuse Umrisse ab, wie Schatten. Als Arianwyn näher heranging, um besser sehen zu können, hörte sie plötzlich Schreie: »Hilfe! Bitte! Wir brauchen Hilfe!«

Salle! Kein Zweifel!

Ohne weiter nachzudenken, sprintete Arianwyn los – mitten in das Dickicht zwischen den Bäumen hinein.

Was sie dann sah, war ebenso skurril wie furchterregend: Gegen einen Baumstamm gelehnt hockte Miss Delafield auf dem Waldboden, das linke Bein in einem seltsamen Winkel abgespreizt. Es musste gebrochen sein. Salle saß neben ihr und beobachtete, wie die Bezirksaufseherin eine magische Kugel nach der anderen gegen die umstehenden Bäume schleuderte.

Die Stämme und weite Teile des Waldbodens waren von Fluchflecken überwuchert – eine dicke, pelzige Schicht, wie das staubige Netz einer Riesenspinne. Und alles, was darunter lag, war tot, erstickt.

»Oh, verhexter Mist!«, keuchte Arianwyn. Ihre eigene Energiekugel verlosch vor Angst. Wie hatten sich die Fluchflecken so schnell und massiv ausbreiten können? Blätter rieselten auf sie herab – und das nicht etwa, weil es bereits Herbst wurde, sondern weil alle Bäume von Fluchflecken befallen waren.

Arianwyn stürzte zu Miss Delafield und Salle, die ihr mit zerkratzten, dreckigen Gesichtern erleichtert entgegenblickten. Miss Delafield stieß einen tiefen Seufzer aus und ließ ihren Kopf auf Salles Schulter sinken.

»Alles in Ordnung mit dir, Salle?« Prüfend betrachtete Arianwyn ihre Freundin. Die war zwar voller Schlammspritzer und Schrammen, schien ansonsten aber unversehrt.

Salle nickte. »Mir geht's gut, aber Miss Delafield hat sich das Bein gebrochen. Wir müssen sie zurück nach Lull schaffen.«

»Oh, Arianwyn, meine Liebe«, stöhnte Miss Delafield. »Zum Glück sind Sie hier. Ich fürchte, ich habe mich etwas übernommen. Die Kreatur ... ist ein Nachtmahr!«

»Ein was?« Arianwyn spähte durch die Bäume, aber mehr als ein paar dunkle Umrisse konnte sie nicht erkennen. Waren das Schatten?

»Nachtmahre sind uralte Dämonen«, stieß Miss Delafield zwischen zusammengebissenen Zähnen hervor. Sie musste starke Schmerzen haben. »Seit Hunderten von Jahren hat man sie nicht mehr zu Gesicht bekommen. Sie sind extrem bösartig und schwerer zu bekämpfen, als ich dachte. Irgendwie scheint gegen sie alles wirkungslos zu sein.«

»Wo sind Gimma und der Bürgermeister?«, fragte Arianwyn in einem Anflug von Panik.

Augenrollend deutete Salle zu einem großen Felsen etwas weiter hinten.

Und tatsächlich: Eng aneinandergekauert hockten die beiden hinter dem Stein, blankes Entsetzen stand ihnen ins Gesicht geschrieben. Sie waren über und über mit Laub, Ästen und Dreck bedeckt. Arianwyn rannte zu ihnen, während Miss Delafield eine weitere Salve Energiekugeln auf die Schatten feuerte.

»Mr Belcher, alles in Ordnung mit Ihnen?«

Der Bürgermeister blickte auf. Seine majestätische purpurfarbene Schärpe flatterte zerrissen und zerknittert um seinen Hals. Das goldene Wappen fehlte.

Er war krebsrot und völlig außer Atem. »Sie müssen uns ... zurück in die Stadt bringen, Miss Gribble«, japste er. »Ich fürchte, Miss Delafield ... hatte keine Ahnung, was auf uns zukommen würde, als ... sie uns hergebracht hat. Es ist wirklich nicht sicher hier.«

Arianwyn wandte sich an Gimma: »Das geht aber nur, wenn du uns hilfst, dieses Nachtmahr-Vieh auf Abstand zu halten.«

Gimma schwieg und mied Arianwyns Blick.

»Hm, es sieht so aus, Miss Gribble, als seien die Zauberfähigkeiten meiner Nichte … etwas beeinträchtigt durch die vielen Fluchflecken und die schwarze Magie. Sie tut sich hier ziemlich schwer mit ihrer Zauberei.« Doch sehr überzeugt klang der Bürgermeister nicht.

Gimmas Blick flackerte zu Arianwyn und dann schnell wieder zur Seite.

Arianwyn seufzte und eilte zurück zu Salle und Miss Delafield.

»Wir müssen wirklich schleunigst weg von hier«, sagte sie und schaute zu Gimma und ihrem Onkel. »Die Fluchflecken schwächen Gimma bereits.«

»Ach, Wyn, du weißt doch selbst, dass das Blödsinn ist«, schnaubte Salle.

»Schon gut, schon gut, Salle, meine Liebe.« Miss Delafield tätschelte Salle die Hand, während sie eine weitere Energiekugel in hohem Bogen zwischen die Bäume schleuderte. Die Kugel zog einen flammend gelben Schweif hinter sich her und ließ die Stämme aufleuchten, bevor sie irgendwo tief im Geäst verschwand. »Ich denke, wir wissen alle sehr gut, dass nicht die Fluchflecken Miss Alverstons Problem sind, nicht wahr, Miss Gribble?«

Arianwyn blickte von Salle zu Miss Delafield und schließlich zu Gimma. Salle hatte der Bezirksaufseherin offenbar alles erzählt.

»Sie hätte es früher oder später selbst herausgefunden«, erklärte Salle an Arianwyn gewandt und hob trotzig das Kinn.

»Nun, meine Damen, wir wollen uns doch jetzt nicht in die Haare kriegen, oder?«

In dem Moment drang ein rauer, schnappender Laut aus dem Dickicht.

Crrpp crrpp crrpp!

Arianwyn warf Salle und Miss Delafield einen fragenden Blick zu.

»Es kommt zurück!«, zischte Salle und zeigte vage ins Grüne.

»Dann nichts wie weg hier! Granny hat einen Schutzzauber rund um das Osttor gelegt. Wenn wir es bis dorthin schaffen, können wir die Stadt vielleicht halten, bis die Verstärkung aus Flaxsham kommt.«

»Ein sehr mutiger Plan!«, sagte Miss Delafield, aber der Ausdruck in ihren Augen jagte Arianwyn eher Angst ein, als dass er sie beruhigte.

»Gimma, Mr Belcher, fertig machen zum Rennen!«, rief sie zum Felsen hinüber.

Dann nickte sie Miss Delafield zu und gemeinsamen jagten sie ein ganzes Geschwader von Energiekugeln in die Bäume. Das schnappende Geräusch entfernte sich langsam und verklang schließlich ganz.

»Jetzt! RENNT!«, brüllte Arianwyn.

Zu zweit zogen sie Miss Delafield hoch, die vor Schmerz aufschrie. Und dann schleiften sie die Bezirksaufseherin mit ihrem schlaffen, nutzlosen Bein hinter sich her.

Gimma und der Bürgermeister liefen voraus, ohne sich auch nur einmal nach ihnen umzudrehen.

Irgendwie schafften sie es aus dem Wald heraus auf die Freifläche aus Wiesen und Feldern. Bleigraue Wolken hingen am Himmel, es nieselte. Die honigfarbene Stadtmauer von Lull sah aus, als sei sie noch Tausende von Kilometern entfernt. Trotzdem konnte Arianwyn die Menschenmenge erkennen, die ihnen vom Stadttor aus entgegenblickte. Ein sanftes rosafarbenes Licht hüllte sie ein. Grannys Zauber wirkte also noch.

Mit vereinten Kräften schleppten Salle und Arianwyn Miss Delafield voran, doch dann ertönte plötzlich wieder das furchtbare *Crrpp crrpp crrpp*. Arianwyn warf einen hektischen Blick über die Schulter – genau in dem Moment, als der Nachtmahr aus dem Wald hervorbrach. Zum ersten Mal sah sie ihn! Seine Gestalt war seltsam verdreht, dunkel und bedrohlich, wie ein verkümmerter Baum. Und er bewegte sich direkt auf sie zu, wobei seine tentakelartigen Arme wild um ihn herumschlingerten. Er sah aus wie ein schwarzer Tornado, der Gestalt angenommen hatte. *Crrpp crrpp crrpp*, hallte es heiser über die Felder.

Er kam immer näher, bis Arianwyn schließlich sein zerflossenes, konturloses Gesicht erkennen konnte. Die Gesichtszüge fehlten, nur da, wo sein Mund hätte sein müssen, klaffte ein großes gezacktes Loch. Die Fangarme wanden sich unaufhörlich um diese schreckliche Öffnung. Dann tastete das Vieh den Boden nach Fluchflecken ab, aber nicht nur mit den Armen: Sämtliche Glieder, oder wie auch immer man das nennen wollte, schlängelten sich voran – und zwar in alle Richtungen gleichzeitig. Garantiert zog das Monster seine Kraft aus der schwarzen Magie der Fluchflecken.

»Aaaarrrgh!« Miss Delafield schrie vor Angst und Schmerz, doch als sie sich mit Salles Hilfe umdrehte und eine weitere Salve Energiekugeln abfeuerte, schien sie nur noch unglaublich wütend zu sein. Diesmal hatte sie auf die Bäume rund um das schwarze Vieh und auf den Boden vor seinen Füßen gezielt. Es war, als würde ein kleiner Teil des Waldes explodieren. Bäume wurden aus der Erde gerissen, der Boden platzte auf und riesige Stämme krachten auf den Nachtmahr nieder.

Bitte, tu's nicht!

Gestützt von Arianwyn und Salle humpelte Miss Delafield über die Wiesen. Sie war blass und ihre Augen flackerten vor Erschöpfung.

Hinter ihnen krachten reihenweise Bäume zu Boden – es war ein ohrenbetäubender Lärm.

Ein Stück weiter vorn kauerten Mr Belcher und Gimma im hohen Gras. Der Bürgermeister hatte einen knallroten Kopf und klammerte sich keuchend an seine Nichte.

»Haben … Sie das Ding … erledigt?«, winselte er und riskierte einen Blick über seine Schulter.

»Eher unwahrscheinlich.« Miss Delafield klang grimmig. »Ich denke, wir sollten schnell ein paar magische Barrieren hochziehen. Um die Bestie so lange wie möglich aufzuhalten.«

Arianwyn nickte und machte sich daran, ein Hindernis in die Nähe der verkohlten Baumstämme zu zaubern. Es würde den Nachtmahr zwar nicht auf Dauer fernhalten, aber doch eine Weile ausbremsen.

»Warum hilft uns denn niemand?«, maulte Gimma mit Blick auf die Stadtmauer.

»Weil Madam Stronelli das Osttor zur Sicherheit mit einem Zauber versiegelt hat«, erklärte Miss Delafield.

»Colin hat übrigens Verstärkung bei der ZHB angefordert«, sagte Arianwyn, als das erste Hindernis stand.

»Gut!« Miss Delafield nickte. »Dort wird man weitere Hexen aus der Umgebung als Einsatztruppe zusammentrommeln.« Aber irgendetwas in ihrer Stimme vermittelte Arianwyn den Eindruck, dass auch das nicht reichen würde.

Zweifelnd drehten sie sich zu dem Nachtmahr um.

»Trotzdem werden wir ihn nicht aufhalten können, oder, Miss Delafield?« Salle klang ziemlich ernüchtert.

Die Bezirksaufseherin schüttelte den Kopf.

Da kam Arianwyn plötzlich eine Idee. Sie ließ ihre zitternde Hand in die Tasche gleiten und tastete nach der Buchseite von Estar. Vielleicht war Miss Delafield ja erfahren genug, um die schwarze Magie der rätselhaften Glyphe zu kontrollieren?

Kurz entschlossen zog Arianwyn das Blatt hervor und drückte es der Bezirksaufseherin in die Hand.

»Ich denke, wir sollten das hier ausprobieren …«

»Auf keinen Fall!«, schnitt ihr Miss Delafield das Wort ab. Sie klang erschrocken und wütend zugleich. Schnell wandte sie sich wieder ab, um weitere magische Hindernisse in die Landschaft zu stellen. Ihre Schultern waren angespannt, als sie eine Glyphe nach der anderen in die Luft zeichnete. »Ich dachte, das Thema hätten wir abgehakt …«, knurrte sie.

Ein dröhnender Knall unterbrach sie. Wie Gewitterdonner, nur unendlich viel lauter, als würde die ganze Welt in zwei Hälften brechen.

Arianwyn fuhr herum und sah gerade noch, wie die umgestürzten Baumstämme hoch in die Luft geschleudert wurden – eine gewaltige Explosion aus Erde, Fels und Holz. Und dann kletterte der Nachtmahr in aller Ruhe über die verkohlten Trümmer.

Crrpp crrpp crrpp.

Unerbittlich schob er sich vorwärts … bis er auf das erste der eilig errichteten magischen Hindernisse stieß. In der nächsten Sekunde droschen seine Tentakelarme darauf ein.

»Das wird nicht lange halten«, rief Arianwyn. Man konnte in dem Gebilde bereits erste Risse erkennen. Angesichts dieser neuen Entwicklung nahm Arianwyns Idee weiter Gestalt an.

Die unbekannte Glyphe.

Ihre letzte Hoffnung.

Eine andere Möglichkeit gab es nicht.

»Ich werde die Glyphe heraufbeschwören!«, rief sie. »Es ist unsere einzige Chance.«

»Nein! Kommt nicht infrage! Auf keinen Fall!«, brüllte Miss Delafield. »Schlagen Sie sich das aus dem Kopf, meine Liebe! Es ist viel zu gefährlich.«

»Was ist los?«, schaltete sich der Bürgermeister ein, der nicht mehr ganz so atemlos klang, aber immer noch krebsrot war.

»Miss Gribble möchte einen unbekannten Zauber ausprobieren, um den Nachtmahr aufzuhalten«, erklärte Miss Delafield. »Und zwar einen, den ich ihr verboten habe. Weil er nicht sicher ist!«

»Lassen Sie das Mädchen um Himmels willen machen, Jucasta!« Mr Belchers Stimme überschlug sich fast. »Vielleicht ist sie die Einzige, die uns noch retten kann. Gimma ist definitiv keine Hilfe.«

Arianwyn warf einen Blick über die Schulter zum Bürgermeister. Gimma, die neben ihrem Onkel gekauert hatte, entfernte sich ein paar Schritte. Sie sah beleidigt aus, als hätte er ihr eine Ohrfeige verpasst.

Mr Belcher schien seinen Ausrutscher zu begreifen und streckte eilig einen Arm nach seiner Nichte aus: »Oh, Herzchen, so meinte ich das nicht …«

Doch Gimma schlug seine Hand unwirsch zur Seite. »Ich werd's dir beweisen!« Sie hatte leise gesprochen, aber trotzdem laut genug, dass alle es hören konnten. Dann öffnete sie ihr albernes kleines Perlentäschchen, das sie natürlich auch hier dabeihatte, und kramte einen mit Tesafilm geklebten Zettel hervor. Als sie ihn auseinanderfaltete, zog Arianwyns Magen sich vor Schreck zusammen.

Es war der Zettel, auf den sie die unbekannte Glyphe gekritzelt hatte, um sie Miss Delafield zu zeigen. Gimma hatte die Papierschnipsel nicht in den Ofen geworfen, wie von Miss Delafield gewünscht. Sie hatte alles wieder zusammengeklebt und aufbewahrt.

»Du kannst mit der Glyphe nicht umgehen, Gimma!« Arianwyns Stimme bebte vor Angst. »Ihre Magie ist so schwarz wie die des Nachtmahrs. Vielleicht sogar noch dunkler. Das ist zu gefährlich für dich.«

»Ach ja, aber für dich nicht, oder wie?«, höhnte Gimma. Sie schleuderte ihr die Worte entgegen wie Giftpfeile. »Du warst doch schon immer der Meinung, dass du was Besseres bist, stimmt's, Arianwyn *Dribble?*«

»Nein, das stimmt nicht. So war ich nie!«, sagte Arianwyn. Ihre Stimme zitterte jetzt nicht mehr ganz so schlimm. »Gimma, bitte, tu's nicht!«

Ein Luftstoß fegte an ihnen vorbei, begleitet von einem gleißenden blauen Licht.

»Miss Gribble hat recht. Es handelt sich um eine unglaublich gefährliche Glyphe«, meldete sich eine leise Stimme zu Wort. »Sie heißt Skygɛ, auch bekannt als Schattenglyphe. Eine der alten ruhenden Glyphen.«

Alle fuhren herum und starrten Estar an, der plötzlich nur ein paar Meter von ihnen entfernt stand, umgeben von einer Aura aus blauem Licht. Er lächelte Arianwyn an und verbeugte sich dann der Reihe nach vor den anderen.

»Du wieder!«, kreischte der Bürgermeister und schoss mit ausgestrecktem Zeigefinger auf Estar zu. »Du hast uns den ganzen Schlamassel eingebrockt! Das hier ist der Dämon, mit dem Miss Gribble schon die ganze Zeit unter einer Decke steckt!«, erklärte er den anderen. Beim Sprechen spritzten ihm kleine Speicheltropfen aus dem Mund. »Deine Lügengeschichten werden wir uns ganz sicher nicht anhören! Du wirst zusammen mit dem Nachtmahr verbannt! Ab ins Schwarze Nichts mit dir, du böser Geist!«

Estar blinzelte den Bürgermeister seelenruhig an.

Arianwyn spürte, dass alle sie anblickten, und war für einen Augenblick wie erstarrt vor Anspannung.

»Das reicht!«, rief Miss Delafield. »Arianwyn und diese ...

Kreatur haben recht. Die Glyphe ist definitiv zu gefährlich für Miss Alverston.«

»Sollten Sie, junge Dame, trotzdem versuchen, sie heraufzubeschwören, werden Sie scheitern«, sagte Estar. »Daran besteht nicht der geringste Zweifel. Miss Gribble hingegen besitzt die seltene Gabe, ruhende Glyphen zu erkennen und zu aktivieren. Genau wie schon Miss Delafields Schwester, meine Freundin Euphemia.« Estar schenkte der Bezirksaufseherin ein warmes Lächeln.

»Nun, das alles hier ist höchst regelwidrig«, schnaubte der Bürgermeister und wandte sich an Gimma. »Gib Miss Delafield den Zettel und geh aus dem Weg.«

»NEIN!« Gimmas Augen sprühten Funken, ihre Wangen glühten.

»Um Himmels willen, Kind, jetzt mach doch *ein Mal* das, was man dir sagt!«, brauste ihr Onkel auf.

»Nein! Ich werde es euch zeigen. Euch allen!« Und ohne ein weiteres Wort zu verlieren, wirbelte Gimma herum und rannte durch das hohe Gras auf den Nachtmahr zu. Der hatte gerade Arianwyns erste Barriere durchbrochen und stürmte auf die zweite zu.

»Halten Sie Gimma auf, Miss Gribble! Bitte!«, rief der Bürgermeister.

Arianwyn sprintete hinter Gimma her, während Miss Delafield hastig neue Energiekugeln produzierte. Sie überschüttete den Nachtmahr mit einem Kugelhagel aus Blitzen, Feuer, Eisbrocken und magischen Fesseln. Aber der Dämon schüttelte sämtliche Zauber einfach ab – als wären es lästige Insekten.

Als ihre Füße über den Wiesenboden trommelten, kam Arianwyn ein Gedanke: Sie könnte Gimma die Glyphe tatsächlich ausprobieren lassen. Es würde nicht funktionieren, da war sie sich sicher. Und dann würde sie bereitstehen, um in letzter Sekunde das Ruder herumzureißen und Gimmas Chaos zu beseitigen – und das alles vor den staunenden Augen der Bürger von Lull, die sich am Osttor versammelt hatten.

Arianwyn ließ sich die Idee kurz durch den Kopf gehen, verwarf sie dann aber wieder. Was war bloß in sie gefahren? Gimma könnte sterben, wenn sie wirklich versuchte die Glyphe heraufzubeschwören.

Ohne weiter nachzudenken, legte sie einen letzten Sprint ein und warf die Arme um Gimma. Beide Mädchen fielen zu Boden.

»Lass mich los, du blöde Kuh!« Gimma zog Arianwyn an den Haaren, kratzte, strampelte und schlug wie wild um sich.

Aber Arianwyn lockerte ihren Griff nicht. Die Angst gab ihr Kraft. »Gimma, du hast ja keine Ahnung, was du da tust.«

Crrpp crrpp crrpp!

Plötzlich blitzte es und mit einem Funkenregen fiel die zweite magische Barriere in sich zusammen.

Gimma hörte trotzdem nicht auf sich zu wehren, und während die beiden Hexen noch im hohen Gras miteinander rauften, bemerkte Arianwyn, dass die dunkle Gestalt immer näher kam – bis sie nur noch wenige Meter entfernt war. Sie löste ihren Klammergriff, rappelte sich hastig auf und zog Gimma ebenfalls auf die Füße. Der Nachtmahr ragte hoch über ihnen auf, schwarz und unförmig, seine langen Fangarme wanden sich um ihre Stiefel. Ein heiserer Schrei entwich Gimmas Kehle, während sie panisch nach hinten taumelte. Der Nachtmahr verlagerte sein Gewicht. Er hatte ihre Bewegung wahrgenommen.

Arianwyn versuchte Gimma aus der unmittelbaren Gefahrenzone zu reißen, aber der Nachtmahr war zu schnell. Mit einem seiner langen geschuppten Arme schnappte er sich Gimma und schleuderte sie in hohem Bogen durch die Luft. Einen Moment lang sah es so aus, als würde sie fliegen. Aber dann geriet ihr Körper ins Trudeln und sie prallte auf den Boden, zwischen entwurzelte Baumstämme und riesige Fluchflecken. Beunruhigend still lag sie da.

»Gimma!«, schrie Arianwyn, halb besinnungslos vor Angst, dass der Nachtmahr mit ihr das Gleiche anstellen könnte. Sie schlich in den toten Winkel hinter seinem Rücken und stürzte zu Gimma. Vor den Fluchflecken bremste sie ab. Gimma atmete noch, schien aber bewusstlos zu sein.

Tränen verschleierten Arianwyns Blick.

Der Nachtmahr kam immer näher.

Aber plötzlich brach ein Sturm über Wald und Wiesen herein, Regen trommelte durch die Äste, im Nu war der Boden durchweicht und glitschig. Da drehte sich Arianwyn wild entschlossen um und starrte den Dämon direkt an.

Sie war bereit, die Schattenglyphe anzurufen und die Sache zu beenden – auf die eine oder andere Weise. Sie konnte die Glyphe jetzt sogar durch ihre Tränen hindurch sehen. Und sie spürte ihre Kraft. Vielleicht würde es diesmal ja anders ausgehen? Jedenfalls durfte sie sich nicht wieder von der Glyphe überwältigen lassen. Sie musste ihre Kraft irgendwie kontrollieren.

Ein Schauder lief ihr über den Rücken und ihr Herz trommelte fast so laut wie der Regen. Dann atmete sie noch einmal tief durch, kniete sich auf den Boden und zeichnete hastig eine große, geschwungene Linie ins Dämmerlicht.

Für einen Moment hing die Glyphe vor ihr in der Luft – eine düstere, schlangenähnliche Form. Sirrend sammelte sich die Magie um sie herum, pulsierte durch den Waldboden, die Steine und die Luft.

Der Zauber baute sich erstaunlich schnell auf.

Und als die Glyphe schließlich verblasste, spürte Arianwyn, wie aus allen Richtungen kalte Schatten angekrochen kamen, sich streckten, vorwärtsschoben und strudelnd ausdehnten.

An den Rändern war ihr Sichtfeld bereits eingetrübt, als sei dort schwarze Tinte ausgelaufen. Als Arianwyn schließlich auf die Füße kam, legte sich die Finsternis des Waldes Unheil verkündend, eisig und furchterregend auf sie, wie eine bleischwere Decke. Sie erschauerte und sackte unter dem Gewicht der Magie ein bisschen zusammen. Jetzt bloß keine Schwäche zeigen, dachte sie, während ihre Füße auf dem nassen Gras herumrutschten.

Der Nachtmahr blieb stehen und beobachtete Arianwyn. Ganz sicher nahm er das Aufwallen der magischen Energie ebenso wahr wie sie. Und dann stieß er erneut seinen schaurigen, krächzenden Schrei aus – als würde er Kraft aus ihrer Angst, ihrem Zaudern und ihren Zweifeln ziehen.

Crrpp crrpp crrpp.

Jetzt, aus der Nähe, konnte Arianwyn erkennen, wie sein zerklüftetes Maul beim Brüllen vibrierte. Angewidert wandte sie sich ab.

Die Last der Dunkelheit nahm zu, immer mehr Schatten rollten heran wie riesige Wellen an einer Küste. Was machte sie hier? Sie hatte nicht die geringste Chance gegen dieses Monstrum, sie würde es niemals aufhalten können. Tränen liefen ihr über die Wangen und vermischten sich mit den Regentropfen.

Dann fand sie ihr Gleichgewicht wieder, atmete ein paarmal tief durch und starrte den Nachtmahr an. *Mach ihn fertig! Bring die Glyphe unter deine Kontrolle!* Aber die Düsternis lastete unglaublich schwer auf ihr.

Wie kann es nur so kalt sein, dachte sie. Doch nicht nur die Kälte machte ihr zu schaffen, sondern auch die Ahnung, dass mit der Dunkelheit das große Nichts heranbrandete.

Arianwyns Blick verschwamm, während der Nachtmahr immer noch bewegungslos dastand, das leere Gesicht wie versteinert. Als würde er in aller Ruhe auf ihren Untergang warten. Gimmas reglose Gestalt lag rechts von ihr, gerade außerhalb ihrer Reichweite. *Warum steht sie nicht auf?*

Arianwyn dämmerte, dass die Glyphe ein fataler Fehler war. Was zum Teufel hatte sie beweisen wollen? Und vor allem: Was sollte sie als Nächstes tun? Der Zauber geriet außer Kontrolle und gewann langsam die Oberhand, genau wie beim letzten Mal. Vielleicht sollte sie sich einfach von der Dunkelheit verschlingen lassen? Vielleicht war es ja gar nicht so schlimm? Vielleicht kam das Nichts ganz sanft und leise?

Der Nachtmahr zischte. Es klang wie ein triumphierendes »Yesssssss!«. Als hätte er ihre Gedanken gelesen. Eine schwarze Zunge schoss aus der klaffenden Maulöffnung und fuhr über die zerklüfteten Lippen.

»Nein!«, schluchzte sie, während die Schatten immer dichter um sie herumwirbelten.

»Lass dich von den Schatten einhüllen, Kleine. Ich spüre deine Unsicherheit. Ich rieche deine Angst, höre deine Einsamkeit.« Die Stimme klang eisig und bitter. Arianwyn war sich nicht sicher, wer da gesprochen hatte: der Nachtmahr oder die Schatten oder vielleicht ihr eigener Zweifel.

Doch leider war es die Wahrheit: Natürlich hatte sie Angst. Und natürlich wusste sie nicht, wie die Glyphe funktionierte. Niemand wusste das. Es war ein Risiko. Ein gewaltiges Risiko – und es sah so aus, als würde die Sache schiefgehen. Sie stand mutterseelenallein vor diesem bösen Dämon und den endlos herumwirbelnden Schatten. Arianwyn blickte auf ihre Hände und sah, dass die Dunkelheit bereits zwischen ihren Fingern hervorquoll. *Oder kommen die Schatten etwa aus mir heraus?*

Da spürte sie plötzlich eine Bewegung neben sich und kurz darauf glitt eine kleine warme Hand in ihre und drückte sie. Estar stand an ihrer Seite.

»Du bist nicht alleine«, lächelte er. »Du warst noch nie allein, schau!«

Sie blickte auf und sah Miss Delafield, Salle und den Bürgermeister ein Stück hinter dem Nachtmahr im Schatten stehen. Sie wirkten verängstigt, aber nicht hoffnungslos verzweifelt. Und hinten an der Stadtmauer, die unter Grannys Schutzzauber sanft leuchtete, drängten sich die Bürger von Lull und schickten ihr ermutigende Gedanken, das spürte Arianwyn.

Lauter lächelnde, warme, liebenswerte Gesichter, die zu ihr herüberstrahlten – wie Sterne, wie Signalfeuer der Hoffnung.

Und plötzlich wurde ihr alles klar: Nicht die unbekannte Glyphe erzeugte all die Schatten! Nein, sie kamen aus ihr selbst, aus ihrem Inneren!

Die Dunkelheit waren ihre Zweifel, ihre Ängste und ihre Einsamkeit. Um die Glyphe zu kontrollieren, musste sie ihre Unsicherheit in den Griff bekommen.

Entschlossen drückte sie Estars Hand und wandte sich wieder dem Nachtmahr zu.

»ES REICHT!«, brüllte sie in die Dunkelheit und es klang wie ein Triumphschrei. Die Schatten hielten in ihrer Bewegung inne.

Der Zweifel, den sie verspürt hatte, schwand und sie konnte die Rufe ihrer Freunde hören. Sie war nicht länger allein. Mit zusammengebissenen Zähnen starrte sie den Nachtmahr an. Sie hatte keine Angst mehr vor ihm. Und vor ihren eigenen magischen Fähigkeiten fürchtete sie sich auch nicht länger.

Sie schloss kurz die Augen und stellte sich vor, sie würde mit Salle heiße Schokolade im Blauen Ochsen trinken. Sie hörte die Unterhaltungen und das Gelächter in der Wirtsstube und spürte die Wärme des Kaminfeuers. Und siehe da: Die Schatten begannen sich aufzulösen.

Schnell dachte sie an Colin, an seine gigantischen Papierstapel, sein Vertrauen in ihre Fähigkeiten und sein freundliches Lachen, während sie gleichzeitig das Gefühl von Estars warmer Hand in ihrer genoss.

Dann erinnerte sie sich an all die wunderschönen Momente mit ihrer Großmutter. Sogar das Lied, das sie immer gesummt hatte, kam ihr in den Sinn: … *aber tief in uns erstrahlt das wahre Licht, erfüllt uns in dunkler Zeit mit Zuversicht.*

Und plötzlich geriet alles in Bewegung.

Der dunkle Nebel, den ihre Fingerspitzen verströmten, begann sich zu verändern, er fing an zu leuchten, zu glühen. Und ehe sie sichs versah, fing sie an zu schweben. Sie löste sich von Estars Hand und stieg mehrere Meter in die Höhe. Die Licht gewordenen Schatten wallten um sie herum.

Endlich hatte sie den Zauber unter Kontrolle!

Arianwyn hob die Arme in Richtung Nachtmahr und die leuchtenden Schatten strömten auf ihn zu, hüllten ihn ein.

Dann passierte eine Weile gar nichts. Es war, als würde der Große Wald den Atem anhalten. Der Nachtmahr kämpfte gegen die Macht des Zaubers. Aber die Schatten hatten ihn so fest umfangen, dass er nur noch seinen Kopf und sein grässliches Maul bewegen konnte. In grenzenloser Panik warf er sich hin und her, während die Dunkelheit ihn langsam verschlang.

Dann strömte auf einmal Licht aus dem Nachtmahr, so gleißend, dass Arianwyn ihre Augen abschirmen musste. Es war, als ob sein Körper von Lichtstrahlen zerteilt würde, und mit einem lauten Schlag zerfiel er in Tausende von kleinen Fragmenten. Das Geräusch klang irgendwie triumphierend – als würde der Himmel aufreißen.

Schon bald waren von der Kreatur nur noch ein paar winzige Lichtbündel übrig. Dann lösten auch sie sich in Wind und Regen auf.

Arianwyn fühlte sich, als hätte sie die ganze Zeit über die Luft angehalten. Jetzt, als der Zauber an Kraft verlor, das magische Licht verblasste und aus der flüsternden Dunkelheit wieder ganz normale Schatten wurden, atmete sie tief durch und ließ sich zu Boden sacken. Von dort beobachtete sie, wie Estar versuchte, die immer noch reglose Gimma zwischen Baumstämmen und Fluchflecken hervorzuziehen.

Plötzlich drang ein Rauschen an ihre Ohren. War es der Sturm? Oder irgendein neuer Albtraum? Sie drehte sich um und sah, wie die Bürger von Lull jubelnd und winkend über die Wiesen rannten.

Sie hatte es geschafft, sie hatte es wirklich geschafft. Sie hatte die Schattenglyphe unter ihre Kontrolle gebracht. Jetzt gab es nichts mehr, was sie fürchten musste. Nur Gimma machte ihr noch Sorgen.

Arianwyn versuchte sich aufzurappeln, um Estar zu helfen, aber sie war auf einmal irrsinnig müde, ihre Beine wollten sie einfach nicht mehr tragen. Taumelnd fiel sie auf den matschigen Wiesenboden. Um sie herum wurde es dunkel.

Einige Theorien besagen, dass alle Glyphen, die heutzutage in den Vier Königreichen von Hexen verwendet werden, aus Bruchstücken einer uralten, längst vergessenen Sprache entstanden sind.
Es ist also durchaus denkbar, dass die uns bekannten Glyphen verkürzte Versionen von sehr viel komplexeren und raffinierteren Zaubersprüchen sind. Beweise für die Existenz dieser älteren Zauber gibt es allerdings nicht.

Aus dem Handbuch für Hexenlehrlinge

Der silberne Stern

Arianwyn stand am Rand des Großen Waldes. Ein langes gelbschwarzes Absperrband war von Baum zu Baum gespannt, so weit das Auge reichte. Alle paar Meter baumelte ein Warnschild.

»Gesperrt auf Erlass der Zivilen Hexenkunstbehörde. ZUTRITT VERBOTEN!«

»Meinst du, wir werden Ärger bekommen, Wyn?«, fragte Salle und blickte sich ängstlich um – wie schon hundert Mal, seit sie Lull verlassen hatten.

»Wir gehen ja nicht in den Wald«, beruhigte Arianwyn sie, »wir tun nichts Verbotenes.«

»Sag ich doch schon die ganze Zeit«, meinte Estar und lächelte die Mädchen an.

»Aber ist es auch sicher?« Salle klang ernsthaft besorgt.

Arianwyn tätschelte ihr beruhigend den Arm. »Alles gut, Salle. Ich werde dich beschützen und danach kehren wir sofort zurück, versprochen.«

Aber Salle blieb angespannt, ganz untypisch für sie, und Arianwyn wusste nicht, warum. Eigentlich war es doch ein wundervoller Spätsommertag. Der Himmel strahlte tiefblau und wolkenlos. Es war ein bisschen schwül und absolut windstill. Ein Stück von ihnen entfernt klaffte ein Loch in der endlos wirkenden

Baumreihe: eine kohlschwarze Wunde, die Erinnerung an den Abend vor zwei Wochen, als Arianwyn den Nachtmahr besiegt hatte.

Für Gimma war es weniger gut gelaufen, obwohl man sie gleich am nächsten Tag nach Kingsport gebracht hatte und sie dort von den besten Ärzten behandelt wurde.

»Nun ja, ich sollte mich jetzt wohl mal verabschieden«, unterbrach Estar Arianwyns düstere Grübeleien. »Wirst du ohne mich zurechtkommen, Arianwyn Gribble?«, fragte er.

»Willst du denn wirklich zurück? Du hast doch gesagt, in Erraldur sei es nicht sicher für dich.«

Estar spähte in den Wald hinein. Vogelgezwitscher und Blätterrascheln füllten das Schweigen.

»Ich habe Leuten versprochen, dass ich wiederkomme. Sehr wichtigen Leuten. Sie haben viel riskiert, um mir zu helfen. Außerdem kann es sein, dass sie etwas über diese unbekannten Glyphen wissen. Und über das Buch, aus dem die legendäre Seite stammt.«

Arianwyn musste daran denken, was Miss Delafield ihr erzählt hatte: über ihre Schwester, die verrückt geworden war bei dem Versuch, die Schattenglyphe zu nutzen.

»Die Schattenglyphe ... warum hab ich es geschafft, sie zu kontrollieren, und Effie nicht? Und heißt das, ich könnte auch die anderen unbekannten Glyphen bändigen?«

Estar kicherte und trat auf die Bäume zu. »Ich glaube, du hast fürs Erste genug von geheimnisvollen Glyphen, Arianwyn Gribble. Irgendwann erzähle ich dir vielleicht mehr darüber.«

»Also kommst du zurück?«, fragte Salle.

»Natürlich, jetzt, wo ich hier Freunde habe, die mich willkommen heißen!« Er tätschelte Salles Hand.

Arianwyn, die nicht wusste, was sie sagen sollte, warf einen Blick zurück auf die Stadt. Der Abschied von Estar trieb ihr die Tränen in die Augen. »Wir verdanken dir so viel. Wir alle«, sagte sie und bemühte sich um eine feste Stimme.

»Ja, Mr Estar. Ohne Sie hätte der Nachtmahr …« Salle erschauderte.

»Einfach nur Estar, bitte. Und ich hatte mit der Rettung doch gar nichts zu tun, das war alleine Arianwyn.« Estars Augen, normalerweise leuchtend gelb, wirkten auf einmal ungewöhnlich blass und wässrig. »Also, ich sollte jetzt wirklich los.« Mit einer eleganten Bewegung streckte er Arianwyn seine Hand entgegen. »Ich wünsche dir alles Gute, Arianwyn Gribble. Ich wusste gleich bei unserer ersten Begegnung, dass du eine großartige Hexe bist.«

Arianwyn zog die kleine blaue Gestalt zu sich heran und drückte sie fest. Die Tränen strömten ihr jetzt nur so übers Gesicht. »Danke, Estar, danke für alles!«

»Na, na, nicht weinen.« Er tätschelte ihr sanft den Kopf und machte ein paar Trippelschritte in Richtung Großer Wald, wo sein Zuhause lag: Erraldur.

»Pass auf dich auf!«, murmelte Arianwyn.

»Auf Wiedersehen, Mr Estar!«, sagte Salle.

Der kleine blaue Feyling schlüpfte unter dem Absperrband hindurch, drehte sich noch einmal um, hob grüßend die Hand und erhob sich ein paar Meter in die Luft. Eine prächtige blaue Lichtglocke umgab ihn.

Nach ein paar Sekunden wurde das Licht so gleißend, dass man nicht mehr hineinschauen konnte. Arianwyn spürte den starken magischen Sog, der von Estar ausging. Es gab einen kurzen Blitz und einen lauten Knall. Dann pulsierte das blaue Licht und er war verschwunden.

Arianwyn seufzte tief und wischte sich die Tränen ab.

»Alles in Ordnung mit dir?« Salle sah ihre Freundin besorgt an.

»Mir geht's gut, ich bin nur müde. Miss Delafield meint, es wird noch eine Weile dauern, bis ich mich von der Schattenglyphe erholt habe.«

Die Auskunft schien Salle nicht wirklich zu beruhigen.

»Echt, mit mir ist alles in Ordnung«, beteuerte Arianwyn. »Komm, lass uns in meine Werkstatt gehen und Tee trinken. Ich hab Kuchen gebacken.«

Endlich lächelte Salle und sie liefen durch das hohe Gras auf die uralte Stadtmauer von Lull zu.

»Hast du gehört, wie es Gimma geht?«, fragte Salle.

»Nein. Miss Delafield hat ihre Eltern angerufen, aber die wollten nicht mit ihr sprechen. Ich schätze, sie hat jede Menge Ärger mit der Zivilen Hexenkunstbehörde.«

Arianwyn fand die Vorstellung entsetzlich, Ärger mit der ZHB zu haben, egal in welcher Form. Und obwohl Gimma für die meisten Dinge selbst verantwortlich war, tat sie ihr leid. Den Nachtmahr-Angriff hatte sie nicht verdient.

Schweigend überquerten sie die Brücke und traten durch das Osttor. In der Stadt herrschte eine merkwürdige Ruhe.

»Ich habe Miss Delafield gefragt, ob ich mir ein paar Tage freinehmen könnte, um Granny in Kingsport zu besuchen«, sagte Arianwyn, als sie auf der Old Town Road in Richtung Marktplatz schlenderten. »Hast du vielleicht Lust mitzukommen?«

Salle blieb wie angewurzelt stehen und starrte Arianwyn an. »Echt? Wirklich, Wyn? Ich wollte schon immer mal nach Kingsport! All die Theater dort!« Sie hüpfte vor Begeisterung auf und ab.

»Heißt das: Ja?«

»Aber so was von!« Salle flog Arianwyn um den Hals. Ihre Umarmung war etwas unbeholfen, dafür aber umso herzlicher.

Auch auf dem Marktplatz war es ungewöhnlich ruhig – anders als in der Kettle Lane. Als Arianwyn und Salle um die Ecke bogen, sahen sie, dass sich extrem viele Menschen in der Gasse versammelt hatten.

»Was zum Teufel ist denn hier los?« Arianwyn stellte sich auf Zehenspitzen und versuchte über die Köpfe hinwegzuspähen.

Salle schwieg – und strahlte. In dem Moment bemerkte eine ältere Dame Arianwyn. Sie stieß ihre Nachbarin an und beide lächelten und klatschten.

Der Applaus setzte sich wie ein Lauffeuer in der gesamten Kettle Lane fort. Als Arianwyn und Salle näher an die Werkstatt herankamen, teilte sich die Menschenmenge und ließ in der Mitte eine kleine Gasse frei.

»Was machen die alle hier?«, fragte Arianwyn, doch statt einer Antwort nahm Salle ihre Freundin nur an der Hand und zog sie hinter sich her durch die klatschende Menge.

Vor der Werkstatt erspähte Arianwyn Miss Delafield. Ihr Bein war eingegipst, auf ihrer Wange und rund um das linke Auge prangten dicke blaue Flecken. Trotzdem strahlte sie übers ganze Gesicht und applaudierte gemeinsam mit allen anderen.

»Meine Damen und Herren«, rief der Bürgermeister, der ebenfalls vor der Werkstatt stand. »Wir sind hier zusammengekommen, um unsere Hexe, Arianwyn Gribble, zu feiern und ihr zu danken!«

Arianwyn blieb wie angewurzelt stehen. Hatte sie richtig gehört? Sie wurde rot und trat verlegen von einem Fuß auf den anderen. »Warst du eingeweiht?«, flüsterte sie Salle zu, aber die grinste nur.

»Wie Sie alle wissen«, fuhr der Bürgermeister fort, »hat Miss Gribble kürzlich unsere Stadt Lull vor dem Nachtmahr gerettet. Sie tat das mit ungeheurem Mut und ohne auch nur eine Sekunde an ihr eigenes Wohl oder ihre Sicherheit zu denken.«

»Hört, hört«, rief jemand aus der Menge, woraufhin erneut Applaus aufbrandete. Arianwyn traute ihren Ohren nicht und wusste kaum, wo sie hinschauen sollte.

»Als Dank für ihren heldenhaften Einsatz in dieser bedrohlichen Lage möchte ich Miss Gribble die Ehrenbürgerschaft der Stadt Lull verleihen.« Der Bürgermeister trat vor und reichte ihr die Hand.

Arianwyn, die nicht wusste, was sie sagen sollte, ergriff sie und hielt sich daran fest. »Das mit Gimma tut mir schrecklich leid, Herr Bürgermeister«, sagte sie schließlich leise.

»Damit brauchen Sie sich nicht zu quälen. Außerdem bin ich

derjenige, der sich entschuldigen muss. Ich fürchte, die Liebe zu meiner Nichte hat mich blind und ungerecht gemacht. Können Sie mir verzeihen, Miss Gribble?«

Arianwyn lächelte. »Natürlich!«

Mr Belcher erwiderte ihr Lächeln und dann nahm er sie – unter dem Jubel aller Umstehenden – fest in den Arm.

»Und nun übergebe ich das Wort an Miss Delafield, die Miss Gribble eine weitere Ehre zuteilwerden lassen möchte.« Nach einer erneuten stürmischen Beifallsrunde humpelte Miss Delafield nach vorne. Sie sah prächtig aus in ihrer Uniform. Die Krücke und der weiße Gips machten bei jedem Schritt dumpfe Geräusche. In ihrer freien Hand trug sie ein kleines Samtkästchen – ein Kästchen, das Arianwyn ziemlich bekannt vorkam.

»Miss Gribble hat kürzlich eine Nachprüfung abgelegt«, sagte Miss Delafield mit dröhnendem Bass, »und dabei unter Beweis gestellt, was für eine beeindruckende Hexe sie ist. Mit großer Freude verkünde ich im Namen der Zivilen Hexenkunstbehörde, dass Miss Gribbles Probezeit hiermit offiziell beendet ist und sie von nun an als zertifizierte Hexe arbeitet.«

Arianwyn war völlig überrumpelt. Verblüfft sah sie zu, wie Miss Delafield das Kästchen öffnete. Darin lag, auf schwarzem Samt, ein glänzender Silberstern mit fünf Zacken.

Miss Delafield streckte ihre Hand aus, löste die bronzene Mondbrosche von Arianwyns Uniformkragen und steckte stattdessen den funkelnden Stern an ihr Revers. Die Menge klatschte und Arianwyn spürte, wie ihr ganz warm wurde.

»Herzlichen Glückwunsch!«, sagte Miss Delafield. »Ich bin

so stolz auf Sie. Und unendlich dankbar.« Auch sie drückte Arianwyn fest an sich, und als sie die Umarmung löste, lag ein feuchtes Schimmern in ihren Augen.

Überall in der Kettle Lane wurde gejubelt, gejohlt und mit den Füßen gestampft. Und irgendwann wurden Rufe laut, Arianwyn solle eine Rede halten.

Unschlüssig stand die junge Hexe auf den Stufen zu ihrer Werkstatt und sah in die vielen lächelnden Gesichter.

Kurz dachte Arianwyn, sie könnte kein Wort herausbringen. Aber dann ging es doch: »Ich danke Ihnen allen von ganzem Herzen. Ich fühle mich geehrt, so viel Unterstützung zu bekommen ...« Sie wollte gerade einen besonderen Dank an Miss Delafield und den Bürgermeister aussprechen, als eine leise, aber drängende Stimme sie unterbrach: »Und wo ist jetzt die Hexe?«

Die Menschenmenge teilte sich und Cyril Myddleton trat vor. Unter seinem Arm klemmte ein Fußball, seine Klamotten waren unordentlich und dreckig wie immer. Die Begegnung mit dem Nachtmahr hatte er bestimmt längst vergessen, jedenfalls zeigte sein Körper keine Spuren des Vorfalls mehr, wie Arianwyn erleichtert feststellte.

»Hallo, Miss Hexe!«, rief er munter und schien den Menschenauflauf und die feierliche Stimmung überhaupt nicht zu bemerken.

»Was ist los?«, fragte Arianwyn.

»Meine Mutter sagt, Sie sollen sofort zu uns kommen. Bitte, Miss.«

Arianwyn lief es kalt den Rücken hinunter. Aber vor all den

Leuten riss sie sich zusammen und fragte freundlich: »Worum geht's denn?«

»Wir haben wieder Schnottlinge, Miss!«, haspelte der Junge und Arianwyn musste wider Willen lächeln.

»Soll ich Sie begleiten?«, fragte Miss Delafield.

Arianwyn überlegte kurz, aber schließlich sagte sie: »Nein, danke!«

Und dann machte sie sich unter lautem Applaus mit Cyril auf den Weg. In der ganzen Kettle Lane klopften ihr Leute im Vorbeigehen auf die Schulter. Sie warf einen Blick zurück auf den Bürgermeister und Miss Delafield, die ihrer zertifizierten Hexe stolz hinterherwinkten.

Grinsend winkte Arianwyn zurück.

Endlich war sie angekommen.

Verzeichnis der Glyphen

Årdra ist die Feuerglyphe. Sie hat eine ungeheure Kraft und kann in den Händen einer unerfahrenen Hexe immensen Schaden anrichten. Dank ihrer besonderen Eigenschaften wird sie auch verwendet, um Licht und Schutz herbeizuzaubern.

Briå, die Luftglyphe, wird bei zarten, feinen Zaubersprüchen eingesetzt. Sie spielt beim Besenreiten und bei Verwandlungen eine wichtige Rolle. Ihre Verteidigungskraft ist begrenzt, kann jedoch von einer erfahrenen Hexe durchaus genutzt werden.

Für einen starken Schutzzauber nutzt man am besten Erte, die Erdglyphe. Sie gilt als extrem stark und vielseitig. Im Vergleich zu den anderen Glyphen ist sie relativ leicht heraufzubeschwören, aber sehr schwer zu kontrollieren.

Ḁluna ist die Wasserglyphe. Sie findet Anwendung in der Heilkunst und Weissagung. Genau wie Wasser kann sie harmlos erscheinen, doch sie besitzt eine Menge verborgener Kräfte.

L'ier ist die Verbannungsglyphe. Tief in ihrem Inneren enthält sie einen winzigen Teil schwarzer Magie. Diesen braucht sie, um den Spalt zu öffnen, der die bösen Dämonen von der menschlichen Welt zurück ins Schwarze Nichts befördert.

Oru ist die richtige Glyphe, wenn man schnell eine kleine magische Energiekugel benötigt. Sie ist von allen Glyphen am einfachsten heraufzubeschwören. Deswegen lernen Hexen sie meist als Erstes, oft schon vor dem fünften Lebensjahr.

MIX
Papier aus verantwortungsvollen Quellen
FSC® C014496

Ein *Chicken House*-Buch im Carlsen Verlag

Originaltitel: The Apprentice Witch
Aus dem Englischen von Birgit Niehaus
Lektorat: Katharina Eisele
Umschlaggestaltung: Carol Ly, finished by Henry's Lodge
Umschlagillustration: © 2017 by Leo Nickolls
Used with permission of Scholastic Inc.
Layout und Herstellung: Tobias Hametner
Satz: Dörlemann Satz, Lemförde
Gesetzt aus der Iowan Old Style
ISBN 978-3-551-52095-1

www.chickenhouse.de